Amour
Tentaqueulaire
K.L. HIERS

Amour
Tentaqueulaire

K.L. Hiers

DREAMSPINNER
PRESS

Publié par
DREAMSPINNER PRESS

5032 Capital Circle SW, Suite 2, PMB# 279, Tallahassee, FL 32305-7886 USA
www.dreamspinnerpress.com

Amour tentaqueulaire
Copyright de l'édition française © 2022 Dreamspinner Press.
Titre original : Acsquidentally In Love
© 2020 K.L. Hiers.
Première édition : août 2020
Traduit de l'anglais par Manda Lorient.

Illustration de la couverture :
© 2020 Tiferet Design.
http://www.tiferetdesign.com/
Conception graphique :
© 2022 L.C. Chase.
http://www.lcchase.com
Les éléments de la couverture ne sont utilisés qu'à des fins d'illustration et toute personne qui y est représentée est un modèle

Édition e-book en français : 978-1-64108-388-1
Édition imprimée en français : 978-1-64108-389-8
Première édition française : février 2022
v 1.0

Édité aux États-Unis d'Amérique.

Pour Amanda Meuwissen
Si un dieu des étoiles était descendu parmi nous, simples mortels, ce serait
toi. Merci pour tout.

I

SLOANE BEAUMONT soupira avec une moue dégoûtée en regardant les décorations d'Halloween étalées sur la maison. C'était tarte, c'était même hideux. Des sorcières aux pustules vertes le fixaient d'un air lubrique et un Jack-o-lanterne tout tordu affichait son sourire lumineux entre les squelettes dégingandés accrochés aux murs.

Le pire était les démons cartoon dont les longs tentacules jaillissaient du manteau de la cheminée. Machinalement, Sloane se mit à réciter leurs noms : Yeris, Salgumel, Galmelthar, Shartorath, Bestrath…

Tous les anciens dieux réduits à de sordides caricatures pour une fête d'Halloween !

Sloane revit sa mère mettre des fleurs de jasmin dans son oreiller après un cauchemar afin que Salgumel lui offre des rêves plus agréables. Et son père porter de l'ambre quand ils allaient à la pêche pour que Yeris les bénisse d'une bonne prise. Quand il arrivait à ses parents de se disputer – c'était rare ! –, ils brûlaient de l'encens à la lavande et priaient Shartorath.

Jusqu'à leur décès, ils avaient été fidèles aux anciens dieux.

Ils avaient été des Sages.

Une voix inquiète l'arracha à ses pensées.

— Qu'est-ce qui ne va pas ?

Quand Sloane releva la tête, il vit Milo Evans, son meilleur ami et l'hôte de la fête, le regarder avec inquiétude.

— Désolé, répondit-il, cette ambiance me déprime.

Large et barbu, Milo était déguisé en Yann Solo [1] pour les festivités du soir. Il fit claquer sa main sur l'épaule de Sloane.

— C'est Halloween ! s'écria-t-il avec enthousiasme. C'est super cool, tu es vacances !

Sloane se raidit.

— Quelque chose comme ça, répondit-il.

Les gens ne pouvaient pas comprendre. Ses parents étaient les seuls Sages que Sloane ait connus. Leur religion était considérée comme archaïque,

---

[1] Personnage fictif de la saga *La Guerre des Étoiles*

1

certains la trouvaient même risible. Étant enfant, Sloane avait dû endurer d'innombrables brimades liées à ses croyances. Les Sages vénéraient les dieux descendus des étoiles, leurs rituels suivaient le rythme des saisons et les mouvements des astres. Pandora, sa mère, disait que les dieux s'étaient tous endormis il y a longtemps, du coup, leur nombre avait commencé à diminuer. Plus personne ne croyait en Azaethoth ou en Gronoch, même si leurs dons à l'humanité perduraient.

Par exemple, le pouvoir de la magie.

Désormais, la plupart des gens croyaient que la magie était d'ordre naturel, ils l'expliquaient par la science et l'attribuaient à des énergies invisibles susceptibles d'être mesurées au niveau des éléments. Et s'ils évoquaient un lien spirituel, ils pensaient au nouveau dieu, le Seigneur de la Lumière.

Lorsque les anciens rites tombèrent en désuétude, ce fut l'avènement de la religion Lucian. Au lieu de dizaines de divinités, il n'y en avait plus qu'une à apaiser et peu à peu, c'était pratiquement devenu la foi dominante de toute la planète.

Le Seigneur de la Lumière condamnait les anciens dieux comme étant blasphématoires et impies. Sloane n'oublierait jamais que des enfants Lucians lui avaient annoncé qu'il brûlerait dans une fosse ardente s'il s'obstinait à être un méchant pêcheur. Même à l'âge adulte, sa foi l'isolait des autres. Certes, plus personne ne le menaçait de rôtir dans les flammes sacrées pour l'éternité, mais c'était dur de ne pouvoir partager ses troubles – parce que les gens ne comprenaient pas.

Milo par exemple, Sloane ne pouvait lui expliquer qu'Halloween était une mascarade à ses yeux. Pourquoi se déguiser en robot ou en cow-boy et se gaver de bonbons ? Pour Sloane, Dhankes était une fête destinée à cuisiner pour prier les morts et rendre grâce aux dieux,

— C'est à cause de tes parents ? demanda Milo d'un ton hésitant. Ils sont morts peu après Halloween, c'est ça ?

Sloane esquissa un sourire sinistre.

— Oui. Ils ont été assassinés il y a presque vingt ans et je continue…

Il s'arrêta, dansa d'un pied sur l'autre et reprit d'une voix contrainte :

— Les vacances sont toujours dures pour moi, celles-ci en particulier. En principe, les morts sont censés entendre nos prières ce soir et je continue à espérer qu'un jour, je pourrai dire à mes parents avoir attrapé celui qui les a tués. Malheureusement, les années passent et je ne trouve rien.

Milo eut un sourire affectueux.

2

— Tu n'abandonneras jamais, pas vrai ?

— Non. Je me fiche de ce que dit la police. Pour moi, l'affaire n'est pas close. Il ne s'agissait pas d'un rituel magique ayant mal tourné. Je sais ce que j'ai vu.

— Un fou en robe avec un poignard lumineux ? se souvint Milo.

— Oui, admit Sloane à contrecœur.

— Écoute, dit gentiment Milo, quoi que tu aies vu, tu y crois, j'en suis certain, mais je te rappelle que nous avons revu ensemble tous les éléments du dossier au moins un million de fois avant…

Quand il s'arrêta, Sloane termina sa phrase avec une grimace :

— Avant que je me fasse virer.

— Ça te pendait au nez vu que tu utilisais sans autorisation les ressources du département à des fins personnelles. Mais réfléchis, Sloane, nous n'avons rien trouvé dans la maison, aucun indice – qu'il soit magique ou pas –, rien qui prouve une intrusion. Je suis un expert en CSI [2], tu te souviens ? Je connais mon métier.

— Donc, grommela Sloane, tu considères mon témoignage comme les divagations d'un enfant hystérique.

Sur la défensive, Milo leva les mains.

— Hé, je n'ai pas dit ça ! C'est juste… il est peut-être temps de tourner la page, non ?

Sloane passa la main sur son visage avec un long soupir. Pour obtenir justice pour ses parents, il avait misé tout ce qu'il avait, mais son objectif n'était pas plus proche aujourd'hui que vingt ans plus tôt.

— Tu vas rentrer chez toi, c'est ça ? s'enquit tristement Milo.

— Probablement, admit Sloane. Écoute, je suis vraiment désolé. C'est très gentil de ta part de m'avoir invité, mais…

Il avait hâte de s'en aller.

— Parle franchement, insista Milo, qu'est-ce qui ne va pas ? C'est de parler de tes parents et de tous ces trucs d'Halloween ? Si tu veux, je me tais, j'écoute et tu me dis tout.

Sloane n'était pas d'humeur à ça.

Pas ce soir.

— Comment avoir une conversation sérieuse alors que tu es habillé en Solo ? protesta-t-il.

Il grimaça et tira sur le gilet de Milo.

---

2 *Crime Scene Investigation* : enquête sur les lieux du crime.

— Hé ! Attends de voir qui j'aurai à mon bras !

— Leia en esclave ? devina Sloane.

Milo eut un soupir rêveur.

— Oui ! Je crois que je vais épouser Lynette, tu sais ! Je la connais depuis seulement quelques semaines, c'est vrai, mais elle est parfaite, une vraie geek ! Au fait, elle vient ce soir avec son frère – un super beau gosse ! Si ça t'intéresse…

— Mmm, tu essaies de me caser ?

— Je te suggère simplement d'attendre cinq minutes et de goûter à mon délicieux punch. Quel mal y a-t-il à faire la connaissance de Lochlain, hein ? Accepte, s'il te plaît ! plaida Milo.

Il jeta à Sloane un regard de Chat Potté.

— Arrête !

Milo reprit d'un ton normal :

— Sérieux, mec, je m'inquiète pour toi, tu ne fais que travailler. À quand remonte ta dernière sortie ?

— Euh, ça ne m'est plus arrivé depuis que nous avons quitté l'université, reconnut Sloane, il y a plus de quatre ans. D'accord, je vais attendre ce gars, mais ne rêve pas trop.

— Il va te plaire, assura Milo. Bon, je vais vérifier que le punch est assez alcoolisé pour inciter mes invités à l'interaction sociale. C'est une question de lubrifiant à mettre dans les rouages, si tu vois ce que je veux dire !

Sloane gloussa en tapotant le dos de son ami.

— Ça a l'air amusant. Tu veux que je t'aide à tester le punch ?

— Excellente idée !

Sloane but trois verres fortement dosés en rhum. Quand Lynette Fields arriva enfin, elle portait la tenue complète de Leia esclave : bikini doré et tout le bataclan. Milo se chargea des présentations, amicales, bien que brèves. Ensuite, toute son attention se concentra sur elle.

— Lochlain sera en retard, annonça Lynette, mais il ne devrait pas tarder.

Lynette était très belle, aussi Sloane espérait-il que son frère le serait aussi. Il entamait son quatrième rhum quand il finit par remarquer l'heure : presque vingt-trois heures ! Il lui restait une bougie à allumer avant minuit. Sloane décida que « ne pas tarder » était une notion très subjective. Lassé d'attendre, il décida de filer à l'anglaise et se précipita vers la porte.

Concentré sur sa fuite, il heurta de plein fouet un homme en costume de diable qui s'apprêtait à entrer.

Avec un rire sonore, le diable le prit par les épaules pour le stabiliser.

— Oh, attention ! Ça va ?

— Merde ! Excusez-moi ! bredouilla Sloane.

Il cligna des yeux et se figea, interdit, devant l'homme le plus magnifique qu'il ait jamais vu, grand et athlétique avec une tignasse de cheveux roux bouclés. Sloane se noya dans des yeux verts étincelants, totalement envoûté par le sourire irrésistible qui illuminait un visage d'une perfection absolue.

C'était peut-être l'alcool qui l'aveuglait, mais cet homme était vraiment sublime, irrésistible. Et ce costume de diable était approprié, pensa Sloane, prêt à vendre son âme sans regret.

Le diable resserra sa poigne sur Sloane, comme s'il craignait de le voir basculer à la renverse.

— Ça va ? répéta-t-il doucement. Répondez-moi !

— Oui, très bien ! S'empressa de dire Sloane. Excusez-moi, je ne regardais pas devant moi. Je voulais juste sortir d'ici.

— Pourquoi êtes-vous aussi pressé ?

— Je dois aller allumer une bougie pour mes parents, répondit Sloane.

Il espérait que cette réponse inhabituelle inciterait l'étranger à le lâcher, même s'il appréciait le contact de ses mains sur lui.

Ce ne fut pas le cas.

— Oh ! Vous êtes un Sage ? demanda le diable, visiblement intéressé.

Sloane s'étonna que l'étranger ne soit pas rebuté par sa foi.

— Mes parents l'étaient, répondit-il. Ils étaient même très dévots. Je le suis moins, mais je veille tout de même à allumer une bougie et à laisser de la nourriture…

Le diable gloussa.

— Assurez-vous que la flamme soit placée dans une porte donnant à l'ouest. J'ai une excellente recette de *colcannon* [3] si cela vous intéresse. Je vous garantis qu'elle plaira aux dieux.

Incrédule, Sloane cligna des yeux.

— Attendez, vous êtes un Sage ?

Le diable le lâcha enfin.

---

3 Purée de pomme de terre, chou vert ou frisé, beurre, plat traditionnel de la cuisine irlandaise servi le jour d'Halloween avec à l'intérieur une pièce de monnaie, un dé à coudre, un bouton ou une bague.

— Mmm, oui, dit-il avec un petit sourire. Toute ma famille est Sagittaire. Des Sages depuis d'innombrables générations.

Sloane était tout excité de rencontrer enfin quelqu'un qui partage ses croyances.

— Waouh ! Vous devez détester Halloween, cette arnaque minable et commerciale !

— Je préfère voir ça comme des vacances à forte inspiration, répondit son vis-à-vis d'un ton contrôlé. Les gens ne sont pas délibérément offensants et cette fête maintient en vie des traditions datant de milliers d'années. Le sens est perdu, oui, mais l'acte en lui-même devient immortel. Et quelque part, c'est beau.

— Vous croyez ?

Sloane était toujours sceptique.

— Bien sûr. Brûler une gourde sculptée n'a pas la même portée qu'allumer une bougie pour ramener les morts chez eux, je vous l'accorde, mais quelque part l'ancien rituel persiste à ce jour.

Sloane était pensif.

— C'est une nuit pour les morts et nous allumons tous une mèche.

— Exactement.

— Je n'avais jamais fait le rapprochement…

Le diable désigna son costume.

— En plus, c'est amusant de se déguiser. Qui êtes-vous censé être ? Laisse-moi deviner… Chad Warwick de *American Horror Story* [4] ?

— Quoi ? Non !

Sloane éclata de rire. Il passa la main dans ses cheveux et jeta un coup d'œil à sa tenue, pull et jean.

— En fait, avoua-t-il, je ne suis pas déguisé. Je n'aime pas… euh, le concept de jouer un rôle. On m'a pourtant pris pour Zachary Quinto [5]…

— Vous avez pas mal d'options avec votre look, déclara le diable avec un sourire. Vous pourriez être un Spock [6] assez impressionnant. Pensez-y pour l'année prochaine.

Sloane gloussa, surpris d'être aussi heureux et détendu.

---

4 Anthologie télévisée américaine

5 Acteur et producteur américain, connu grâce au rôle de Sylar dans la série *Heroes*.

6 Personnage de fiction mi-humain mi-vulcain de la série télévisée américaine *Star Trek*

— Très bien. Les traditions d'Halloween ne sont pas toutes mauvaises, mais je continue à trouver affreux qu'on fasse des effigies cartoon des anciens dieux !

— Là, je suis d'accord. Au fait, je ne me suis pas présenté.

Il tendit la main en disant :

— Je suis Lochlain Fields, le frère de Lynette.

Sloane arbora un sourire niais en acceptant la poignée de main.

— Oh ! Tu es Lochlain ! Salut ! Moi, c'est Sloane Beaumont. Ravi de te rencontrer.

Lochlain rougit un peu, probablement gêné de cette exubérance.

— Tout le plaisir est pour moi, déclara-t-il. Désolé d'être aussi en retard. J'avais un travail à finir avant la fête. Milo m'a beaucoup parlé de toi.

— En bien, j'espère !

Sloane réalisa que son visage aussi commençait à chauffer. Troublé par le charme de Lochlain, il avait du mal à alimenter la conversation.

— Hum, reprit-il, Lynette serait-elle aussi une Sage ? Milo ne me l'a pas dit.

— Lynette discute rarement des questions de religion. Les gens la pensent donc Lucian. Si je me souviens bien, tu travailles avec Milo ? Serais-tu aussi dans la médecine légale ?

Sloane gloussa nerveusement.

— Pas exactement. Je suis détective privé. Autrefois, j'étais inspecteur de police à Archersville. Je m'occupais principalement des affaires impliquant la magie.

— Tu récupérais des échantillons d'ADN sur des poupées vaudou et tu traquais les objets maudits ?

Sloane haussa les épaules

— Rien d'aussi glamour, je verbalisais les utilisateurs de magie sans licence.

La loi, c'était sacré à ses yeux. Pour conduire une voiture ou posséder une arme à feu, il fallait un permis ; pour user de magie, il fallait s'inscrire et payer une licence. Des tests rigoureux permettaient de déterminer dans quelle discipline exercerait le titulaire. Jadis, les Sages attribuaient différents types de magie à chaque dieu avec des dizaines de possibilités. En utilisant la structure des éléments fournie par les enseignements du Seigneur de la Lumière, le système moderne désignait les capacités d'une personne sous quatre labels : le feu, l'air, la terre ou l'eau.

C'était bien trop élémentaire pour les Sages dont les croyances ne permettaient pas de réduire la magie à ce niveau de simplicité basique. Par exemple, l'eau possédait de nombreuses présentations : la glace pour Yeris, le dieu de l'océan et ses profondeurs glaciales, la guérison pour Galmelthar, dieu associé à la substance vivifiante pour sa gentillesse et ses capacités réparatrices.

Il y avait aussi une discipline très rare qui englobait tous les éléments, y compris des capacités spirituelles très avancées. Les Lucians l'appelaient « divine », les Sages, eux, parlaient de la « lueur des étoiles », un pouvoir qu'ils croyaient être un don du tout premier des anciens dieux, le Grand Azaethoth, le père de l'univers.

— Tu es inscrit, alors ? demanda Lochlain avec curiosité.

— Oui. Depuis que je suis tout petit, répondit Sloane avec modestie. J'avais cinq ans.

Il ne voulait pas avoir l'air de se vanter, mais il avait montré une compétence naturelle en magie dès le plus jeune âge.

Lochlain ne cacha pas qu'il était impressionné.

— Sans blague ? Et quelle discipline un enfant de cinq ans est-il capable de maîtriser ?

— Eh bien…

Sloane marqua une pause et sourit, ménageant son effet.

— … ma mère disait que j'ai été touché par la lumière des étoiles.

Lochlain hocha la tête, les yeux écarquillés, car ce cadeau était vénéré comme le plus puissant de tous.

— Béni par le Grand Azaethoth, c'est super ! Moi, je suis béni par les larmes de Yeris. Ma sœur aussi.

Sloane savait comment un Lucian s'exprimerait, aussi enchaîna-t-il :

— L'eau. C'est comme ça que vous êtes enregistrés tous les deux ?

— Mmm. Pas tout à fait, dit Lochlain, un sourire aux lèvres.

Sloane retint un hoquet.

— Attends. Vous n'êtes pas licenciés ?

Il baissa la voix,

— Tu es sérieux ? C'est illégal ! Tu risques de gros ennuis !

— Seulement si je me fais prendre, dit Lochlain d'un ton enjoué.

— Et Lynette n'a pas de licence non plus ?

— Non, nous sommes des Sages, répondit Lochlain. Je parie que tes parents n'étaient pas enregistrés, hein ? La magie n'a pas à suivre un règlement bancal. C'est un cadeau des dieux, notre droit naturel en tant que descendants d'Azaethoth.

Sloane fit la moue

— Si, mes parents étaient enregistrés, bien que cela ne leur ait guère plu, surtout à ma mère. D'après mes souvenirs, ils utilisaient peu de magie à la maison à part des pierres ou des herbes. Mais pour parler franc, c'est super dangereux ce que tu fais.

— Peut-être suis-je dangereux, alors, le taquina Lochlain.

Son rougissement rendait difficile de le prendre au sérieux.

— Tu vis vraiment dans l'illégalité ? insista Sloane

— Oui, répondit Lochlain. Et alors ? comptes-tu m'arrêter ?

Non, mais je meurs d'envie de te menotter, pensa Sloane, enivré.

Il esquissa un sourire.

— Non, je sais garder un secret.

Il jeta un coup d'œil à sa montre et tressaillit.

— Merde, je vais être en retard ! Je dois y aller, je suis désolé, j'ai beaucoup apprécié de parler avec toi.

Il était totalement sincère.

— Ça te dirait qu'on se revoit ? jeta Lochlain très vite, comme s'il avait peur de perdre sa chance.

— Quoi ? Tu parles de sortir avec moi ?

— Oui.

Sloane sourit – tout en essayant de ne pas paraître trop excité.

— Waouh, génial ! Tiens…

Il sortit son portefeuille dont il tira une de ses cartes.

Lochlain la lut à haute voix :

— Sloane Beaumont, détective privé. Tu as la Croix du Sage sur ta carte.

Du doigt, il traçait le symbole estampé dans le coin.

— Oui, ma mère disait que ça me porterait chance.

La Croix du Sage, une flèche inclinée vers le ciel, représentait la Constellation du Sagittaire. Les Sages croyaient que ces étoiles menaient à un endroit appelé Zebulon, la maison dans les cieux où les dieux étaient censés résider – ou dormir.

— Je suis d'accord, déclara Lochlain, je pense que tu auras la chance de recevoir un coup de fil demain. Bonne nuit, Sloane.

— Merci, Lochlain, bonne soirée !

— Et joyeux Dhankes !

9

— Toi aussi, joyeux Dhankes.

Sloane agita la main en partant, la tête haute. Ça faisait un bail qu'il n'avait pas eu de relation, surtout avec un homme aussi magnifique et pourtant aussi peu habile que lui dans l'art du flirt.

Il monta dans sa voiture et mit le contact. Conscient d'avoir trop bu pour conduire, il ferma les yeux et toussa dans ses mains. Aussitôt, l'alcool quitta son corps et apparut par magie dans une petite boule de liquide qui flottait. Sloane baissa sa fenêtre et jeta la boule dehors. Il avait appris ce petit sort bien pratique à l'Université.

Tout en roulant jusqu'à son bureau, il ne put s'empêcher de sourire comme un imbécile heureux. Il n'aimait pas rentrer chez lui dans un appartement vide et faire une offrande aux dieux était possible dans n'importe quel endroit personnel. Il s'apprêtait à rentrer dans son garage quand il réalisa qu'il n'avait rien à offrir.

Il fit donc demi-tour et se dirigea vers une épicerie ouverte toute la nuit, où il acheta une tarte aux myrtilles. Il dut se dépêcher ensuite pour arriver à son bureau avant minuit. Une fois la porte refermée sur lui, il chercha rapidement une bougie dans un tiroir. Sachant où était l'ouest, il plaça la bougie dans une de ses fenêtres, il supposait que ça ferait l'affaire, puisque la porte était orientée différemment.

Il alluma la bougie d'un claquement de doigts et se mit à psalmodier :

— Que les âmes s'agitent dans le sommeil des étoiles, essoufflées, mais lumineuses, qu'elles retrouvent la chair d'antan et rêvent une fois encore.

Il recula et regarda la mèche s'enflammer et jeter un halo dans la pièce. Il ramassa la tarte et la posa dans le couloir en marmonnant :

— J'espère que les anciens dieux aiment la myrtille !

Sa mère l'aurait réprimandé pour une offrande achetée toute faite au lieu de l'avoir cuisinée lui-même. Son père aurait probablement affirmé que les dieux s'offenseraient – pour une raison ou une autre – de fruits aussi humbles que des bleuets. Penser à ses parents, après avoir allumé cette bougie plus pour eux que par foi véritable, fit trembler Sloane de chagrin : sa famille lui manquait atrocement !

Il s'assura que la porte était verrouillée et retourna à son bureau, d'où il sortit une bouteille de rhum du tiroir du bas. Il regretta de devoir à nouveau s'enivrer après s'être libéré de l'alcool pour le trajet, mais ce soir, la sobriété n'était pas son alliée.

Encore une fête sans ses parents, un autre Dhankes où il ne pouvait leur dire dans ses prières qu'il avait enfin retrouvé leur assassin. Il pensa à la suggestion de Milo, « tourner la page », et eut le cœur serré. Après avoir tant sacrifié à sa quête, il ne pouvait pas abandonner maintenant.

Il menait une vie misérable, une vie difficile. Et par tous les dieux, une vie bien solitaire.

Sloane jeta un coup d'œil à son téléphone et s'autorisa un frémissement d'intérêt en se demandant si Lochlain l'appellerait le lendemain. Ça faisait longtemps qu'il n'était pas sorti, peut-être était-il temps d'essayer de se faire plaisir.

À peine cette idée lui avait-elle traversé l'esprit qu'il se sentit coupable. Il aurait tant aimé avoir ses parents à ses côtés, ne serait-ce que pour leur demander quoi faire : devait-il abandonner et vivre sa vie ? Il regarda la bougie brûler, les yeux brillants de larmes. Quand la flamme vacilla, Sloane espéra que c'était un signe : ses parents lui disant que tout irait bien.

La flamme trembla à nouveau, Sloane secoua la tête, certain qu'il laissait son imagination s'emballer.

Triste et résigné, il noya son chagrin dans le rhum jusqu'à ce que sa tête heurte son bureau. Il s'endormit d'un sommeil sans rêve qui dura toute la nuit.

À son réveil, il entendit un son étrange… on aurait dit une mastication. Il leva la tête, groggy, et fut surpris de voir Lochlain assis devant lui, occupé à manger la tarte aux myrtilles.

Sloane se frotta les yeux. Il aurait pu jurer avoir verrouillé la porte de son bureau.

— Que… que fais-tu ici ? Tu avais parlé de me téléphoner, non ?

Sans cesser de manger, Lochlain sortit la carte de visite de Sloane et la posa sur le bureau entre eux. Il tapota la Croix du Sage comme si c'était une réponse en soit.

Sloane fronça les sourcils et dévisagea Lochlain avec plus d'attention. Quelque chose semblait différent chez lui, mais Sloane ne trouvait pas de quoi il s'agissait. Et sa gueule de bois n'arrangeait rien à son processus cognitif. Il regretta de ne pas avoir été admis dans une fraternité estudiantine où il aurait appris un sortilège anti-gueule de bois. À ce stade, le sort de dégrisement qu'il avait utilisé la veille ne servirait plus à rien, car son corps avait déjà absorbé tout l'alcool ingurgité.

Pouah.

Peut-être s'agissait-il d'un reflet, mais il lui semblait qu'une lueur dure brillait dans les yeux verts de Lochlain. Une lueur qui n'était pas là la veille au soir. Et la façon dont son invité surprise était assis sur le fauteuil, les jambes passées par-dessus l'accoudoir, exprimait à la fois la malice juvénile et l'autorité écrasante.

Lochlain respirait la confiance, installé d'un air suffisant comme s'il possédait le bureau et tout ce qu'il contenait, Sloane inclus, ce qui ne ressemblait pas du tout à l'homme déguisé en diable rencontré la veille au soir. Ce matin, Lochlain était habillé normalement, mais il fixait Sloane avec avidité – comme s'il envisageait de l'engloutir après la tarte.

Sloane se rembrunit. D'aussi bon matin, il n'était pas d'humeur à supporter les conneries !

— Lochlain, c'est sympa de ta part d'être passé, mais la nuit a été longue et…

Un doigt s'agita vers lui.

— Je ne suis pas Lochlain, répondit Lochlain entre deux bouchées.

— Pas Lochlain ? répéta Sloane, hébété.

Pas-Lochlain secoua la tête et s'octroya la dernière part de tarte. Quand il l'eut terminée, il se lécha les lèvres et adressa à Sloane un regard brûlant – qui provoqua un frisson tout le long de sa colonne vertébrale.

Quelque chose n'allait pas, Sloane le sentait jusqu'à la moelle de ses os. Il risquait d'être possédé, maudit, esclavagé… les possibilités étaient infinies.

D'un geste instinctif, il traça un sceau de protection sur le bord de son bureau.

— Très bien, reprit-il avec politesse, dans ce cas, qui êtes-vous ?

Pas-Lochlain ricana comme si la question l'amusait. Il inclina la tête et cligna de l'œil. Le haut du bureau se fissura soudain au niveau du sceau.

Avec un hoquet de stupeur, Sloane bondit sur ses pieds.

— Putain, qu'est-ce que c'était ? Comment avez-vous pu faire ça ? Qui diable êtes-vous ?

Pas-Lochlain se lécha les doigts et répondit en ronronnant :

— Azaethoth le Petit. J'ai été nommé d'après mon arrière-arrière-arrière-grand-père.

Fasciné par le mouvement de cette langue, Sloane était un peu perdu.

— Azaethoth le Petit ? Comme un… un ancien dieu ?

Azaethoth se mit à sucer son pouce avec des bruits obscènes.

— Mmm. Si ça te pose un problème, continue à me donner le nom du corps que j'habite.

— Lochlain ? Mais vous n'êtes pas… lui ?

— Non.

Sloane baissa les yeux et fixa le sceau de protection brisé sur son bureau. Aucun mortel n'était assez puissant pour briser ce charme. Malgré tout, ce type ne pouvait être un dieu.

Ils avaient tous disparu !

— Et pourquoi êtes-vous là au juste ? demanda Sloane méfiant.

— Tu es un sorcier ?

— Je suis enregistré, bien sûr, mais je ne vois pas…

— Tu suis les anciennes méthodes ?

— Je suppose, oui. J'aimerais comprendre ce qui se passe…

— Ce corps, dit Azaethoth-Lochlain en se désignant, appartenait à un de mes fidèles. Même plongé en plein rêve, j'ai entendu ses prières. C'était un humain fascinant ! Il ne m'a pas demandé la gloire, la richesse ou une banalité du même genre comme la plupart des autres. Il a prié pour ne jamais perdre son goût de l'aventure, le frisson, la montée d'adrénaline. Il voulait avoir le cœur qui battait la chamade, vivre de façon spectaculaire.

— Ça semble… intéressant.

— Sache que j'ai dû endurer des siècles durant des demandes d'argent, de sexe, de queues plus grosses et d'orgasmes plus intenses…

— D'accord, d'accord, coupa Sloane.

Jamais le vrai Lochlain n'aurait pu prononcer ces mots-là sans rougir !

Azaethoth-Lochlain passa le doigt dans le moule à tarte vide pour y récupérer les miettes.

— J'ai écouté mon fidèle Lochlain, poursuivit-il, j'ai même souvent répondu à ses prières. Mais hier soir, il y a eu un problème. Un problème très grave. Quand je suis allé le retrouver, le mal était déjà fait. J'ai trouvé ta carte dans sa poche.

— Le mal, quel mal ?

— C'est justement ce que je veux savoir ! s'impatienta Pas-Lochlain. Tu vas enquêter ! C'est bien ce que tu fais, non ? Ta carte indique : *Enquêtes à caractère privé*.

— Pas si vite, protesta Sloane. Si l'affaire est vraiment grave, vous devez contacter la police. Et Lochlain… euh, Thot… Loch, bref, je m'y perds un peu, si tu avais changé d'avis concernant notre rendez-vous, tu aurais pu choisir une méthode plus plausible !

13

— Pas de police, dit fermement Loch. Les flics ne feront que me gêner sans me laisser faire ce que je veux.

— Et vous voulez quoi au juste ?

— Me venger !

Son sourire prédateur découvrait toutes ses dents.

— Bien entendu, je te paierai largement, insista son client potentiel. En argent et en nature.

— Je ne veux rien, protesta Sloane. Sauf peut-être une explication. Qu'est-ce qui te prend ?

Loch tourna la tête.

— Tu désirais ce corps, non ? Veux-tu que je te fasse jouir sous cette forme humaine ?

Sloane s'affaissa sur sa chaise et recula contre le mur.

— Qu-quoi ? Non ! Ne faites pas ça ! C'est... ce n'est pas vrai ! Qui que vous soyez, vous ne pouvez pas utiliser le corps de Lochlain de cette façon ! Pas sans son consentement !

Loch leva les yeux au ciel.

— Il ne peut plus consentir, aboya-t-il. Il est mort.

Sloane perdit le souffle, sa gorge se serra, son estomac se contracta douloureusement.

— Mort ? Que voulez-vous dire ? Comment... ?

— Tu n'as donc rien écouté ? tonna Loch, furieux. Sloane Beaumont, je veux t'engager pour découvrir qui m'a assassiné.

II

— Et QUAND je dis cela, déclara Loch-Thoth en agitant les doigts, je parle du corps que j'occupe, bien sûr. Celui de Lochlain.

— Lochlain est mort ? haleta Sloane.

Il n'en revenait pas du chagrin qui l'étreignait concernant un homme qu'il connaissait à peine.

— Oui, grogna Loch-Thoth avec impatience, mon fidèle est mort, le seul de mes adeptes qui me donnait envie de me réveiller. Et c'est pourquoi je suis là, avec son apparence. J'ai pu emprunter son corps parce que…

— *Emprunter* ? Que voulez-vous dire par là ?

— … le cadavre était encore frais. Maintenant, écoute-moi bien ! J'ai trouvé ta carte dans sa poche et je suis venu te voir. Je veux la justice, je veux l'équilibre, je veux…

— … la vengeance, conclut Sloane avec amertume.

Il examina l'être qui lui faisait face avec attention et enchaîna :

— Si vous êtes réellement Azaethoth le Petit, vous êtes le dieu des voleurs, des filous et du châtiment divin.

L'immortel lui offrit un grand sourire.

— Ah ! Tu es un adepte ! Je le savais ! Bien. Maintenant, allons-y.

Sloane se frotta le front, il avait une migraine atroce. Il était vraiment trop tôt pour gérer une affaire de ce genre.

— Où ça ? gémit-il.

— À l'endroit où j'ai été assassiné, évidemment.

— Non, Lochlain, euh, Az… Thot ? Je ne sais même pas comment vous appeler, je ne vais nulle part protesta Sloane. D'abord, j'ai mal au cœur, ensuite, je crains que vous ne soyez à moitié timbré.

— Appelle-moi Loch. Si tu me donnais mon vrai nom, ça risquerait d'attirer l'attention.

Sloane poussa un gros soupir,

— Bien sûr, parce que vous êtes vraiment Azaethoth. Je comprends.

— Tu doutes encore de moi ?

— Un peu, oui.

15

Loch se leva avec grâce et tendit la main vers le visage de Sloane. Un tentacule gris bleu sortit de l'intérieur de sa manche.

Sloane se figea, sidéré, les yeux fixés sur l'appendice qui ondulait.

La plupart des anciens dieux avaient de tels tentacules. D'après les légendes, Urilith, la déesse de la fertilité, n'était même qu'une énorme masse d'appendices serpentins. Sloane avait vu des images de tentacules dans les livres, dans les tableaux et même sur ces affreuses décorations d'Halloween à la fête de Milo.

En revanche, jamais il ne serait attendu à en avoir un juste devant lui.

— Comment… comment faites-vous ça ? haleta-t-il.

Il recula aussi loin que possible jusqu'à ce que son siège heurte le mur. Le tentacule s'étira et le suivit, la pointe ciblant son front.

— Regarde une partie de mon moi immortel et reconnais mon vrai nom, psalmodia Loch d'une voix envoûtante. Je suis Azaethoth le Petit, frère de Tollmathan, de Gronoch, de Xhorlas et de Galgareth, fils de Salgumel, lui-même engendré par Baub, fils de Zunnerath et de Halandrach, eux-mêmes nés d'Etheril et de Xarapharos, descendants directs du Grand Azaethoth.

Le souffle rauque, Sloane ne pouvait détacher les yeux de l'appendice. *Il fallait qu'il y touche* ! Cette folle impulsion jaillit du plus profond de son être, aussi leva-t-il la main et osa-t-il une timide caresse.

Le tentacule se raidit brièvement avant de se lover au creux de sa paume. Aussitôt, Sloane sentit sa migraine se dissiper. Il faillit pleurer d'émotion, submergé par une vague de chaleur et de joie. Il touchait un dieu ! C'était un miracle, la plus belle aventure qu'il ait jamais vécue !

Loch s'écarta d'un mouvement brusque et fit claquer son tentacule au-dessus de la tête de Sloane.

— Alors, tu me crois maintenant ? railla-t-il.

Arraché à sa transe mystique, Sloane grogna de dépit : son mal de tête était revenu.

— Oui ! Je vous crois ! Vous êtes Azaethoth !

Le tentacule disparut dans la manche du dieu.

— Bien, dit Loch d'un air suffisant. Maintenant, allons-y.

Sloane se leva et passa les mains dans ses cheveux.

— Attendez, attendez une seconde, bafouilla-t-il. Où Lochlain a-t-il été assassiné ?

— Chez lui, dans son appartement, répondit Loch. Avant de se rendre à la fête où il t'a rencontré, il avait un travail à accomplir. Il a tenu à le terminer avant de rejoindre sa sœur. Ensuite, il est rentré chez lui.

— Comment le savez-vous ? Vous avez accès à ses souvenirs ?

— À certains, oui, mais pas tous, répondit Loch. Je ne vois que des fragments. Il ne reste pas grand-chose après la mort.

— Donc, vous ne savez pas qui l'a tué ?

— Non ! Si je connaissais son assassin, je ne serais pas là à réclamer ton aide.

— C'est vrai.

En entendant sonner son téléphone, Sloane tâtonna autour de lui et finit par répondre :

— Enquêtes Beaumont, en quoi puis-je vous aider ?

— Salut ! s'exclama Milo d'une voix endormie. Je voulais juste vérifier si tout allait bien. Lochlain m'a parlé de toi, il se demandait s'il avait un ticket ou pas.

— Hein ?

— Hier soir ! D'après lui, tu étais parti très vite.

Sloane sentit son estomac se tordre.

— Oh ! C'était Dhankes, je te rappelle, j'avais des trucs à faire. Quant à Lochlain, il était super sympa... euh, il EST super sympa, mais je doute que ça marche entre nous !

— Oh, merde, quel dommage ! J'étais si sûr que vous étiez faits l'un pour l'autre ! Comment tu vas ?

Milo semblait concerné, bien qu'un peu groggy. Il enchaîna :

— Écoute, je ne comprends pas toujours tes croyances et tout et tout, mais c'est compliqué, admets-le. En fait, même toi, je doute que tu y croies vraiment...

Les yeux fixés sur l'immortel qui occupait son bureau, Sloane ne put s'empêcher de dire :

— Oh, ma foi est nettement plus ardente ce matin, je t'assure !

— Mec, je veux juste que tu saches que je suis là pour toi. Même si je ne te comprends pas toujours, je sais écouter. J'aimerais te voir heureux, mais je ne veux pas te forcer à un bonheur qui ne satisfait pas. Ça veut dire quelque chose ce que je dis ?

— Oui, mentit Sloane, c'est parfaitement logique et j'apprécie ton amitié, mais je vais devoir te laisser. En fait, j'ai une belle gueule de bois et je vais devoir m'en occuper en priorité.

Il s'en voulait de couper Milo aussi brusquement, mais il était à peu près certain qu'un ancien dieu n'aimait pas attendre.

— Tu es sûr que tu vas bien ?

Même au téléphone, Sloane devina que Milo fronçait les sourcils. Il contrôla soigneusement sa voix pour éviter de se trahir en répondant :

— Oui ! Très bien ! C'est juste que j'ai… euh, une grosse affaire ce matin. Je te laisse.

— Oh, d'accord ! À plus tard, alors !

— Oui ! Au revoir !

Sloane raccrocha rapidement, le crâne douloureux. Il jeta un coup d'œil à Loch et s'excusa :

— Désolé. C'était Milo, un ami à moi. Il s'inquiétait pour moi.

— Un *ami* ?

— Oui, j'imagine que même les dieux ont des amis, hein ?

Loch ne répondit pas. Il fixait les lèvres de Sloane avec une intensité qui le fit à nouveau frissonner.

Sloane soupira et demanda d'un ton contraint :

— Bon, on y va ?

— Oui.

Loch prit Sloane par la main, il lui fit contourner bureau et le tira vers la porte. Il allait si vite que Sloane eut à peine le temps de récupérer ses clés avant de quitter son bureau. Troublé par la sensation des doigts fermes de Loch noués aux siens, il avait le cœur qui battait très fort.

Et il aurait préféré enquêter sans souffrir d'une migraine carabinée.

— Nous allons inspecter l'appartement de Lochlain, annonça Loch avec autorité. Tu trouveras des indices sur place, j'imagine ?

— Peut-être. Vous êtes sûr qu'il a été tué là-bas ?

— Oui. C'est là que j'ai trouvé son corps.

— D'accord.

Il laissa Loch le traîner jusqu'à sa voiture sans même se demander comment l'ancien dieu pouvait reconnaître son véhicule. Loch s'installa avec aisance sur le siège passager : c'était comme s'il avait passé sa vie en voiture. Il attacha sa ceinture de sécurité et jeta à Sloane un regard sévère.

— Quoi encore ? demanda Sloane.

— Mets ta ceinture, aboya Loch. Les mortels sont tellement fragiles !

Il pencha la tête et examina Sloane de la tête aux pieds. Sloane tressaillit sous cette attention – et s'en voulut aussitôt.

— D'accord.

Très agité, il s'attacha à son tour. D'une main qui tremblait, il récupéra sur la console centrale ses lunettes de soleil, car la vive luminosité matinale n'arrangeait pas son malaise. Il démarra ensuite et s'engagea dans la rue.

— Où suis-je censé aller ? s'enquit-il.

— Au Castlewoods, répondit Loch, dans le quartier résidentiel.

— Waouh ! C'est un endroit chic, remarqua Sloane.

Loch gloussa.

— Oui ! Lochlain gagnait très bien sa vie.

Sloane s'engageait déjà dans la rue qui l'emmènerait vers les quartiers les plus huppés de la ville.

— Ça fait vraiment bizarre de vous entendre parler de Lochlain à la troisième personne ! Lança Sloane. Quand je vous regarde, je le vois toujours.

— Non, Lochlain est mort. Il n'existe plus. Son corps est une enveloppe vide que j'occupe momentanément. Je n'ai accès qu'à quelques souvenirs, les échos d'une âme qui s'en est allée. En fait, c'est assez bruyant.

— Et votre vrai corps, où est-il ?

Loch ricana.

— Ici. Où veux-tu qu'il soit ?

Sloane ne se laissa pas démonter.

— Tous les anciens dieux sont censés être des géants, des mastodontes. J'ai du mal à imaginer King Kong à l'aise dans le corps d'un simple mortel !

— Tu connais l'expression : ça serre aux entournures, pas vrai ? Eh bien, c'est ce que je ressens… à l'échelle divine.

— Ah, d'accord.

Pendant un moment, Sloane fit tambouriner ses doigts contre le volant, puis il céda à sa curiosité :

— Pourquoi êtes-vous éveillé ? Je croyais que tous les dieux dormaient depuis une éternité, qu'ils avaient oublié l'humanité pour faire la sieste !

— C'est plutôt l'humanité qui nous a oubliés, rétorqua Loch avec animation. Vous nous avez tourné le dos pour vous prosterner devant votre précieux Seigneur de la Lumière ! Le Grand Azaethoth, mon arrière-arrière-arrière-grand-père, a été le premier à s'endormir, préférant rêver d'un monde plus beau où les mortels nous aimaient encore. Peu après, ses enfants l'ont suivi, y compris mon père, écœurés que tous les hommes nous aient trahis.

— Pas tous ! Protesta Sloane. Mes parents étaient des Sages. Ils ont adoré les anciens dieux toute leur vie, ils les ont priés fidèlement, ça ne les a pas empêchés d'être assassinés. À mes yeux, leurs dieux les ont trahis, abandonnés.

19

Et vous, Loch, où étiez-vous quand mes parents ont eu besoin de vous ? Pourquoi votre souci de justice ne s'est-il pas manifesté pour eux ?

Loch roula des yeux et simula un bâillement d'ennui.

— Peut-être ne m'ont-ils pas offert les prières qu'il fallait, répondit d'une voix traînante.

Sloane freina brusquement, très satisfait d'entendre les pneus grincer sur l'asphalte de la chaussée et plus encore de voir Loch percuter le tableau de bord avant d'être retenu par sa ceinture de sécurité.

— Qu'est-ce qui te prend ? aboya l'immortel, furieux.

Sloane le toisa d'un regard venimeux

— Ne parle pas comme ça de mes parents ! cracha-t-il. Je me contrefous que tu sois un dieu ! Fais de moi ce que tu veux, déchire-moi en petits morceaux, lave-moi de cerveau avec tes tentacules à la con, je m'en fous, mais je t'interdis de dire du mal de mes parents !

Plusieurs tentacules jaillirent des mains de Loch et s'ancrèrent au tableau de bord.

Le dieu fixa Sloane avec des yeux devenus presque noirs.

— Tu *m'interdis* ? feula-t-il.

— Parfaitement ! rétorqua Sloane, buté et défiant.

Arrêté au beau milieu de la rue, il ne se souciait pas des coups de klaxon, des hurlements et des insultes que lui adressaient les autres automobilistes, exaspérés. Il se pencha vers Loch, le doigt pointé sur son visage, et continua son furieux réquisitoire :

— J'ai suivi les croyances de mes parents parce qu'ils vénéraient, ils adoraient leurs anciens dieux. Ils n'ont jamais douté de vous bien que vous n'ayez jamais exaucé une seule de leurs prières. Ma mère brûlait de la lavande pour ta sœur, Shartorath, quand elle était en colère contre mon père ! Et à Dhankes, mon père veillait à préparer un festin pour Bestrath ! Et du jasmin pour Salgumel ! Quelle foutaise ! Ils priaient avec foi et constance ! Et ils sont morts !

Loch montra les dents et grogna :

— Écoute, je suis…

Sloane lui enfonça son doigt dans la poitrine.

— Non ! rugit-il. Je n'ai pas fini ! Mes parents ont été assassinés et leur tueur n'a jamais été arrêté ! L'affaire a été abandonnée, le dossier traîne dans un tiroir et le monstre qui les a tués de sang-froid vit toujours, quelque part ! Moi aussi je priais jadis. Et un jour, j'ai compris que personne ne m'écoutait, que personne ne répondrait jamais. Et pourtant…

Il s'interrompit, les yeux noyés de larmes amères, la gorgée serrée par la violence de sa colère indignée.

— Quoi ? cracha Loch.

— Et pourtant, te voilà ! fulmina Sloane. Tu me chantes les louanges d'un mort. Oh, je suis sûr que Lochlain était quelqu'un de formidable ! Quel plaisir de savoir que pour lui au moins, tu as accepté de quitter ton pieu ! Le hic, c'est que mes parents aussi étaient formidables, des Sages pieux et fidèles. Ils t'aimaient ! Ils te vénéraient et toi, tu oses rire et les snober ? Non, mais quel connard ! Va te faire foutre !

La colère de Loch s'était dissoute et son visage exprimait à présent une autre émotion primitive, sombre et affamée. Il se pencha vers Sloane, et grogna d'une voix rauque :

— Mmm… Sloane Beaumont, si tu avais fait appel à moi, j'aurais répondu à tes prières, tu sais, j'aurais réalisé tes rêves les plus fous. C'est incroyable qu'un petit corps mortel possède tant de feu et de passion, associés à une telle férocité ! Oh, oui… tu es bandant,

Sloane sentit son cœur tambouriner dans ses oreilles. Soudain, il prit conscience des tentacules qui approchaient de lui. Il n'eut même pas le temps de réfléchir à un sort de protection – qui ne l'aurait pas aidé de toute façon. Il resta figé, bouche bée, totalement impuissant face à un authentique immortel.

Le noir s'estompa dans les yeux divins qui redevinrent vert menthe, frais et limpides.

Loch leva une main et caressa la joue de Sloane.

— Je ne t'ai jamais entendu, continua-t-il, comme je n'ai jamais entendu tes parents. Le rêve est profond, surtout chez les plus anciens d'entre nous. Quand nous dormons, nous ne pouvons répondre aux prières qui nous sont adressées. Pour me faire pardonner, j'obtiendrai aussi justice pour tes parents. Cela te convient-il ?

Sloane se pencha et pressa son visage dans la main de Loch.

— Tu ferais ça ? demanda-t-il, calmé.

Un des tentacules s'était posé sur ses genoux. Sloane aimait cette sensation. Il se sentait bien.

Loch eut un sourire lubrique.

— Tu m'as aussi dit d'aller me faire foutre. Je suis partant. Je te baiserais volontiers, tu sais. Je suis sûr de trouver de nombreuses façons de te faire jouir.

Sloane piqua un fard et s'écarta d'un geste brusque.

21

— Non, merci. Je préfère m'en tenir à votre promesse de faire justice à mes parents.

Il redémarra et garda les yeux fixés sur la route devant lui.

Loch fit disparaître tous ses tentacules, il s'enfonça dans son siège et haussa les épaules.

— Comme tu veux. Si tu changes d'avis, fais-le-moi savoir.

— Je ne changerai pas d'avis, répondit Sloane, la gorge serrée.

Loch ricana.

— Au fait, Shartorath est ma tante. Pas ma sœur.

Sloane lui jeta un rapide coup d'œil.

— Aucune importance, marmonna-t-il. D'autres anciens dieux se sont-ils également réveillés ou êtes-vous le seul ?

— La plupart dorment encore. Mes frères, mes sœurs et moi nous réveillons de temps en temps parce que nous sommes encore jeunes. Le rêve nous retient moins que nos aînés. Quant à eux, crois-moi, mieux vaut qu'ils dorment éternellement !

— Pourquoi ? s'étonna Sloane.

— Parce qu'ils rêvent d'un monde où l'humanité nous vénère encore, expliqua Loch, ils rêvent d'exterminer leurs ennemis et tous les traîtres adorateurs du Seigneur de la Lumière. Mon père surtout, Salgumel, est plongé dans un rêve franchement toxique. S'il se réveillait, il détruirait dans sa fureur vengeresse le monde existant pour en rebâtir un nouveau.

— Oh, quelle affreuse perspective !

— Les derniers adeptes de mon père ont tous perdu l'esprit à leur dernière tentative de le réveiller, ajouta Loch avec nonchalance. Mieux vaut laisser dormir les plus âgés des anciens dieux.

— Mais vous, vous êtes éveillé, souligna Sloane, et vous ne me semblez pas animé du désir de tuer tout le monde.

Loch le regarda et se lécha les lèvres.

— J'ai beaucoup de désirs, Sloane Beaumont, susurra-t-il, mais ils sont de nature différente. Le monde ne craint rien, n'aie pas peur.

— Et qu'en est-il de vos frères et sœurs ? Insista Sloane. Vous disiez qu'il leur arrivait de se réveiller.

— C'est exact. Ma sœur Galgareth revient régulièrement marcher sur la terre au solstice d'hiver. Mes frères et moi sommes plus sporadiques. Cela dépend de ce qu'on entend. Tout est si merveilleusement calme quand nous rêvons que très peu de prières nous atteignent.

— Vous avez pourtant entendu les prières de Lochlain, murmura Sloane.

Loch arbora un sourire très fier.

— Oui, c'était un voleur tout à fait remarquable !

Sloane s'étrangla.

— Un *voleur* ?

Il mit son clignotant et s'engagea dans le parking des immeubles Castlewoods.

— Oui, bien sûr. Sinon, pourquoi m'aurait-il adressé ses prières ? Je te rappelle que je suis le dieu de voleurs.

— Oh. Il paraissait si… gentil.

— Et alors ? Les voleurs ne peuvent pas être gentils ?

Sloane fronça les sourcils en garant la voiture.

— J'ai été dans la police, répondit-il, je ne peux approuver le vol. Et puis… je ne sais pas. J'ai trop mal à la tête pour discuter d'éthique et de questions morales en ce moment.

Loch sourit.

— Je pourrais te débarrasser de ta migraine, proposa-t-il. Après tout, je te veux au top de ta forme pour enquêter correctement.

— Euh…

Sloane lui jeta un regard méfiant. Il trouvait suspect le sourire sirupeux du dieu, aussi hésitait-il à accepter sa proposition.

Loch détacha sa ceinture et s'avança vers lui, les yeux fixés sur ses lèvres. Ce regard avide lui brûlant la peau, Sloane crispa les mains sur le volant qu'il tenait toujours.

— D'accord…

Souriant toujours, Loch pressa sa bouche sur celle de Sloane dans un baiser vorace. Il avait un goût d'herbe, de menthe et de camphre, une délicieuse fraîcheur malgré la chaleur fébrile de ses lèvres.

Toute résistance envolée, Sloane ferma les yeux et répondit au baiser. Quand avait-il été embrassé pour la dernière fois avec tant de passion ? Il ne s'en souvenait pas.

Loch était exceptionnellement doué avec sa langue.

Oh, c'était fou, insensé ! Il embrassait un mort.

Non, il embrassait un ancien dieu.

Un dieu qui possédait le corps d'un mort.

À bout de souffle, Sloane préféra reculer avant de perdre la tête.

— Ma migraine n'a pas disparu, déclara-t-il.

— Oh, c'est vrai, railla Loch. Je suis censé te débarrasser des séquelles de ta gueule de bois.

Surpris, Sloane cligna des yeux.

— Quoi ? Mais je croyais… le baiser n'était pas pour ça ?

Loch gloussa, il semblait très content de lui.

— Non. J'avais juste envie de t'embrasser.

Les joues brûlantes, Sloane balbutia :

— Ne recommence pas ! C'est, c'est… ce n'est pas bien d'embrasser avec une bouche qui ne t'appartient pas !

— Cette bouche est à moi désormais, déclara Loch, hautain et j'en fais ce que je veux.

Il leva la main. Sloane crut qu'il allait recommencer à l'embrasser, puis il vit le bout d'un tentacule gris bleu émerger de la manche et se diriger vers ses lèvres. Vu que Loch était dans un corps humain, d'où provenaient au juste ces tentacules ? Se demanda Sloane.

— Qu-qu'est-ce que tu fais ? bredouilla-t-il anxieux.

— Bois, souffla Loch. Cette fois, je suis sérieux.

Sloane déglutit nerveusement. Le tentacule ne ressemblait pas à celui d'une pieuvre ou d'un calmar, il était lisse, épais, dépourvu de ventouses ou de crêtes. Une petite fente creusait le « bout » et Sloane ne put s'empêcher de penser au méat d'un phallus. N'ayant aucune idée de la réelle fonction de l'appendice, il hésitait à y porter la bouche.

En voyant un liquide bleu pâle perler du méat, Sloane rougit, sans trop savoir pourquoi. Il trouvait la scène à la fois ridicule et pornographique.

Et le petit sourire narquois de Loch n'arrangeait rien.

Se reprenant, Sloane décida d'avoir la foi. Il se pencha en avant et sortit sa langue pour goûter le liquide translucide. Surpris, il découvrit que c'était chaud et sucré, avec un arrière-goût vanillé.

Loch pressa son tentacule dans la bouche de Sloane

— Bois, répéta-t-il.

Docile, Sloane enroula ses lèvres autour de l'appendice et suça, submergé de joie à l'idée d'avoir un tel contact charnel avec un ancien dieu. Jamais il n'avait ressenti autant d'émotion en priant ou en accomplissant un rituel quelconque. Sans plus se poser de question, il aspira goulument, content de sentir sa bouche s'inonder du fluide sucré. Il avala.

Peu après, il cligna des yeux quand le tentacule se retira et disparut sous la manche de Loch.

— Tu te sens mieux ? demanda Loch.

Il affichait un air suffisant et une lueur étrangement satisfaite brillait dans les yeux. Sloane aurait voulu le gifler pour effacer ce regard béat, mais il ne pouvait nier la vérité : il se sentait beaucoup mieux.

Dès qu'il avait avalé le liquide divin, sa migraine s'était dissipée, ses nausées avaient complètement disparu.

Il repoussa ses lunettes de soleil sur le sommet de son crâne et demanda :

— Comment as-tu… qu'est-ce que c'était ?

— Un petit cadeau divin, dit mystérieusement Loch. Viens, Sloane. Nous avons un meurtrier à attraper.

Après un dernier clin d'œil, il ouvrit la porte et sortit de la voiture.

Sloane déposa ses lunettes de soleil sur le tableau de bord avant de sortir à son tour.

Loch semblait savoir où il allait. Il traversa un hall somptueux jusqu'à un ascenseur élégant. L'immeuble était impressionnant, constata Sloane, conscient de ne jamais avoir vécu dans un aussi bel endroit.

Ils montèrent jusqu'au dernier étage. En sortant de l'ascenseur, Loch s'engagea dans le couloir et s'arrêta devant la porte de l'appartement tout au bout. Il ouvrit la porte et fit signe à Sloane de passer devant lui.

— Fais attention, annonça-t-il. C'est un sacré bordel là-dedans.

À peine dans le vestibule, Sloane s'arrêta et fronça les sourcils en regardant autour de lui. L'appartement était saccagé : tiroirs ouverts, meubles retournés, photos et cadres arrachés des murs.

Sloane frissonna en voyant le sang sur le sol, une grande flaque noire et presque sèche et des éclaboussures sur une chaise voisine. Le ventre noué, il respira un grand coup. Il avait vu pire, mais là, c'était différent, car il avait connu la victime, brièvement certes, mais quand même.

Il essaya de rester concentré malgré l'étau douloureux qui lui serrait le cœur.

Du pouce et de l'index, il dessina une moitié de triangle ; un sort de perception simple, mais efficace dont il se servit pour scruter l'espace et la pièce. Surpris, il découvrit de faibles résidus bleus qui brillaient un peu partout dans le chaos. Il leva donc son autre main pour terminer le triangle et intensifier la vision, tout en essayant de comprendre ce qu'il voyait. En vain, car la substance refusa de s'identifier comme un élément connu.

Sloane prit le temps de prélever un échantillon et concentra ses talents pour le piéger dans une sphère d'un blanc brillant, créée grâce à l'énergie de la lueur des étoiles, son pouvoir magique.

Soulagé que sa magie soit assez puissante pour contenir la substance inconnue, Sloane glissa l'échantillon prélevé dans sa poche avant de poursuivre ses recherches. En faisant le tour de l'appartement, il constata partout le même acharnement à tout détruire : la chambre, la salle de bain et même la cuisine avaient été saccagées.

Sloane revint enfin au salon et se força à regarder le sang.

— Alors ?

C'était Loch, appuyé contre le mur, qui le regardait avec curiosité. En lui jetant un coup d'œil, Sloane constata qu'il portait des lunettes – SES lunettes de soleil !

— Hé ! Elles sont à moi ! Comment as-tu fait pour me les piquer ?

Sloane s'empressa de récupérer son bien.

— Je suis le dieu des voleurs, lui rappela Loch avec entrain. Alors, qu'est-ce que tu as trouvé ?

Avant de répondre, Sloane accrocha ses lunettes de soleil à l'entrebâillement de sa chemise.

— Rien. L'assassin a détruit toute trace de sa présence ici. C'est donc un sorcier très puissant. En revanche, il a laissé derrière lui un résidu magique qui m'est inconnu. Aurais-tu déjà vu quelque chose de semblable ?

Il tendit son échantillon à Loch.

L'ancien dieu ricana.

— Non. Je ne suis pas une encyclopédie. Si je savais tout, je n'aurais pas eu besoin de l'assistance d'un mortel.

— Eh bien, ce résidu bleu est tout ce que j'ai vu d'intéressant, déclara Sloane. Et il y en a partout dans l'appartement. Sinon, je doute fort que nous trouvions d'autres indices utiles. L'assassin a été minutieux. Il cherchait quelque chose, c'est pourquoi il a tout fouillé avec autant de frénésie. Quant au crime, regarde les traces ! Je pense que tu… euh, que Lochlain a été attaqué par derrière. Il a eu la gorge tranchée d'où cet impressionnant jaillissement et cette énorme quantité de sang versé.

Sloane réfléchit un moment, puis il enchaîna :

— Durant notre bref échange, Lochlain m'a paru intelligent. Et s'il était un voleur professionnel, il devait également être méfiant. Il est donc possible qu'il ait connu son agresseur… ou alors, il a été attaqué par surprise. Tu n'as rien trouvé dans ses souvenirs, tu es sûr ?

— Juste un appel téléphonique, répondit Loch. Une certaine… Lynette. Sa sœur.

Il plissait les yeux, comme s'il faisait le tri de ses fragments de visions.

— Oh, merde ! gémit Sloane. Lynette ne sait pas que tu es mort !

— Nous verrons cela plus tard, déclara Loch avec impatience. Tu n'as rien d'autre ici ? Aucun indice ?

— Rien.

Par acquit de conscience, Sloane vérifia une dernière fois entre ses doigts. Puis il leva la tête et cligna des yeux en fixant Loch.

— Toi…

— Moi ?

— Oui ! Toi !

Sloane avança, surpris de constater que même avec son sort de perception, aucun signe particulier n'indiquait que Loch n'était pas humain malgré son étrange aura. C'était comme un holographe, un prisme de toutes les couleurs. C'était magnifique ! Sloane s'attarda un moment à admirer cette splendeur.

Loch se méprit sans doute devant son regard fixe, car il inclina la tête et aboya :

— Quoi ?

— Si tu as été assassiné, pourquoi n'es-tu pas maculé de sang ? Pourquoi n'es-tu même pas blessé ?

— Hé, je suis un dieu. Dès que je suis entré dans ce corps, il s'est réparé de lui-même. Ensuite, j'ai pris une douche pour me laver. Je n'allais quand même pas sortir croupi !

— Non, bien sûr ! grogna Sloane.

Il baissa une main, de l'autre, il se gratta la nuque.

— Si tu as pris une douche, enchaîna-t-il, je présume que tu t'es aussi changé. Où sont les vêtements que portait Lochlain quand il a été assassiné ?

Loch agita la main devant lui, désignant le pull et le jean foncé qu'il portait.

— C'est ceux-là. Je les ai aussi lavés.

— Enlève ta chemise, dit Sloane d'un ton pressant. S'il te plaît.

Loch eut un sourire ravi.

— Tu as changé d'avis ? Tu veux baiser ? Parfait, je vais te faire découvrir des plaisirs physiques dont tu n'as pas idée…

— Arrête, je cherche juste des indices !

Loch se rembrunit.

— Ah, dommage.

Il ôta son pull et déboutonna son pantalon.

— Garde ton jean ! s'empressa de dire Sloane. Je v-veux j-juste t-ta chemise.

Il bafouillait et cherchait à ne pas rougir devant ce magnifique corps à moitié nu. Il vit des tatouages, dont une grande Croix du Sage sur la poitrine. Lochlain avait été bien bâti, robuste et bien plus épais que Sloane, qui était mince et souple. Oh, ces muscles !

Et ces cicatrices !

Comme elles étaient étranges !

On aurait dit d'épais rouleaux de corde autour des bras et des épaules, de plus en plus larges en approchant de la colonne vertébrale.

— Qu'est-ce que c'est ? demanda Sloane.

Bien que terriblement tenté, il parvint à résister à son envie d'y toucher.

Loch se mit à ricaner. Il leva le bras et une des étranges cicatrices s'arracha de sa chair, devenant un long tentacule bleu gris. Sloane réalisa que les fausses cicatrices étaient en fait des tentacules, cachés… et pourtant exposés bien en vue.

— Touche si tu veux, offrit Loch.

— Non, merci.

Sloane leva les mains et reforma son triangle plus pour examiner le corps de Loch, très soulagé que le tentacule disparaisse et reprenne sa place.

Il restait hanté par le plaisir ressenti en suçant un tentacule et en ingurgitant le fluide offert par Loch – fluide dont il ignorait toujours la nature. Il se méfiait donc, craignant que cette addiction ne soit une menace pour sa liberté d'esprit.

La félicité divine, après tout, avait certainement un prix.

Sloane préféra donc se concentrer sur la gorge de Loch, il invoqua son pouvoir et chercha à percevoir ce qui sortait de l'ordinaire. Il distingua une trace fine à l'endroit où Loch avait cicatrisé la blessure de Lochlain, mais rien de plus. Aucune autre trace de magie qu'elle soit nocive ou bénéfique. Soit Loch avait effacé les traces en se douchant, soit le meurtrier avait été particulièrement minutieux.

Vu l'état de l'appartement, Sloane penchait vers la seconde option. Il doutait fort que le tueur ait eu la maladresse de laisser sur le corps de Lochlain des preuves susceptibles de l'incriminer. Tout l'appartement avait été récuré comme par magie… à l'exception de cet étrange résidu.

Sloane laissa retomber ses mains.

— Je ne vois rien, indiqua-t-il, sauf que Lochlain a bien eu la gorge tranchée. Saurais-tu me dire s'il manque quelque chose ici ?

Loch jeta un bref regard autour de lui et haussa les épaules.

Sloane soupira, exaspéré.

— D'accord, Tu n'en sais rien.

Il joignit les mains, les frotta, puis les claqua vigoureusement. La magie agit et peu à peu, l'ordre revint dans l'appartement saccagé. Les livres se rangèrent d'eux-mêmes sur les étagères, cadres et tableaux retournèrent à leur place, sur les murs, et les meubles restaurés reprirent leur position d'origine. Tout alla très vite, seules restaient les taches de sang.

Sloane regarda autour de lui, espérant découvrir une anomalie, mais non, rien. En principe, le sort lui aurait montré s'il manquait un élément dans la pièce.

— Je ne vois pas ce qui pourrait manquer, déclara-t-il, presque pour lui-même. Sauf si... Ah !

— Quoi ?

— Il manque peut-être quelque chose qui n'appartenait pas à Lochlain, déclara Sloane. Tu m'as bien dit qu'il était un voleur, pas vrai ? Et je me souviens aussi qu'il était très en retard à la fête de Milo le soir de sa mort... il m'a parlé « d'un travail » à faire.

— Oui. Il a réussi d'ailleurs, ensuite, il est allé rejoindre sa sœur, il t'a rencontré et après, il est rentré chez lui.

— Où a-t-il été accomplir ce... euh, ce *travail* ?

— Dans un musée, je crois.

— Lequel ?

Loch s'impatienta.

— Je n'en sais rien. Quelle importance ? Nous fouillerons tous les musées de la ville s'il le faut.

Sloane grimaça, s'attendant presque à ce que sa migraine revienne.

— Ne me regarde pas comme ça, grogna l'immortel d'un ton vexé. C'est une expression bien peu flatteuse sur un si beau visage. Combien de musées y a-t-il dans cette foutue ville ?

Sloane répondit du tac au tac :

— Avec la chance qui me caractérise en ce moment ? Beaucoup trop !

III

Treize musées !

Il y avait treize musées à Archersville.

Avant de quitter l'appartement de Lochlain, Sloane prit le temps de nettoyer le sang. S'il avait encore été inspecteur de police, jamais il n'aurait effacé une scène de crime, mais avec comme client un ancien dieu, il se sentait enclin à tout faire pour le satisfaire.

Or, Loch refusait formellement d'impliquer la police. Il comptait s'occuper lui-même de rendre justice à son fidèle adepte. Sloane n'étant pas idiot, il savait que s'il aidait Loch à retrouver le tueur de Lochlain, il serait de facto le complice d'un meurtre prémédité, mais que pouvait-il y faire ?

Comment refuser d'obéir à un dieu ?

Et puis, lui aussi considérait que Lochlain devait être vengé. Les dieux recommandaient le pardon, mais en même temps, ils affirmaient que tout crime devait être puni, c'était une question d'équité. *Une vie pour une vie*, se dit Sloane, c'était justice. Ses parents n'auraient pas approuvé, il le savait, mais il était tellement en colère qu'il préféra ne pas s'attarder sur ce dilemme.

Ils étaient en route vers leur premier musée quand Loch demanda :

— Pourquoi penses-tu que le meurtre de Lochlain a un lien avec son dernier vol ?

— Parce que pour résoudre une affaire, l'explication la plus simple est souvent la bonne, répondit Sloane. Lochlain était un voleur. S'emparer de biens qui ne vous appartiennent pas est un très bon moyen de se faire des ennemis.

— Il a beaucoup volé ! s'exclama fièrement Loch. Et de très belles choses. Il était doué ! Je l'ai aidé une ou deux fois en bloquant un système d'alarme ou en causant des problèmes intestinaux à un agent de sécurité, mais dans l'ensemble, il n'avait pas besoin de moi. Il était fantastique !

— Super !

Avec un soupir, Sloane gara la voiture devant le musée et entraîna Loch à l'intérieur. Il était pressé. Ils avaient plusieurs endroits à couvrir et pour être franc, Loch ne servait pas à grand-chose. Il ne se souvenait de rien à part une description basique : des vitrines, un éclairage tamisé, une drôle d'odeur. Ce qui s'appliquait à TOUS les musées !

Prenant les devants, Sloane interrogea le personnel et demanda s'il y avait eu récemment des vols ou des activités suspectes. Tous les employés répondirent la même chose : rien n'avait été pris, rien à signaler. Sloane utilisa la magie pour vérifier l'authenticité des témoignages et ne trouva rien de suspicieux.

Malgré ces résultats décevants, il s'amusa de voir le dieu des voleurs interagir avec les gens. Sans la moindre inhibition, Loch était prompt à commenter son attirance – ou l'inverse, bien trop souvent ! – pour ceux et celles qu'il croisait et comme il s'exprimait toujours assez fort, Sloane passa la journée à rougir d'embarras.

À d'autres moments, Loch se montrait tout à fait charmant, en particulier envers les enfants qu'il appréciait beaucoup. Il faisait volontiers le pitre pour les dérider. Ils n'avaient pas peur de lui, au contraire, ils riaient de ses bouffonneries. C'était surprenant de voir un immortel braqué sur une vengeance meurtrière aussi gentil avec les innocents. En tout cas, Sloane trouvait ce trait de caractère très attachant – même si ça ne les aidait pas dans leur enquête.

Alors qu'ils se rendaient au musée suivant, Sloane déclara avec un sourire ému :

— Tu aimes les enfants !

Loch lui jeta un regard surpris.

— Oui. Pourquoi cela paraît-il t'étonner ?

Sloane gloussa.

— Tu es le dieu des escrocs et de la rétribution divine, ça ne me semblait pas indiquer une nature indulgente, même envers les enfants, c'est tout. J'aurais mieux compris ça chez Shartorath ou Urilith.

— Je n'ai pas encore trouvé de conjoint, mais j'aspire un jour à avoir une descendance, tu sais.

— Oh, vraiment ?

Loch esquissa un sourire aguicheur en le regardant fixement.

— Oui, je suis célibataire pour le moment. J'attends quelqu'un de spécial pour me ranger.

Sloane ne répondit pas et se concentra sur sa conduite.

Malheureusement, le second musée fut tout aussi décevant, tout comme les trois qui suivirent. La matinée s'écoulait, inexorablement.

Après une nouvelle série de questions devenues routinières, Sloane et Loch revinrent vers la voiture.

— J'ai remarqué que tu n'utilisais pas ta voix pour lancer des sorts, déclara Loch. Tous ces sorts de vérité sont informulés.

— Effectivement, répondit Sloane d'un air absent. En général, je n'ai pas besoin de parler. Je fais de la magie avec mes mains.

Loch battit des cils.

— Hmm, c'est intéressant, cela ouvre des possibilités… enivrantes.

Sloane ne se laissa pas démonter.

— Un dieu sait certainement le faire aussi !

— Tu es béni par la lueur des étoiles.

— Oui, la divine.

Loch fit une moue de dégoût.

— Je ne veux pas entendre des horreurs Lucianes sortir de ta bouche ! La lueur des étoiles vient du Grand Azaethoth. C'est un cadeau précieux !

— Oui, j'en suis conscient, grommela Sloane.

— Tu ne devrais pas gaspiller tes talents, déclara Loch avec autorité. Tu es assez puissant pour faire tomber les astres du ciel et tu pratiques une banale magie de vérité ? Quel gâchis !

Sloane repoussa la critique virulente d'un geste négligent.

— Revenons-en plutôt à notre enquête et au dernier travail de Lochlain. Nous avons déjà visité cinq musées et ça n'a pas réveillé tes souvenirs !

— Qu'attends-tu de moi au juste ? se hérissa Loch. Que j'arrache l'âme de Lochlain à son repos céleste pour lui demander qui l'a tué ?

Sloane eut un hoquet.

— Oh, tu peux… faire ça ?

Loch soupira.

— Non ! Je t'ai déjà dit tout ce que je savais. Je ne te trouve pas très doué comme détective !

Il sortit de sa poche une lime à ongles et vérifia le bout de ses doigts. Sloane vit alors à son poignet un reflet nouveau. Il tira sur la manche de Loch et aperçut quatre montres clinquantes.

— Hé ! Qu'est-ce que c'est ?

Loch ricana.

— N'est-ce pas évident ? Ce sont des montres, elles servent à indiquer l'heure !

Sloane fronça les sourcils.

32

— Tu les as volées ? C'est une manie chez toi ! D'abord, tu piques mes lunettes de soleil et maintenant, les montres de parfaits inconnus ?

— J'ai aussi pris une lime à ongles, annonça Loch avec entrain. Et aussi…

Il s'interrompit le temps de fouiller dans ses poches avant de finir sa phrase :

— Une sucette ! Bleue, tu imagines ? C'est d'autant plus surprenant que l'emballage annonce un parfum framboise. Je n'ai jamais vu de framboise bleue. C'est très intrigant !

— Ne me dis pas que tu l'as dérobée à un enfant ! s'offusqua Sloane.

Loch fit une lippe offensée.

— Tu me prends pour qui ? Ce n'était pas un enfant… euh, je ne crois pas du moins, conclut-il, la tête penchée, l'air ailleurs.

— Non, mais c'est pas vrai ! Si tu ne penses qu'à voler, comment veux-tu en même temps réfléchir à notre enquête ?

Loch arracha l'emballage de sa sucette et y donna un énergique coup de langue.

— Je réfléchis, je réfléchis. Lochlain est allé dans un musée. Il y avait des vitrines en verre. Il faisait sombre. Il y avait aussi… Oh !

— Quoi ?

— Je viens de me souvenir d'un détail amusant ! lança Loch en riant. Une des expositions concernait mon père et il y avait une vieille tapisserie où ma sœur était ridiculement grosse ! C'était hilarant !

Il fit la grimace.

— Non, ajouta-t-il, moi aussi, j'étais obèse.

— Attends un peu, coupa Sloane. Tu parles bien d'une exposition concernant Salgumel ?

Loch lui jeta un coup d'œil.

— Oui. Je te rappelle que Salgumel est mon père. Pourquoi ? C'est important ?

— Oui ! s'exclama Sloane. Ça va nous aider à trouver le bon musée !

Il se gara le long du trottoir et sortit son téléphone, tapant à toute allure sur la ligne du moteur de recherche. Loch le regardait faire tout en léchant goulument sa sucette.

— Je ne comprends pas ton excitation, déclara-t-il avec nonchalance. J'imagine que tous les musées ont une exposition consacrée aux anciens dieux, non ?

— Non, répondit brièvement Sloane, absolument pas.

— Pourquoi ?

— Parce que vous dormez depuis des milliers d'années et que plus personne ne croit en vous, répondit Sloane sans prendre de gants, trop absorbé par son écran.

Loch poussa un soupir agacé, il enfonça la sucette dans sa bouche et croisa les bras. Il garda le silence, ses yeux menthe à l'eau braqués sur le pare-brise. Sloane l'ignora, ravi d'avoir enfin trouvé les informations qu'il cherchait.

— Voilà ! Le musée des Sciences Naturelles d'Archersville a une importante exposition consacrée aux dieux Sagittaires et toute une section est dédiée à Salgumel.

— C'est bien aimable à eux, grommela Loch.

Sloane lui mit son téléphone sous le nez.

— Regarde la photo, insista-t-il. Cette grande tapisserie représente un arbre généalogique de tous les dieux. Est-ce celle que tu as vue ?

Les sourcils froncés, Loch se décida enfin à regarder l'écran. Un bref éclat de rire lui échappa.

— Oui ! Regarde Galgareth ! Ha, ha, ha, on dirait une vache !

— Parfait, allons-y.

Sloane remit la voiture en marche et se dirigea vers le musée en espérant qu'il s'agisse enfin du bon.

Le musée des Sciences Naturelles d'Archersville était l'un des plus importants de la ville, le bâtiment était en marbre et l'intérieur bénéficiait d'une architecture complexe. L'odeur qui régnait dans les salles était un peu étrange, mélange de moisi et d'ammoniaque, bien que toutes les vitrines et tous les artefacts soient polis à la perfection, y compris un sinistre squelette de Tyrannosaure Rex dans le hall d'entrée qui, gueule ouverte et griffes en avant, semblait prêt à se jeter sur les visiteurs.

Loch sourit avec affection, comme si la bête gigantesque était un chiot mignon. Ensuite, il regarda autour de lui avec un vif intérêt. Quand il leva ses mains divines, Sloane s'inquiéta de voir apparaître les tentacules révélateurs.

— Oui… c'est bien ici.

— Dans ce cas, allons-y, dit Sloane. Et surtout, ne vole pas !

— Je ne te promets rien.

Le musée était calme, seuls de rares visiteurs traînant ici et là.

Déçu de ne pas croiser rapidement un membre du personnel, Sloane suivit Loch jusqu'à l'exposition Sagittaire.

Loch semblait savoir où aller, car il entra dans la salle d'un pas décidé, comme en terrain conquis. Il s'arrêta devant la tapisserie qu'ils avaient vue sur le site Web et ricana en regardant la grasse représentation de sa sœur.

De son côté, Sloane étudia avec attention les visages terribles des dieux tissés, qui tous étaient de grandes et merveilleuses créatures bestiales. Il s'arrêta sur celui qu'il reconnut comme étant Azaethoth le Petit : un énorme dragon cornu avec des pattes arrière tordues et un long cou serpentin. La queue était une masse de tentacules, d'autres pendaient du mince museau, comme une barbe. Les bras étaient plutôt fins et délicats, surtout comparés aux massives ailes palmées, chacune dotée d'une grande griffe comme chez les chauves-souris.

Loch approcha, sachant exactement ce qui le fascinait.

— Beau démon, tu ne trouves pas ? railla-t-il. Mais crois-moi, ce dessin ne lui fait pas honneur.

— C'est vraiment toi ? chuchota Sloane.

Il jeta un coup d'œil à Loch. Il avait encore du mal à croire qu'une bête aussi fabuleuse puisse habiter un corps humain.

— Mmm, marmonna Loch, très amusé, oui, c'est moi. En vérité, je suis plus mince et ma queue est plus longue.

Il inclina la tête et, de façon magique, les fils de la tapisserie se déplacèrent seuls pour effectuer des ajustements flatteurs.

Haletant d'horreur, Sloane le frappa sur le bras.

—Tu es fou ? Qu'est-ce que tu fais ?

La mine sombre, Loch fixa la main de Sloane encore posée sur lui. Il paraissait contrarié.

Atterré, Sloane s'écarta. Il venait de traiter un ancien dieu comme un enfant mal élevé. Pourtant, il se sentait dans son bon droit. Il serra les dents et articula fermement :

— Si tu te fais prendre à vandaliser une antiquité, ils risquent d'appeler la police !

— Peuh !

Sans tenir compte de la réprimande, Loch continua à modifier la tapisserie.

— Comme tu veux ! aboya Sloane, exaspéré. Mais ne compte pas sur moi si tu as des ennuis.

En fait, la menace ne pesait guère. Loch étant un dieu, il devait être capable de tout gérer seul.

D'une main négligente, Loch ordonna à Sloane de s'éloigner pendant qu'il rendait sa sœur Galgareth plus grosse encore et dessinait des moustaches à ses frères. De toute évidence, modifier l'inestimable antiquité l'amusait.

Le laissant à cette tâche puérile, Sloane avança dans la salle d'exposition. Toutes sortes d'idoles et de fétiches représentaient les anciens dieux. Sloane soupira, le cœur serré : ses parents en avaient possédé de semblables.

Il trouvait déconcertant que la foi, si chère à ses parents, soit ainsi emprisonnée dans des vitrines à l'atmosphère stérile. Le monde moderne avait presque oublié les anciennes coutumes et Sloane en éprouvait une douleur qu'il comprenait mal. Il s'arrêta un moment devant un antique bol d'encens créé pour honorer Shartorath, presque identique à celui que sa mère avait utilisé chez eux autrefois.

Elle lui manquait tellement !

Sloane réalisa qu'il pleurait seulement quand la main de Loch se posa sur son épaule.

— Qu'est-ce qui ne va pas ?

Sloane s'essuya les yeux.

— Excuse-moi.

À sa surprise, Loch paraissait concerné. Sa main s'attarda et son sourire était sincère et chaleureux. Du bout du doigt, l'ancien dieu suivit une larme sur la joue de Sloane.

— Pas de quoi, dit-il gentiment. Tu pensais à tes parents, c'est ça ?

— Oui, chuchota Sloane, étonné que Loch l'ait si bien deviné. Ils me manquent tellement !

— Quelle chance ils ont eu d'avoir un fils qui les aime autant ! Murmura Loch.

Quand il se pencha, le cœur de Sloane battit follement. Loch allait l'embrasser, il le savait. Déjà, il écartait les lèvres, perdu dans ces magnifiques yeux verts. La bouche divine aurait sans doute un goût sucré, un goût de framboise bleue.

La plus dingue était que Sloane voulait ce baiser.

Le moment de tendresse fut interrompu par une voix aimable :

— Puis-je vous aider, monsieur ?

Très agacé, Loch grogna en montrant les dents.

Sloane s'écarta vivement et se tourna vers un homme qui approchait. S'agissait-il du responsable de l'exposition ?

— Bonjour, je suis Sloane Beaumont.

— Et moi, Robert Dorsey, l'adjoint du conservateur du musée des Sciences Naturelles d'Archersville.

Il tendit la main avec un sourire. Sloane accepta de la serrer. Cependant, il fronça les sourcils lorsqu'une sonnerie retentit. La bague que Robert portait au doigt se mit à briller d'un blanc nacré.

— Ah ! Une aura divine ! s'exclama le conservateur adjoint avec enthousiasme. Désolé, je suis peu enclin à la magie. Je suis même handicapé de ce côté-là. C'est triste ! Par chance, bibelots et charmes fonctionnent sans discernement. J'adore la magie ! Même si je ne peux pas en user !

— Je vois, répondit Sloane.

Il tenta de garder un visage impassible. Certains êtres étaient incapables de manier la magie. Les Sages les appelaient les Muets.

Très empressé, Robert se tourna et tendit la main à Loch.

— Robert Dorsey ! Ravi de vous rencontrer !

Loch recula avec une grimace.

— Non, merci, dit-il d'un ton sarcastique. Pas mon truc.

Au fond, tant mieux, pensa Sloane. Il se demanda quelle couleur improbable l'aura d'un ancien dieu aurait fait naître sur la bague magique de Robert.

Pour alléger l'ambiance, il se chargea des présentations :

— Il s'appelle Loch. M. Dorsey, nous aurions deux ou trois questions à vous poser, si ça ne vous dérange pas ?

— Je suis à votre disposition ! s'exclama Robert, les yeux brillants. Je suis un expert quant aux traditions Sagittaire ! J'ai aidé à installer cette exposition.

Ravi de cette ouverture, Sloane enchaîna aussitôt :

— Donc, si un artefact manquait, vous le sauriez, c'est bien ça ?

Robert blêmit, son enthousiasme zélé disparut en un clin d'œil.

— Euh, m-manquait ? bégaya-t-il. Je ne comprends pas. Il ne manque rien. Non ! Rien du tout. Le catalogue est au complet !

Sloane usa de son sort pour vérifier ses dires. Techniquement, Robert disait la vérité, pourtant, il cachait quelque chose.

Sloane lui adressa un sourire innocent et attaqua sous un autre angle :

— Il manque peut-être un objet qui n'apparaît pas sur le catalogue ?

Robert se tordit les mains

— Comment le savez-vous ? haleta-t-il.

Sloane tenta de prendre l'air modeste.

— Je suis bien renseigné. Ne vous inquiétez pas, M. Dorsey, j'essaie juste d'obtenir des informations sur votre voleur…

— Il n'est pas question d'impliquer la police, insista Robert, désespéré. De nombreux artefacts ont été prêtés au musée ! Si la rumeur d'un vol se répandait, les collections nous seraient aussitôt retirées ! Ce qui signifierait la ruine ! Je vous en prie !

— Je n'ai pas l'intention de contacter la police, assura Sloane. Je suis détective privé.

Sans comprendre, Robert cligna des yeux.

— Qui vous a engagé ? demanda-t-il.

— J'essaie d'aider un ami, un honorable citoyen profondément affecté par le vol.

Le conservateur jeta un coup d'œil furtif autour de lui pour vérifier que personne ne risquait de surprendre leur conversation. Il chuchota ensuite :

— Pourriez-vous récupérer l'artefact dérobé ?

— Je voudrais d'abord savoir de quoi il s'agit.

Très agité, Robert hésita un moment, il gémit et finit par céder.

— D'accord. Suivez-moi.

Il les entraîna vers une porte réservée au personnel qui menait à l'arrière du musée. Ils passèrent devant des bureaux et une salle de repos du personnel, puis entrèrent dans un vaste espace de stockage. La porte était épaisse. Pour entrer, Robert dut justifier de son identité et taper un code de sécurité. L'intérieur était encombré par des étagères chargées de boîtes et de malles de toutes formes et tailles, beaucoup d'entre elles étant sécurisées par des cadenas.

Sloane fut très impressionné que Lochlain ait réussi à s'introduire ici et à voler ce qu'il était venu chercher.

Loch s'approcha de certaines des boîtes, il les secoua et les renifla. Quand il tenta d'en ouvrir une, Sloane lui tapa sur les mains.

— Assez ! murmura-t-il avec impatience. Ne touche à rien !

Loch lui tira la langue – colorée en bleu vif après la sucette volée.

Pour l'amour de tous les dieux, quel comportement puéril !

Rongé d'anxiété, Robert n'avait pas remarqué ce petit aparté. Il jeta encore une fois un regard méfiant autour de lui et déclara d'une voix éteinte :

— Toutes les caméras ont été désactivées, nous n'avons donc aucune image du voleur et il n'a laissé aucune trace derrière lui. En dix minutes, il a réussi à entrer ici, à briser la magie des serrures de cette boîte et à quitter le musée.

Loch rayonnait de fierté paternelle, comme si on venait de lui annoncer que son enfant avait gagné un prix prestigieux.

La mine sombre, Robert sortit des étagères une petite boîte qu'il déposa sur une table de travail.

— C'est ça, indiqua-t-il. Enfin, ça l'était.

Sloane leva les mains, il forma un triangle et usa de son sort de perception. Il ne vit qu'une étrange lueur holographique rappelant l'aura de Loch. C'était la trace laissée par l'artefact qui s'était trouvé dans la boîte, devina-t-il, un objet certainement très spécial.

Un objet de piété.

Sloane profita de son sort pour jeter un rapide coup d'œil à Robert. Son aura était nette et claire, typique pour un Muet.

Il laissa retomber ses mains avec un soupir de frustration. Il était dans une impasse.

Loch ramassa la boîte et la retourna. Il la porta à son nez, ricana et la reposa. Il se semblait pas du tout impressionné.

— Cet objet faisait partie d'un ancien totem Sagittaire dédié à Salgumel, expliqua Robert avec révérence. L'un des plus anciens que nous ayons jamais trouvés. Comme il était incomplet, j'ai contacté l'université locale et les musées du monde entier pour tenter de rassembler les pièces manquantes. J'avais réussi, vous savez !

Sloane ne cacha pas sa surprise.

— Oh, vous voulez dire que vous les avez toutes retrouvées ?

— Oui ! répondit fièrement Robert. Il m'a fallu plus d'une décennie de travail acharné pour y parvenir. Justement, je devais recevoir les dernières pièces cette semaine… Quelle horrible malchance ! Je suis désespéré par le timing de ce vol !

— Auriez-vous une photo ?

— Non, j'ai mieux encore ! s'exclama Robert. Regardez !

Il présenta à Sloane un croquis dessiné sur une feuille de papier.

— C'est le rendu d'un artiste imaginant ce que sera le totem une fois terminé.

Sans plus écouter le conservateur adjoint, Sloane étudiait le dessin dans ses moindres détails. Le totem avait été sculpté dans le marbre noir, il représentait Salgumel perché sur un trône déchiqueté, ses puissants tentacules déployés dans toutes les directions. D'après la taille de la boîte vide capitonnée, Sloane devina que le totem avait à peu près le volume d'un téléphone portable. En clair, il tenait dans la main.

Avec un grand sourire, Robert s'adressa à Loch, comme s'il cherchait son approbation – ou à attirer son attention :

— C'est moi l'artiste !

Poliment, Loch lui rendit son sourire, mais il esquissa à Sloane une horrible grimace dès que Robert se détourna.

Sloane s'éclaircit la gorge pour couvrir un rire.

— À quoi servait ce totem ? demanda-t-il.

Robert fronça les sourcils.

— Eh bien… je ne sais pas trop.

Il mentait.

Sloane le toisa sévèrement. Robert céda très vite.

— D'accord, soupira-t-il, j'ai un avis, mais je me trompe peut-être. D'après moi, il s'agit d'un rituel très spécifique et très puissant. Je voulais attendre d'avoir réuni tous les fragments pour examiner la pièce restaurée et m'en assurer.

Cette fois, il disait vrai.

Sloane examina à nouveau la boîte,

— Au sujet du vol, auriez-vous des suspects ? Qui voudrait s'emparer de ce totem ? Un collectionneur ? Un adorateur de Salgumel ?

Robert grimaça.

— Je me souviens juste qu'un professeur s'intéressait beaucoup à ce morceau cassé à l'époque où il figurait encore dans l'exposition publique, répondit-il. Quand nous l'avons retiré, il était très en colère, il a exigé de savoir ce qui se passait. J'ai essayé de lui expliquer qu'il s'agissait d'une restauration, mais il n'a rien voulu entendre. Il était furieux. C'est un Sage, je pense, un homme très coléreux, assez pénible. Il a offert d'acheter la pièce, nous avons refusé. Alors quand j'ai découvert que le morceau du totem de Salgumel manquait, eh bien, j'ai pensé à lui.

— Son nom ?

— Emil Kunst. Il est professeur à l'université de Archersville.

Figé, Sloane déglutit avec difficulté.

Robert remarqua son expression.

— Vous le connaissez ?

Sloane força un sourire.

— Oui, marmonna-t-il, mais seulement de nom. Nous irons lui parler. Et je ferai tout ce qui est en mon pouvoir pour vous rapporter votre morceau de totem.

Le front plissé d'inquiétude, Loch approcha et lui prit la main.

Sloane le laissa faire, appréciant le contact. Il était aussi reconnaissant à l'ancien dieu d'avoir remarqué sa détresse, bien qu'il ait tenté de la cacher. Il resserra brièvement ses doigts sur ceux de Loch, puis s'écarta pour que Robert ne remarque rien.

Maintenant, Sloane était impatient de s'en aller.

— Merci, M. Dorsey, poursuivit-il, je vous tiendrai au courant de l'avancée de mon enquête.

— Très bien. Je vais vous raccompagner.

Robert rangea la boîte vide sur une étagère et leur fit signe de le suivre.

L'esprit en fibrillation, Sloane fixait le sol et laissait Loch le diriger. Il passait devant un immense vase antique quand son attention fut attirée par un bleu gris familier.

L'avant du vase peint représentait un rassemblement des anciens dieux et de leurs adorateurs humains. Tous les mortels présents à la fête orgiaque étaient à moitié nus et aspergés par un fluide bleu jaillissant d'innombrables tentacules divins, ils le buvaient avec enthousiasme. Ce qui étonna Sloane, c'est que certains mortels semblaient même forniquer avec les tentacules.

Ce fluide que Loch lui avait donné à boire…

Sloane s'arrêta net et demanda d'une voix contrainte :

— M. Dorsey ? Ce vase, que représente-t-il au juste ?

Robert répondit avec enthousiasme :

— Oh ! C'est la fête du Nectar des Dieux ! Assez époustouflant, non ? Mais un peu trop explicite pour l'exposer devant un public non averti.

— Et le nectar, c'est quoi exactement ? insista Sloane. Ce fluide bleu gris ?

En entendant Loch ricaner, il devina. Il en eut l'estomac serré.

Robert piqua un fard et se mit à bredouiller :

— Oh ! C'est… eh bien, c'est… euh… un fluide très puissant. D'après la légende, ce vase servait à le recueillir pendant le… euh… rituel. Ce fluide était un cadeau inversable, on lui accordait d'étonnants pouvoirs de guérison… En vérité, c'est… c'est…

— C'est quoi, M. Dorsey ? s'énerva Sloane, de plus en plus certain de déjà connaître la réponse.

Il comptait bientôt tuer un dieu.

— Le nectar divin est du sperme, M. Beaumont. Il s'agit de la… semence sexuelle des dieux.

41

IV

— Putain, tu m'as collé ton foutre dans la bouche !

Sloane frappa violemment le bras de Loch.

— Aïe ! dit Loch d'un ton blessé que son sourire béat contredisait. Et alors ? Où est le problème ? Tu t'es senti bien mieux ensuite, non ?

Enragé, Sloane le cogna aussi fort que possible.

— Je n'arrive pas croire que tu m'aies fait un coup pareil ! fulmina-t-il. C'est… c'est… indécent !

Loch essayait – en vain –de cacher son fou rire.

— Pourquoi ? Parce que ça t'a plu ?

— Enfoiré !

Par miracle, Sloane avait réussi à attendre d'être dans la voiture avant d'exploser. Il cessa ses coups en réalisant qu'ils n'avaient aucun effet sur Loch. Il se sentait à la fois dégoûté et horrifié.

— Tu as délibérément menti, protesta-t-il. Tu m'avais pourtant dit : « je suis sérieux ». Et moi, je t'ai cru. Quel con !

— Je suis le dieu des escrocs, lui rappela Loch avec un sourire. Je suis donc aussi menteur que voleur. En plus, je n'étais pas certain que tu accepterais mon cadeau si tu en connaissais la vraie nature.

— Je ne l'aurais pas fait, bien entendu ! hurla Sloane. On n'est pas censé éjaculer dans la bouche d'un parfait inconnu !

— N'importe quoi ! À la fête du printemps d'Urilith, des milliers d'adorateurs en délire me suppliaient de leur accorder ne serait-ce qu'une goutte de ma semence ! Tu devais te sentir privilégié !

Sloane fit la grimace.

— Arrête ! Je trouve sacrément malsain que des gens boivent ton sperme sous les yeux de ta mère !

Il se détourna et démarra la voiture.

— Ce n'est pas du sperme, corrigea Loch. C'est le nectar des dieux, un fluide béni avec le pouvoir de donner la vie et de guérir. C'est bien plus qu'un simple éjaculat produit par la copulation !

— C'est du foutre, rétorqua Sloane, et tu le sais très bien. C'est même pour ça que tu m'as menti !

— Tu as été élevé par des Sages, déclara Loch d'un ton innocent. Je te pensais au courant des célébrations dédiées à Urilith et de la raison pour laquelle je t'offrais mon nectar.

— Non ! grinça Sloane, amer. Je n'avais que huit ans quand mes parents sont morts, ils évitaient de me parler des orgies tentaculaires !

Loch posa sur la cuisse de Sloane une main affectueuse.

— Ce sont des fêtes tout à fait charmantes, annonça-t-il avec entrain. Très bon enfant ! Tout le monde chante et danse, il y a des tambours…

— Et de la baise sauvage avec des tentacules, c'est ça ?

Sloane était intensément conscient des mouvements caressants de la main de Loch le long de sa jambe.

Loch se tourna vers lui, le regard braqué sur ses lèvres.

— Oui, parfois, gloussa-t-il. Cela n'a rien d'obligatoire, mais c'est tout de même une célébration de la fertilité. Hum, la dernière fois date de très longtemps et je me disais…

— Tu cherches un plan cul, Loch ? railla Sloane.

Il espéra que Loch n'entendait pas les battements erratiques de son cœur.

— Hé, tu m'as goûté, non ? Il me paraît juste que je te goûte aussi.

Sa voix était rauque, hypnotique et d'une folle séduction. Et ses doigts agiles jouaient avec la couture intérieure du jean le long de la cuisse de Sloane.

Sloane se sentit trahi quand son sexe se dressa, impatient de répondre à la proposition sans équivoque. C'était tentant, très tentant.

Si Sloane ignorait la date exacte de la dernière célébration de fertilité dédiée à Urilith, il savait qu'il était chaste depuis une éternité. Résister à Loch lui était difficile. Étrangement, il y parvint en évoquant le gentil sourire qu'avait eu pour lui Lochlain la veille au soir.

Il secoua la tête et déclara :

— Non. Je doute que ce soit une bonne idée.

— Pourquoi ? insista Loch. Tu n'imagines pas l'incroyable extase que je peux t'offrir.

D'un geste ferme, Sloane écarta la main de Loch de sa cuisse.

— Ce n'est pas l'extase que j'attends de toi, mais la justice pour mes parents. Restons professionnels, ce sera plus simple.

— Les mortels sont tellement coincés ! se plaignit Loch, ulcéré.

Il retroussa les lèvres, boudeur, et se renfonça dans son siège.

D'une main qui tremblait, Sloane ajusta sa queue dans son pantalon. Ensuite, il inspira plusieurs fois avant de mettre la voiture en marche.

Vite lassé du silence retombé dans l'habitacle, Loch soupira.

— Bon, ronchonna-t-il, puisque tu refuses les ébats charnels, que comptes-tu faire ?

— Je te rappelle que nous avons un meurtre à résoudre, s'entêta Sloane.

— Quelle est la prochaine étape, ô noble adepte de la chasteté ?

Les dents serrées, Sloane repoussa fermement les pensées érotiques qui bouillonnaient dans son esprit.

— Nous allons rendre visite au professeur Kunst, répondit-il.

Loch se redressa immédiatement.

— Ah oui, le mystérieux professeur. Dis-moi, d'où le connais-tu ?

— Je ne le connais pas ! protesta Sloane. Enfin, pas personnellement. J'ai juste entendu parler de lui.

Il se dirigeait déjà vers l'université de la ville.

— Pourtant, tu étais bouleversé à la seule mention de son nom. Raconte-moi tout !

En voyant Loch pointer un long doigt dans sa direction, Sloane leva les yeux au ciel. L'ancien dieu était vraiment exaspérant ! Avait-il besoin d'être aussi théâtral ? Pourquoi un tel cinéma ?

Ravalant à grand-peine son exaspération croissante, Sloane expliqua ;

— Ma mère a connu Emil Kunst à l'université. Ils sont restés ensemble un moment. Elle a rompu avec lui juste avant de rencontrer mon père.

— Oh, ça paraît croustillant ! s'exclama Loch avec enthousiasme. Le vil professeur était-il jaloux ? Aurait-il harcelé sa maitresse infidèle ? Lui a-t-il envoyé des morceaux sanguinolents de sa chair découpée avec une lame sacrée avec la promesse de la rejoindre sous forme de puzzle ?

Sloane sursauta.

— Quoi ? Non ! Tu es fou ou quoi ?

Très déçu, Loch fronça les sourcils.

— Que s'est-il passé alors ?

— Je t'ai déjà tout dit ! s'énerva Sloane. Ils sont sortis ensemble, ensuite, ils ont rompu.

— Je vois. Kunst ne parvenait pas à satisfaire ta mère et ton père s'est avéré un meilleur amant, c'est ça ?

Un voile rouge devant les yeux, Sloane serra les mains sur son volant.

— Pourquoi faut-il que tu ramènes tout au sexe ? Si tu veux tout savoir, je crois que pour maman, le problème était religieux. Mon père était né Sage tandis que Kunst s'était converti pour elle.

Loch battit des mains.

— Elle a réussi à ramener un Lucian égaré dans le giron de l'ancienne tradition ! Bravo ! Quelle femme rusée et intelligente !

— Non, elle ne l'a pas manipulé, tu comprends tout de travers !

— Hmph. Eh bien, elle t'a aussi élevé comme un Sage, pas vrai ?

— Oui. J'ai essayé de suivre les croyances Sagittaires, mais uniquement parce que pour mes parents, c'était très important.

Loch fronça les sourcils.

— Tu souffres toujours de la disparition de tes parents…

— Ils n'ont pas « disparu », aboya Sloane, ils ont été assassinés quand j'étais enfant. L'anniversaire de leur décès tombe justement cette semaine.

— Que s'est-il passé ?

Très ému, Sloane évoqua sa mère occupée à préparer des herbes à brûler dans son bol d'encens.

Il répondit d'une voix enrouée :

— Ils accomplissaient un rituel quand quelqu'un est entré dans la maison pour les tuer. Je ne… Écoute, je préfère ne pas en parler pour le moment, d'accord ?

Pour se changer les idées, il annonça :

— Pour en revenir au professeur Kunst, je sais juste que, converti ou pas, il était un Sage très dévoué. Il aurait donc un motif pour s'emparer du morceau de totem.

— Et pour parvenir à ses fins, il aurait tué Lochlain ? demanda Loch.

— C'est possible. Il a peut-être pensé que voler le totem après avoir égorgé Lochlain serait plus facile que de le payer.

Sloane jeta un coup d'œil à Loch et insista :

— Si tu sais quelque chose sur cet objet en marbre noir que Robert a dessiné, dis-le. L'as-tu déjà vu ? Peut-être s'est-il trouvé à l'une de tes folles fêtes divines ?

Loch gloussa.

— T'es marrant ! Oui, le totem a été touché par des mains immortelles. À quoi il sert, je ne sais pas. Et avant de me critiquer, rappelle-toi que même les dieux ont des limites.

Il hésita, puis ajouta :

— Nous avions des millions de fidèles qui avaient créé pour nous toutes sortes de rites délicieux. Tu n'espères quand même pas que je me souvienne en détail d'une fête donnée en notre honneur, surtout si je n'en étais pas le seul bénéficiaire !

Sloane émit un ricanement résigné.

— Je vois. Une fois encore, tu ne sers à rien !

— Le totem pouvait avoir de multiples usages, insista Loch. Il aurait pu canaliser l'énergie de mon père pour une bénédiction ou une malédiction, ou orienter les gens afin qu'ils se rendent à… hum, quels termes as-tu employés ? Ah, oui, des orgies de baise sauvage et tentaculaire !

— Génial ! Voilà qui m'aide beaucoup !

— Oui, je peux être très utile, affirma Loch avec entrain.

— Je préfèrerais que tu fasses avancer l'enquête, grommela Sloane.

Ils arrivaient devant l'université.

— Ne sois pas rabat-joie ! Mon utilité s'exerce dans bien d'autres domaines. C'est toi qui t'obstines à refuser mes propositions.

Ignorant ces provocations, Sloane quitta la voiture et erra sur le campus à la recherche du professeur. Très vite, il dut admettre que sa visite était un échec complet : Kunst était en vacances cette semaine-là.

Bien entendu, cette coïncidence éveilla ses soupçons. Malheureusement, le personnel universitaire qu'il interrogea ne lui apporta rien de concret, la plupart de ses membres refusèrent même de fournir des informations personnelles sur un enseignant.

Loch l'avait suivi dans ses pérégrinations sans cacher son profond ennui. De retour à la voiture, il se laissa tomber sur le siège passager et déclara d'un ton railleur :

— Et maintenant, on fait quoi ?

— Le point, répondit Sloane. Je vais rentrer chez moi et utiliser mon ordinateur personnel pour chercher l'adresse du professeur. Nous lui rendrons visite demain, histoire de vérifier s'il est toujours en ville.

— Tu penses qu'il s'est enfui ?

— C'est possible, mais pourquoi aurait-il laissé derrière lui les autres pièces du totem ? Robert a bien dit qu'il recevrait les dernières sous peu et qu'il escomptait très vite se lancer dans son œuvre de restauration.

Sloane s'enfonça dans son siège, les sourcils froncés, et tenta d'organiser mentalement les différents aspects de cette affaire.

— À quoi penses-tu ? s'enquit Loch.

— Si le tueur désirait le totem, je comprends mal qu'il se soit débarrassé de Lochlain pour n'en récupérer qu'un morceau. Sauf si… eh bien, peut-être ignorait-il les intentions de restauration de Robert. C'est plus logique d'ailleurs, je doute que le conservateur adjoint du musée raconte sa vie professionnelle sur les réseaux sociaux. D'un autre côté, rien ne nous prouve encore que le morceau de totem volé par Lochlain juste avant sa mort soit le mobile de son assassinat. Il s'agissait peut-être d'un vol antérieur.

Loch fronça les sourcils en toisant sévèrement Sloane :

— En clair, tu ne sais toujours pas qui a tué mon fidèle adorateur.

— J'ignore aussi pourquoi il a été tué, reconnut Sloane.

Loch fit claquer sa langue.

— Le mobile m'importe peu ! Je veux juste un nom, je me charge ensuite de faire payer le coupable. Je suis très déçu que tu n'aies fait aucun progrès !

Sloane fit un gros effort pour répondre sans hausser le ton :

— J'enquête depuis ce matin seulement ! Et question efficacité, tu es mal placé pour parler ! Tu n'as fait que voler des pacotilles, dire des conneries et te foutre de moi – sans mauvais jeu de mots ! Je suis presque ébloui d'avoir réussi à fonctionner malgré ta présence délétère !

Une lueur démoniaque s'alluma dans les yeux divins.

— Tu es bien trop stressé, Sloane, roucoula Loch. Tu devrais me laisser te baiser, cela te détendrait, et moi aussi. Avec l'esprit clair, nous réussirons certainement à résoudre au plus vite cette méchante affaire.

Sloane leva les yeux au ciel. Qu'avait-il donc fait pour mériter de tels tourments ?

— Ne sois pas ridicule ! Bon, il se fait tard et je suis fatigué. Je vais rentrer chez moi et manger un morceau.

— D'accord, marmonna Loch, la lèvre boudeuse.

— Où veux-tu que je te dépose ?

Loch lui lança un regard éberlué.

— Nulle part ! Je viens avec toi.

Sa voix était si catégorique que Sloane ne discuta même pas.

— Ben voyons, pourquoi avais-je espéré une autre réponse ?

Un sourire satisfait aux lèvres, Loch se tint tranquille pendant que Sloane retournait à son appartement, il avait tout d'un chat devant une jatte de crème.

Quand Sloane se gara dans son parking, Loch sortit de la voiture et le suivit d'un pas dansant.

Peu après, Sloane déverrouillait sa porte et s'écartait, le bras tendu :

— Eh bien, voici ma modeste demeure, déclara-t-il.

Son appartement était petit et encombré, des livres et journaux s'entassaient en piles soigneusement rangées sur les étagères archi pleines et même sur le sol. Le mobilier était usé, mais propre. Il n'y avait pas grand-chose de personnel, à part les photos encadrées accrochées aux murs.

— C'est ici que tu habites ? demanda Loch.

Il semblait un peu alarmé.

— Oui.

Avec un soupir las, Sloane se dirigea vers sa petite cuisine. Il avait sacrément besoin d'un verre. Loch était juste derrière lui, son inquiétude de plus en plus manifeste au fur et à mesure qu'il avançait,

— Tu es sérieux, Sloane, tu vis vraiment ici ? Serais-tu… pauvre ?

Sloane sortit une bouteille de rhum et s'en versa une bonne rasade. Il eut un petit rire étouffé.

— Je ne roule pas sur l'or, c'est exact. Quel tact de le remarquer !

— Être détective privé n'est pas une profession lucrative, alors ?

— Si, je m'en sors plutôt bien, mais je préfère vivre simplement et dépenser mon argent autrement.

Ayant déjà vidé son verre, il s'en servit un second.

Loch le regarda faire en plissant les yeux.

— Tu as une addiction à l'alcool ? demanda-t-il.

Sloane ouvrit son frigo dont il sortit du pain et de la viande froide. Il comptait s'en faire un sandwich.

Il répondit avec patience :

— Non, mais je dépense pas mal en enquêtant à mes frais sur le meurtre de mes parents. Ça coûte cher d'obtenir des informations, de consulter des avocats…

Loch afficha alors une expression décidée.

— Je t'aiderai à faire justice à tes parents, je le jure !

C'était un vœu si solennel que Sloane ne sut trop quoi répondre.

— Merci, marmonna-t-il enfin.

Pour changer de sujet, il demanda :

— Euh, tu veux un sandwich ?

— Il m'arrive d'ingérer de la nourriture mortelle, c'est même parfois un plaisir, mais en vérité, je n'en ai pas besoin. Mon essence divine suffirait à alimenter ce corps indéfiniment.

— Je vois.

Une fois son sandwich prêt, Sloane le posa sur une assiette qu'il emporta. Il passa devant Loch et se rendit jusqu'à son bureau, il saisit la souris et la remua pour allumer son ordinateur.

Loch s'attardait à regarder les photos accrochées au mur.

— Ce sont tes parents ?

Connaissant ses cadres par cœur, Sloane n'eut pas à se retourner.

— Oui, répondit-il d'un ton sombre. Le dernier Dhankes que nous avons passé ensemble.

Loch passa à un autre cadre.

— Et qui est cette bizarre créature poilue ?

— Il n'est pas poilu, il a juste une énorme barbe. C'est mon meilleur ami, Milo, nous avons reçu nos diplômes ensemble.

— Que tient-il à la main sur cette autre image ?

— Ce sont… euh, des tampons.

— Ah ! Il a ses règles, alors ? Et vous célébrez le rituel de sa puberté ?

Sloane retint un rire étranglé.

— Quoi ? Non ! Nous nous sommes rencontrés à un concert et il m'a accidentellement heurté au visage, il a bien failli me casser le nez. Nous n'avions pas de mouchoirs pour éponger le sang, mais une amie de Milo m'a donné ses tampons en me conseillant de les enfoncer dans mes narines pour stopper l'hémorragie. Par la suite, Milo et moi sommes devenus bons amis et les tampons sont restés pour nous une sorte de… blague privée.

Loch fit une grimace sceptique.

— Je vois.

— Il faut le contexte pour comprendre ce genre d'humour, se défendit Sloane.

— Je suppose, oui.

Abandonnant les photos, Loch se rapprocha de Sloane et se pencha par-dessus son épaule pour examiner l'écran d'ordinateur. Il était bien trop près ! C'était agaçant.

— Tu fais quoi, là ? demanda le dieu.

Sloane tapait sur les touches de son clavier.

— Je cherche des infos sur le professeur Kunst. Pour le moment, c'est notre seule piste.

— Tu restes convaincu que Lochlain a été tué parce qu'il a volé ce morceau de totem au musée ?

Sloane croqua dans son sandwich, les yeux sur son écran.

— Comme je le dis souvent, répondit-il, la réponse la plus simple est souvent la bonne. Si on finit dans une impasse, on essaiera autre chose.

Loch fronça les sourcils.

— Travaille, alors. Et moi, comment suis-je censé m'occuper ?

— Je ne sais pas ! Que font les dieux à part déranger d'innocents mortels ?

— Ils dorment.

— Alors, dors !

Loch s'effondra sur le canapé.

— Je ne fais que ça depuis des siècles ! se plaignit-il.

Sloane se pencha en arrière, il saisit la télécommande et alluma la télé.

— Regarde la télé, si tu préfères ! jeta-t-il, exaspéré.

— La quoi ?

— La télévision. Cet écran plat qui procure aux humains de très nombreux divertissements…

Frustré, Loch croisa les bras et fit la grimace.

Sans paraître remarquer sa bouderie, Sloane zappa de chaîne en chaîne avant de se décider pour un concours de cuisine organisé par un chef britannique des plus fougueux.

— Là ! déclara-t-il. *Hell's Kitchen* [7] ! Ça devrait te plaire.

Au début, Loch jeta à l'écran un regard de mépris, mais très vite, l'émission le fascina.

Ravi que sa manœuvre de diversion ait si bien fonctionné, Sloane put se concentrer sur ses recherches concernant Emil Kunst. Il n'eut aucun mal à trouver l'adresse personnelle du professeur ainsi que plusieurs articles publiés par lui durant sa carrière académique. Fervent pratiquant des rites Sagittaires depuis sa conversion, Kunst recherchait avec ferveur l'équilibre entre sa profession, la magie et sa foi révérencieuse pour les anciens dieux. Comme de nombreux Sages, les parents de Sloane y compris, il restait convaincu que le sommeil des anciens dieux serait temporaire et qu'un jour, ils reviendraient sur terre.

Les heures passaient. Sloane lisait tout ce qu'il trouvait sur Kunst et Loch était totalement absorbé par l'émission qu'il commentait parfois d'un commentaire sarcastique :

— Andouille ! Il l'a traité d'andouille ! C'est hilarant !

Amusé, Sloane sourit et s'accorda quelques instants pour observer Loch. Son enthousiasme était tout à fait charmant, surtout quand il se moquait du chef et de la virulence de ses qualificatifs critiques envers les

---

7 Émission de téléréalité américaine basée sur un concours de cuisine (et aussi jeu de mots, car Hell's Kitchen « *la cuisine de l'enfer* » est aussi un quartier de Manhattan à New York.)

malheureux candidats. En vérité, Sloane appréciait d'avoir de la compagnie, le changement était agréable.

La présence de Loch était un vrai réconfortant. Pour une fois, Sloane n'était pas seul.

Il y avait si longtemps qu'il était seul !

Ce fait le frappa. Depuis quand ne recevait-il plus personne chez lui ? Même son meilleur ami ne venait jamais ici, dans son appartement, ils se retrouvaient toujours chez Milo, ou dans un café ou dans un autre endroit du même genre. Sloane tenait beaucoup à Milo, mais il n'était pas dans sa nature de s'ouvrir aux autres.

Peut-être aussi n'était-il pas très sociable.

En temps normal, il trouvait son appartement déprimant, sa vacuité émotionnelle lui pesait lourdement. Pas ce soir, pas avec Loch vautré sur le canapé qui riait aux éclats devant une émission de téléréalité.

Et Sloane avait beau chercher, il ne se souvenait pas d'avoir passé une journée entière en compagnie d'autrui… avant aujourd'hui.

Il se leva pour aller chercher la bouteille de rhum dans la cuisine. Il se servit et revint au salon. Il s'installa à côté du dieu sur le canapé et proposa :

— Tu veux un verre ?

Loch eut un ricanement entendu.

— Pourquoi ? Tu espères me saouler et abuser de moi ? Je te signale que les libations mortelles ne m'affectent pas.

— Je t'offrais juste un verre ! protesta Sloane.

Il vida le sien et le remplit à nouveau.

— Tes recherches informatiques ont-elles été fructueuses ? s'enquit Loch.

— Plutôt, oui. Nous irons demain chez le professeur. Il est incontestablement obsédé par les anciens dieux, par Salgumel en particulier. Il a aussi des idées très personnelles sur vous tous et votre long roupillon.

— C'est tout ?

Sloane se frotta les yeux.

— D'après moi, le totem faisait partie d'un rituel du solstice. Je n'en suis pas certain et je n'ai pas trop compris son usage exact. Tous les articles que Kunst a écrits à ce sujet ont dû être retirés parce qu'ils engendraient trop de controverse. Il a même failli perdre son poste à l'université à cause de sa théorie.

— Quelle théorie ?

— D'après lui, les humains possèdent déjà de quoi réveiller les dieux, il ne leur reste plus qu'à attendre le bon moment pour agir, le jour où les astres ont le bon alignement... ou une connerie du genre.

— Fascinant, marmonna Loch.

Sloane se demanda si l'immortel l'avait même écouté. Il paraissait bien plus intéressé par l'émission qu'il regardait.

— Quand tu seras certain que ton professeur a tué Lochlain, préviens-moi, ajouta Loch.

— D'accord, grommela Sloane, un peu déçu que Loch ne soit pas davantage impressionné par ses progrès.

Il sirota son rhum et se détendit quand la chaleur de l'alcool envahit son système. La tête renversée en arrière il tenta de faire le tri de tous les événements incroyables qu'il avait vécus aujourd'hui.

Ce soir, par exemple, il buvait du rhum à côté d'un dieu assis sur son canapé, ils regardaient ensemble la télé. C'était surréaliste !

Sloane poussa un profond soupir et ferma les yeux, s'abandonnant sur ses coussins.

— Tu te détends enfin ? roucoula Loch.

— J'essaye.

— Je suis désolé.

La voix avait résonné tout près de son oreille, comme si Loch avait détourné son attention de l'écran pour se pencher vers lui.

Sidéré, Sloane ouvrit les yeux et rencontra un regard très vert, très intense. Il ne comprenait pas. D'après lui, les dieux n'avaient pas pour habitude de présenter des excuses aux mortels.

— De quoi ? bredouilla-t-il.

Loch posa la main sur la sienne.

— Des problèmes que je t'ai causés aujourd'hui par mes actions irréfléchies. Mon but n'était pas de te mettre mal à l'aise. Je suis un filou, certes, mais pas un salaud.

Il était sincère constata Sloane à sa grande surprise.

— Loch...

— Tiens, c'est pour toi.

Un tentacule jaillit de sa manche et présenta à Sloane un bol d'encens.

— Au musée, enchaîna Loch, j'ai bien vu que tu étais bouleversé en le voyant, bouleversé, mais heureux. J'ai pensé que tu aimerais l'avoir.

Sloane reconnut immédiatement le bol qui lui avait rappelé sa mère.

— Tu l'as volé au musée ? Loch ! Comment as-tu pu ? Il était dans une vitrine ! Il va nous falloir le rapporter !

Loch prit un air hautain.

— Ce bol appartenait à ma famille. Techniquement, c'est le musée qui l'a volé. C'était une offrande à ma tante et je me suis juste assuré de le rendre à sa propriétaire légitime. Comme elle dort, j'ai la responsabilité de récupérer ses biens non ? Je te donne ce bol.

Sloane recula en secouant la tête.

— Je ne peux pas… accepter !

— Il ne te plaît pas ?

— Si, mais…

— Accepte-le, s'il te plaît, insista Loch, accepte-le en même temps que mes plus sincères excuses.

— Ah… D'accord. Merci.

Ému, Sloane étudia Loch par-dessus le bol. Il avait reçu des excuses d'un immortel, que demander d'autre ? Il avait aussi reçu un cadeau volé avec les meilleures intentions du monde.

Soudain méfiant, il préféra ajouter :

— Ça ne change rien ! Je ne compte toujours pas coucher avec toi.

Loch eut un rire espiègle et se mit à jouer avec les doigts de Sloane.

— Tu changeras d'avis.

— Non, sûrement pas, affirma Sloane.

À son corps défendant, il souriait comme un benêt. Et après avoir posé le bol sur la table basse, il ne retira pas sa main, au contraire, il regarda leurs doigts entrelacés. La sensation était agréable.

Une fois son rhum vidé, Sloane perdit ses inhibitions et se blottit contre le flanc de Loch, le bras divin autour de ses épaules. C'était encore meilleur.

Il était très tard. Sloane réalisa soudain n'avoir rien avalé de plus qu'un sandwich de toute la journée. Et Loch n'avait rien pris du tout.

— Tu as faim ? Euh… tu veux manger quelque chose?

Loch lui offrit un sourire affectueux.

— Non. Je n'ai pas besoin de nourriture terrestre, je te l'ai déjà dit. Aurais-tu oublié que je suis un immortel ?

— Non, non. Euh…

— Et toi, coupa Loch, aurais-tu envie… de quelque chose ?

Bien qu'il ait gardé un ton innocent, la langue qu'il faisait lentement glisser sur ses lèvres contenait un message sans équivoque : il ne parlait pas d'aliments.

Les joues empourprées, Sloane fixa cette bouche tentatrice.

— N-non, bredouilla-t-il. Rien, merci.

Loch pivota et utilisa son bras placé autour des épaules de Sloane pour l'attirer plus près de lui. Il prit le visage de Sloane entre ses paumes, les doigts enfouis dans ses cheveux.

— Tu en es sûr ?

Sloane ne savait plus où il en était. Personne ne l'avait jamais regardé comme Loch le faisait en ce moment précis, avec tant de chaleur, tant d'adoration, tant de désir. Il en frémit d'excitation, son sang se mit à bouillonner dans ses veines et son souffle s'étrangla dans sa gorge.

— Pas vraiment, reconnut-il.

Loch lui caressa la joue et soupira.

— Pourquoi as-tu si peur ? Pourquoi refuser le plaisir que je pourrais te faire découvrir ?

— Je n'ai pas pour habitude de coucher avec le premier venu ! Protesta Sloane. Merde…

Sa voix se brisa quand la langue de Loch effleura son oreille.

— Pourquoi pas ?

Son souffle était une caresse sur la peau échauffée de Sloane.

— Parce que… parce que….

Incapable de formuler une réponse cohérente, Sloane préféra se taire. Comment était-il censé réfléchir avec la langue de Loch sur son lobe et ses doigts jouant avec ses cheveux ?

— Parce que quoi ? insista Loch.

Il paraissait calme et détendu.

Sloane tenta de repousser la brume qui envahissait son cerveau.

— Quand je cède à la passion, répondit-il enfin, j'espère plus qu'une aventure d'un soir. Je veux que ça dure !

Loch pressa les lèvres sur sa mâchoire.

— Cela durera toute la nuit, promit-il. Et celle d'après… et encore après…

— Et merde ! Céda Sloane.

Il tourna la tête et embrassa Loch, un baiser torride, exigeant, fébrile. Avec un gémissement rauque, il poussa sa langue dans la bouche du dieu. Oubliant sa résistance, sa volonté de rester fort, il s'abandonna au plaisir.

Ravi, Loch émit un long feulement. Physiquement plus lourd et plus solide que Sloane, il en profita pour peser sur lui et l'enfoncer dans les coussins du canapé pendant qu'il approfondissait le baiser.

Enivré, Sloane retrouva avec bonheur ce goût frais et mentholé, ces lèvres douces comme du velours, cette langue savante. Un autre gémissement émana du plus profond de sa gorge.

Il se cambra et haleta, appréciant la pression des hanches de Loch contre les siennes, il s'y frotta désespérément à la recherche d'une friction plus précise. Après de longues années de chasteté, le feu qui ravageait son corps risquait de provoquer un orgasme bien trop rapide... et ce n'était pas ce qu'il souhaitait.

Il s'écarta pour respirer, le souffle court.

— On serait mieux dans ma chambre.

Les yeux de Loch brillaient, avec des pupilles si dilatées que les iris avaient pratiquement disparu. Les prunelles noires flambaient de désir.

— D'accord.

Il se leva avec Sloane serré contre sa poitrine et l'emporta jusqu'à son lit. Sloane avait la tête qui tournait, en partie à cause de l'alcool ingurgité, en partie à cause des lèvres de Loch. Au plus profond de son cerveau embrumé, une petite sonnette d'alarme tentait de le rappeler à la raison, mais il refusa d'écouter la voix du bon sens.

Il ne pensait qu'à l'immortel qui l'étendait sur ses draps et déchirait ses vêtements, qui embrassait sa gorge et lui arrachait des cris et des gémissements extasiés.

Impatient de déshabiller Loch, Sloane laissa courir ses doigts sur la peau lisse pour en explorer chaque centimètre. Il traça les « cicatrices » enroulées et retint un hoquet surpris quand un des tentacules se déploya et s'enroula autour de ses poignets pour l'épingler au lit.

Tout frissonnant, Sloane s'abandonna à une joyeuse sensation qu'il avait du mal à décrire. Son plaisir s'intensifia quand un autre tentacule quitta le corps de Loch et glissa sur son ventre vers sa queue.

Les yeux écarquillés, Sloane haleta et regarda l'appendice approcher de son but.

— Qu-qu'est-ce que tu fais ?

— Je te l'ai déjà dit, je veux te goûter, répondit Loch.

Le tentacule s'enroula à la base du sexe de Sloane et serra doucement. Sloane hoqueta, sans en croire ses yeux : une sorte de bouche venait d'apparaître à l'extrémité du tentacule. Sloane n'eut pas le temps d'interroger Loch, déjà, le tentacule avait englouti son sexe.

Sloane retomba en arrière avec un grand cri étranglé.

— Putain de merde !

Ses yeux se remplirent de larmes. La sensation était délicieuse, intense. Un étau brûlant, serré et palpitant malaxait son sexe sur toute sa longueur. Sloane souleva ses hanches du lit. L'aspiration était forte, à la limite du douloureux, mais que pouvait-il faire ? Il était à la merci d'un dieu !

— Mmmph, tu as un goût délicieux, susurra Loch.

Il déposait de petits baisers sur la poitrine et les épaules de Sloane.

Incapable de contrôler ses spasmes, Sloane gémit et se cambra. Il sut qu'il allait jouir quand le tentacule de Loch changea de rythme. Avec un sanglot étranglé, il explosa dans un orgasme fulgurant, le corps agité de soubresauts.

Loch le regarda avec adoration en se léchant les lèvres, comme s'il avait le goût du sperme de Sloane dans la bouche.

— Absolument merveilleux ! commenta-t-il. Un vrai nectar !

Sloane retomba sur le lit, vidé tant physiquement qu'émotionnellement. Il avait du mal à reprendre son souffle, son corps vibrait encore d'un plaisir inconnu, un plaisir divin, un plaisir que seul Loch était capable de lui procurer, il en était d'ores et déjà certain.

Parce que Loch était un dieu.

Le tentacule lâcha son sexe, l'autre appendice, celui enroulé autour de la main de Sloane, s'écarta également après une dernière caresse.

Loch se pencha et posa ses lèvres sur les siennes. Surpris, Sloane crut trouver un goût musqué dans sa bouche, son sperme ?

— C'était… waouh !

Sloane ne savait comment définir une fellation aussi jouissive. En fait, pouvait-on appliquer le mot « fellation » à un tentacule ? Existait-il un terme spécifique ? Il en doutait. C'était sans importance.

— Je n'ai jamais rien ressenti d'aussi fort, reprit-il. C'était dément ! Je suis désolé d'avoir été aussi… euh, rapide à jouir. Et toi ? Veux-tu que je … euh, te renvoie l'ascenseur ?

Loch se redressa, aucun tentacule n'émergeait de son corps humain. Il eut un sourire de fauve apaisé.

— Ne t'inquiète pas pour moi, tout va très bien pour le moment. Ne t'avais-je pas promis de te satisfaire ?

Sloane essuya la sueur de son front et hocha la tête.

— Oui, tu as tenu parole.

Très content de lui, Loch se lova contre Sloane et le serra très fort.

— Ça m'a beaucoup plu, déclara-t-il. J'ai hâte de recommencer.

Quoi ?

Loch voulait recommencer.

Avant que Sloane n'ait le temps de protester, il entendit un bourdonnement venant du sol. C'était son téléphone. Sloane se dégagea de l'étreinte de Loch afin de le récupérer dans la poche de son pantalon.

En consultant l'écran, Sloane vit un appel manqué de Milo. Il soupira en s'asseyant sur le bord de son lit. Il n'était pas d'humeur à parler à son ami, surtout avec un dieu très nu se prélassant juste derrière lui.

— C'était qui ? demanda Loch, l'air toujours aussi béat.

— Milo, répondit Sloane.

Une autre vibration retentit, plus brève. Un message cette fois.

— Que me veut-il ? s'étonna Sloane. J'espère que ce n'est pas important.

Salut mec,

Je voulais juste te demander si tu avais eu des nouvelles de Lochlain ? Lynn n'arrive pas à le joindre, elle commence à paniquer. Aurais-tu fini par revoir son frère ? Tu n'as pas été très clair ce matin au téléphone. Donne-moi des nouvelles STP.

Merci mon pote !

Loch haussa les sourcils.

— Tu tires une drôle de tronche. Un problème ?

— Oui, marmonna Sloane, effondré. C'est la cata.

V

— Qu'as-tu vu sur cet appareil qui te bouleverse tant ? demanda Loch, l'air contrarié.

Sloane lui montra son écran où s'affichait le SMS de Milo.

— La sœur de Lochlain s'inquiète pour lui. Qu'est-ce que je vais lui dire ?

Loch lui arracha le téléphone de la main et le jeta par-dessus son épaule.

— Hé ! glapit Sloane.

— Tu ne diras rien du tout, répondit Loch avec flegme. Tu es trop sincère, tu n'arriveras pas à mentir de façon convaincante à ton ami poilu. Donc, pour le moment, le mieux est de l'ignorer. Tu m'as bien dit qu'on allait demain rendre visite au professeur ?

— Oui, mais…

Loch lui coupa la parole avec feu :

— Demain, nous aurons peut-être les réponses que nous cherchons. Ce sera bien plus facile d'expliquer à la sœur de Lochlain que oui, mon fidèle est mort, mais que nous avons rendu la justice et puni son assassin. Tu n'es pas d'accord ?

Sloane fit une petite grimace.

— Si, si.

Loch l'attira dans ses bras et le serra fort.

— Viens dormir, dit-il avec autorité. Ne pense plus à rien, libère ta belle petite tête de tous ces soucis et repose-toi.

Sloane n'aurait su dire si les paroles de Loch avaient été un ordre magique ou s'il était tout simplement épuisé, mais en quelques instants, il s'endormit profondément. Et il ne se réveilla qu'au matin, ce qui ne lui arrivait quasiment jamais.

Ça faisait longtemps qu'il n'avait pas passé une aussi bonne nuit !

Quand il ouvrit les yeux, il avait bien chaud, il se sentait heureux, protégé. En vérité, tout son corps bourdonnait de satisfaction. La présence de Loch changeait complètement l'ambiance de son appartement : de coquille vide, l'endroit s'était transformé en foyer. Or Sloane n'avait pas connu de foyer depuis la mort tragique de ses parents, dix-neuf ans plus tôt presque jour pour jour.

Le nez dans son oreiller, Sloane sentait les bras de Loch autour de lui, le visage divin était enfoui au creux de son cou et les tentacules étaient… oh, waouh !

Ils étaient tous enroulés autour de lui, au niveau des jambes, des bras. Combien y en avait-il ? Sloane n'aurait su le dire. Il cligna des yeux quand il se rendit compte qu'il ne pouvait pas bouger. Loin de se sentir piégé ou acculé, il ressentait un profond sentiment de sécurité. Que c'était étrange, pensa-t-il, de trouver un tel réconfort auprès d'un ancien dieu dont jusqu'à hier matin, il doutait de l'existence.

Puis son cerveau se débarrassa des brumes du sommeil et les événements de la nuit dernière lui revinrent en mémoire.

Intérieurement, Sloane grimaça.

Il avait embrassé un immortel ! Il s'était laissé… euh, sucer par un tentacule ! Une vague de honte le balaya pour s'être aussi impudiquement abandonné aux plaisirs de la chair, mais ça avait été… oh, merde, ça avait été fantastique !

Quand Sloane essaya de s'asseoir, les tentacules resserrèrent leur étreinte sur lui. Sloane grogna une protestation.

— Je dois me lever !

— Mmm, pas encore, marmonna Loch d'une voix endormie, sa bouche, posée sur la peau de Sloane, lui chatouillait le cou.

— Loch, dit Sloane avec fermeté, il faut qu'on parle. À propos de ce qui s'est passé hier soir…

— C'était dément, rétorqua Loch avec suffisance. Ce sont tes propres mots si je me souviens bien !

Rien qu'à son ton, Sloane devina qu'il affichait son sourire béat. Il piqua un fard.

— Oui, c'est vrai, reconnut-il, mais c'était aussi une erreur. Il n'est pas question de recommencer à forniquer à la moindre occasion.

Les tentacules se raidirent, quelques-uns s'écartèrent lentement.

— Pourquoi ? demanda Loch avec aigreur. Il y a une attirance évidente entre nous, tu ne peux nier. Je vois bien la façon dont tu me regardes, j'entends aussi ton cœur battre la chamade dès que j'approche de toi. Nous sommes ensemble, que tu le veuilles ou pas.

Sloane ne sut comment répondre à ces paroles. Après tout, Loch ne disait que la vérité.

Il n'eut pas le temps de réfléchir à la question, car au même moment, il entendit frapper à sa porte d'entrée. Il releva brusquement la tête.

Qui ça pouvait-il être ?

Sans se soucier du tapage, Loch insista :

— Alors ?

— Nous ne sommes pas ensemble, se défendit Sloane. Et comme je te le disais, je n'approuve pas les aventures d'un soir, je préfère établir une relation stable avant de passer au sexe. Et je ne mélange pas le plaisir et le travail !

Loch parut se rasséréner. Il hocha même la tête, comme s'il comprenait soudain pourquoi Sloane était aussi bouleversé.

— Ah, je vois, tu considères d'ordre professionnel notre accord pour faire justice à mon fidèle adorateur ?

— Euh… Oui.

Sloane trouvait cette explication des plus satisfaisantes, aussi espérat-il que le sujet était clos. Il chercha une fois encore à quitter son lit.

— Lâche-moi, maintenant, ajouta-t-il, je dois aller ouvrir la porte.

— Bien sûr, répondit gentiment Loch.

Il posa un baiser sur la bouche de Sloane et sourit :

— C'est décidé, je vais te faire la cour ! annonça-t-il avec enthousiasme.

Sidéré, Sloane le fixa sans comprendre.

— Mmmph ! Hein, quoi ?

Il avait d'autant plus de mal à analyser les paroles lunatiques de Loch que le tambourinement sur sa porte devenait bruyant et frénétique.

— Je vais te faire la cour, répéta Loch. Je t'emmenai au restaurant, au spectacle, je t'offrirai des cadeaux. Tu es conscient de ta valeur et tu ne veux pas te brader, c'est tout à ton honneur. Au fait, contrairement à ce que tu as pu entendre, la plupart des dieux sont monogames. Personnellement, je préfère la monogamie si nous devons nous accoupler, mais si tu tiens à un ménage à trois ou plus, je n'y vois pas d'inconvénient majeur.

— HEIN ? QUOI ? hoqueta Sloane. Putain, mais ça ne va pas la tête ! Non ! Écoute, on en parlera plus tard. Il faut que je m'habille et que j'aille ouvrir, merde !

Dès que Loch le libéra, Sloane sauta du lit et rua vers sa penderie pour trouver un pantalon propre. Ensuite, il sautilla sur un pied pour l'enfiler et sprinta à travers la chambre pour récupérer le reste de ses affaires.

Loch le regardait s'agiter en faisant la moue.

— Pourquoi t'agiter comme ça ? protesta-t-il. Nous sommes au beau milieu d'une discussion d'importance, cela devrait être ta priorité. Celui qui est devant ta porte attendra, voilà tout !

Il se trompait. La personne qui frappait démontra dans les minutes qui suivirent qu'elle ne comptait pas patienter plus longtemps. La porte explosa dans un grand fracas de bois et de gonds brisés.

Affolé, Sloane se rua dans le couloir.

— Qu'est-ce qui se passe ? cria-t-il.

La peur au ventre, il claqua des doigts et invoqua de l'air autour de lui, un énorme courant d'énergie. Avec des éclairs blancs crépitant plein les mains, il était prêt à se battre.

Il se figea en voyant Lynette Fields et un grand inconnu entrer hardiment chez lui.

Sans baisser les mains, Sloane l'interpella :

— Lynette ! Qu'est-ce qui vous prend ?

Elle semblait très en colère.

— Où est mon frère ? aboya-t-elle. Je suis passé chez lui, je sais que son appartement a été nettoyé par la magie ! Que s'est-il passé ?

Sloane tenta de l'apaiser.

— Écoutez, je peux tout expliquer.

— Alors, parlez, grogna son compagnon d'une voix forte.

Sloane fit bouger sa main et, sans lâcher ses éclairs défensifs, il invoqua un sort de perception qu'il dirigea vers l'inconnu pour comprendre à qui il avait affaire.

Les restes de sa porte vibraient encore de Rage de Baub, un feu explosif, ce qui expliquait l'importance des dégâts.

Mais il y avait autre chose…

Au même moment, une voix enjouée déclara derrière Sloane :

— Bonjour, tout le monde !

— Lochlain ! haleta Lynette, abasourdie.

Avec un sourire soulagé, elle fit un pas en avant et cria :

— Idiot ! J'étais malade d'inquiétude ! Je… je…

Elle se figea, troublée, puis fixa Loch avec une sorte d'horreur.

— Qu'est-ce qui ne va pas, poupée ? s'étonna le grand homme qui l'accompagnait en plissant le front.

— Ce n'est pas Lochlain, déclara Lynette d'une voix brisée.

Ses yeux étaient noyés de larmes.

Sloane intervint encore :

— S'il vous plaît, laissez-moi vous expliquer.

Sans l'écouter, Lynette arbora une attitude guerrière. Elle marmonna entre ses dents et une boule de glace se forma rapidement autour de ses doigts, avec des pointes déchiquetées qui évoquaient une étoile du matin.

— Et merde ! grommela Sloane.

Lynette recula et lança de toutes ses forces son projectile sur Loch.

— Non ! cria Sloane.

Il projeta ses éclairs, interceptant et brisant la boule de la glace dont les éclats acérés volèrent un peu partout. Il se tourna vers Lynette, qui préparait déjà une seconde offensive. Et son massif compagnon, devenu luminescent, marmonnait un sortilège au son désagréable, ses poings chauffés à blanc s'apprêtaient à invoquer un barrage de feu.

Sloane se plaça devant Loch et ferma très fort les yeux. Du plus profond de son être, il fit jaillir sa magie. Quand il tendit les mains en avant, il projeta devant lui un bouclier de lumière vive.

La lueur des étoiles.

Elle absorba sans peine la glace et le feu, mais Sloane fut forcé de se mettre à genoux pour maintenir sa protection.

Un petit bruit troubla sa concentration, c'était Loch qui se raclait la gorge. Tout s'arrêta.

Au sens littéral.

Incapable de bouger, Sloane cligna des yeux et fixa une boule de glace qui planait à quelques centimètres de son bouclier près d'un long jet de feu. Quant au grand homme et Lynette, eux aussi semblaient immobilisés, même s'ils grognaient et se débattaient contre leurs liens invisibles. Loch s'avança d'un pas nonchalant jusqu'aux missiles de feu et de glace, il les toucha du bout du doigt et les renvoya dans le néant.

Sloane se rendit alors compte que s'il essayait, il pouvait fléchir les bras. Il laissa donc tomber son bouclier avec un soupir.

Puis il se releva lentement, émerveillé par la puissance magique dont il venait d'être le témoin.

Loch lui lança un regard narquois, assorti d'un sourire. Il se pencha et murmura à son oreille :

— Quel magnifique bouclier de lumière ! Je suis très impressionné.

Trop ému pour parler, Sloane rougit et frissonna.

Loch se tourna ensuite vers le couple si prompt à s'emporter.

— Maintenant, annonça-t-il sévèrement, laissez Sloane vous expliquer ce qui est arrivé à Lochlain. Écoutez-le jusqu'à la fin, c'est compris ?

Lynette cherchait toujours à s'échapper. Elle s'essoufflait.

— Comment faites-vous ça ? haleta-t-elle. Vous n'avez même pas… jeté de sort ! Vous avez… Je ne comprends pas… comment ?

— Je suis Azaethoth le Petit, répondit Loch avec autorité, frère de Tollmathan, de Xhorlas, de Gronoch et de Galgareth, fils de Salgumel, lui-même engendré par Baub, l'enfant de Zunnerath et d'Halandrach, nés d'Etheril et de Xarapharos, descendants directs du Grand Azaethoth.

— Nom de Dieu, grogna le grand homme.

— C'est une façon de voir les choses, je le reconnais, approuva Loch avec un sourire narquois.

Il se tourna vers Sloane et eut un geste auguste :

— Vas-y ! Parle !

Sloane soupira, le cœur lourd.

— Je suis désolé, Lynette, je n'ai aucun moyen d'adoucir le choc… Lochlain est mort. C'est Azaethoth – il préfère se faire appeler Loch pour éviter d'attirer l'attention – qui l'a trouvé en arrivant dans son appartement. Il s'est emparé de son corps et il est venu me voir pour que je l'aide à découvrir le coupable. Lochlain a été assassiné.

Lynette éclata en sanglots et se débattit de plus belle.

— Non ! cria-t-elle. Non ! Je ne veux pas ! C'est impossible ! Non !

Le visage empourpré de colère et de chagrin, le grand homme se contenta d'incliner la tête en silence.

— Vous mentez ! hurla Lynette, déchaînée, les joues inondées de larmes. Lochlain, assassiné ? Pourquoi ? Et qui a fait ça, putain ? Qui ?

Loch s'approcha d'elle et prit son visage tourmenté entre ses paumes.

— Calme-toi, ma chère enfant, l'âme de Lochlain, mon fidèle adorateur, est avec les étoiles à présent. Ton frère est en paix, je te le promets. Il sera vengé. Jamais je n'arrêterai de chercher son assassin.

Les traits crispés, Lynette tremblait de tout son corps de rage et de douleur, comme son compagnon. Quand Loch la libéra de ses liens, elle s'effondra contre lui et se mit à pleurer.

— Non ! hoquetait-elle, accrochée à celui qui habitait le corps de son frère. Non, je vous en prie ! Lochlain est tout pour moi ! Il est mon meilleur ami ! Je ne supporterais pas de le perdre !

Loch l'étreignit et lui caressa les cheveux. Il lui chuchota des mots de consolation à l'oreille et libéra ses tentacules pour la bercer avec tendresse et compassion.

Gêné d'assister à une scène aussi personnelle et intime, Sloane décida de les laisser gérer leur deuil en privé. Mais alors, son attention se porta sur le grand homme, toujours figé en position d'attaque par des liens invisibles. Leurs regards se croisèrent.

D'instinct, Sloane fit un pas en avant, il agita la main et marmonna :

— Euh, salut.

— Salut, je suis Fred Wilder.

— Moi, c'est Sloane Beaumont. Euh… tu es un ami de Lochlain ?

— Oui, c'est toi le gars…

— Quel gars ?

— Celui qu'il a rencontré à la fête de Milo, précisa Fred. Tu lui as tapé dans l'œil. Il nous a parlé d'un détective aux longues jambes.

Sloane piqua un fard si violent que son visage le brûla. Il ignorait avoir fait un tel effet sur Lochlain au point qu'il en parle à sa sœur et à ses amis. Surtout en considérant qu'après leur rencontre et son assassinat, Lochlain n'avait eu que très peu de temps.

Sloane tressaillit quand derrière lui, Lynette s'écarta de Loch.

— Merci, dit-elle.

Elle pleurait toujours, mais elle semblait reprise. En vérité, elle affichait une expression déterminée. D'expérience, Sloane savait qu'un contact physique avec Loch était une expérience inoubliable, il comprenait donc que Lynette se soit aussi vite calmée après son accès de fureur.

Un ancien dieu avait ce genre d'effet sur de simples mortels.

La mâchoire serrée, Lynette s'essuya les joues et recula d'un pas. Elle fixait toujours Loch droit dans les yeux.

— Vous retrouverez le fils de pute qui a fait ça ?

— Oui, je t'en fais le serment, répondit Loch. Et il souffrira avant de mourir.

Libéré à son tour, Fred laissa tomber ses bras et intervint d'un ton bourru :

— Bien entendu, vous ne direz rien à la police ?

Loch eut un sourire inquiétant.

— Non, je prévois de gérer cette affaire personnellement.

Fred eut un hochement de tête d'approbation

— Bien. Que pouvons-nous faire pour aider ?

Décidé à reprendre les rênes de la conversation, Sloane s'avança pour demander :

— Auriez-vous des informations à nous communiquer ? Il est possible que Lochlain ait été tué après son dernier… hum, travail ?

— Sans blague ? gronda Fred.

— Je n'en suis pas certain, l'apaisa Sloane, mais il a été tué quelques heures après avoir cambriolé le musée de Sciences Naturelles d'Archersville et pour le moment, c'est notre seule piste.

Lynette et Fred échangèrent un regard inquiet.

— Quoi ? insista Sloane.

— J'avais déconseillé à Lochlain d'accepter ce travail ! cracha Lynette.

— Oui expliqua Fred, tout s'est passé bizarrement. En principe, Lochlain ne prenait pas de commanditaire, il préférait choisir ses affaires. Il traitait ensuite avec un receleur qui s'occupait de la revente et touchait sa part. Il n'aimait pas voler à la demande.

Lynette intervint :

— Mais ce type, un vieux prof complètement obsédé, a offert à Lochlain une fortune pour un objet conservé au musée. Pour l'amour des dieux, c'était ridicule ! J'ai tout de suite senti une entourloupe.

Un vieux prof ? Ce doit être Emil Kunst, pensa Sloane.

— Au début, Lochlain s'est méfié, enchaîna Fred d'un ton morne, mais il a changé d'avis dès que le prof l'a baratiné comme quoi il tentait de récupérer un objet sacré des Sagittaires. Un legs !

— Un legs ?

Sloane trouvait ce détail intéressant : c'était certainement un mensonge vu que Kunst était un Sage récemment converti.

Lynette s'emporta :

— Lochlain se fait toujours avoir quand il s'agit de ses croyances !

Elle fit une pause avant d'ajouter tristement :

— Il se *faisait* avoir…

— Connaissez-vous le nom du professeur qui l'a engagé ? demanda Sloane.

Il était si anxieux qu'il se mordait la lèvre.

Fred secoua la tête.

— Non. Il ne m'a pas contacté pour ce travail.

Lynette haussa les épaules et répondit à son tour :

— Non, je ne l'ai jamais rencontré, mais Robert le connaît sûrement.

— Robert ? s'étonna Sloane. Robert Dorsey ?

— Non, répondit Fred, Robert Edwards, c'est le receleur de Lochlain. Il gère une bijouterie au centre-ville, ce qui lui permet d'écouler les bijoux que Lochlain lui refile.

— Et il est fiable ? persifla Loch sans cacher son scepticisme.

— Oui, affirma Lynette. C'est un Sage. Il est plus ou moins dans le placard, mais c'est un bon gars. Malgré son inscription. Il n'a jamais été fiché par la police.

Elle ricana en prononçant ces derniers mots.

— À ce propos… commença Sloane.

Il se frotta les mains et les claqua bruyamment. Aussitôt, la porte se reconstitua et s'enclencha sur ses gonds, les dégâts causés à l'encadrement disparurent aussi vite.

— … ce n'est pas le meilleur quartier de la ville, ajouta-t-il, mais je préfère éviter que mes voisins remarquent l'état de ma porte et préviennent la police. Je suppose, Lynette, que vous n'êtes pas plus enregistrée que l'était Lochlain ?

Lynette esquissa un sourire de fierté.

— C'est exact !

Sloane se tourna vers Fred.

— Et vous ?

Fred eut un petit rire.

— Eh bien, mon certificat de décès indiquait « non enregistré ».

— Pardon ?

Une fois encore, Sloane l'examina, s'attardant sur ce qui le chiffonnait dans son aura. Cette fois, il comprit : Fred n'était pas humain.

— C'est une goule, expliqua Lynette. Son ancien corps ayant connu un malencontreux accident, je lui en ai procuré un nouveau.

Les entrailles nouées, Sloane vacilla. Il cacha son visage dans ses mains et gémit.

— Non, non, non. Je n'ai rien entendu !

La nécromancie, quelle qu'en soit la forme, était strictement interdite par la loi. En vérité, c'était la plus contrôlée de toutes les magies. Même son étude était impossible, car tous les livres et parchemins écrits sur le sujet avaient été détruits très longtemps auparavant.

Sloane était au courant des rumeurs : des sorciers exerçant dans l'illégalité la plus complète continuaient en secret à étudier la nécromancie et se transmettaient les sorts de génération en génération.

Bien entendu, ressusciter un mort était impossible, mais un bon nécromancien savait, grâce à la magie, transférer un mourant dans un nouveau corps créé par un sortilège complexe.

Sloane sentit s'éveiller son intérêt scientifique, car Fred était le premier cas du genre qu'il voyait. Mais il se sentait tiraillé en tant qu'ex-inspecteur de police, aussi faisait-il de gros efforts pour cacher sa fascination.

Lynette ne fit que ricaner de son dilemme moral. Elle pointa Loch du doigt et secoua la tête.

— Ne me dis pas que tu t'inquiètes de la police magique, Slo ! Regarde, Azaethoth le Petit a pris possession du corps de mon frère, nous sommes passés dans une nouvelle dimension !

Elle éclata d'un rire nerveux

Sloane ne put s'empêcher de dire :

— Vous prenez cette histoire assez bien, Lynette.

Elle cessa de rire.

— Non ! souffla-t-elle, le visage ravagé de chagrin. Je fais juste confiance aux dieux !

Sloane fut impressionné par la force de sa foi. De toute évidence, Lynette et Fred croyaient à la parole de l'immortel qui se tenait devant eux. Lynette venait d'apprendre le décès de son frère chéri, pourtant, elle souriait, réconfortée à l'idée que Loch rendrait la justice divine et prendrait soin d'eux tous.

Sloane était dans un état d'esprit très différent.

Après l'assassinat de ses parents, il avait prié leurs anciens Dieux, mais seul le silence lui avait répondu. Écœuré, poussé par le désespoir et la douleur, il s'était alors tourné vers le Dieu de la Lumière, Lucian, sans plus de résultat.

Par la suite, pendant très longtemps, près de vingt ans, il s'était considéré comme un athée.

Il avait eu tort. Les dieux existaient bel et bien.

Il avait dorénavant la preuve irréfutable que les Sages disaient la vérité. Un dieu était dans son salon, Azaethoth le Petit avait pris sous son aile une sorcière non enregistrée et une goule « ressuscitée ».

Et Sloane ne savait plus quoi penser. Il se sentait écartelé, à la fois plein de ressentiment envers des dieux qui n'avaient pas été là quand il avait eu besoin d'eux… et incapable de renier le sanctuaire qu'il avait trouvé auprès de Loch.

Lynette planta les mains sur ses hanches avant d'annoncer :

— Je veux être avertie quand vous aurez mis la main sur le salaud qui a tué mon frère ! Je veux le voir mourir. J'en ai besoin pour faire mon deuil.

Loch lui offrit un sourire chaleureux.

— Je ne te refuserai pas ce droit, mon enfant. En attendant, laisse-nous travailler. Aie confiance. Sloane et moi ferons ce qui doit être fait.

Lynette se tourna et fixa longuement Sloane. Ses prunelles étaient aussi vertes que l'avaient été celles de son frère, mais plus froides et elles brillaient d'un éclat plus sauvage.

— Très bien, je m'en vais. Mais je reviendrai.

Sloane se raidit quand Fred jeta un gros bras sur ses épaules pour le serrer contre lui dans une étreinte d'ours.

— Tu es un frère, Slo ! Je regrette d'avoir tenté de te faire brûler.

D'un geste maladroit, Sloane tapota le large dos.

— Je ne t'en veux pas, Fred, couina-t-il.

Fred s'écarta et émit un sourd grognement avant de hocher la tête avec un petit sourire. Quant à Lynette, elle étreignait Loch.

En reculant, elle soupirait tristement.

— C'est tellement incroyable ! Dites-moi encore… Il va bien, c'est vrai ? Il est heureux ?

Un long tentacule sortit de la manche de Loch et caressa ses cheveux roux.

— Il rêve parmi les étoiles, chuchota Loch. Je te le promets.

Lynette baissa la voix :

— Prenez bien soin de Sloane, d'accord ?

Loch gloussa.

— Bien sûr ! Je compte lui faire la cour et le revendiquer comme mon compagnon.

Lynette parut très surprise.

— Oh ! Je vois. Bonne chance, alors !

Sloane ne savait plus où se mettre. Une fois encore, il avait les joues en feu.

— Ne l'écoutez pas ! Il dit n'importe quoi !

Lynette renifla et se passa les mains dans les cheveux pour se donner une contenance. Elle tenta un sourire courageux, échoua lamentablement et se jeta au cou de Sloane, manquant l'étrangler. Son étreinte était presque aussi énergique que celle de Fred.

Sloane la berça maladroitement.

— Ça va aller, Lyn ?

Elle eut un rire rauque en le libérant.

— Il le faudra bien. Et n'oublie pas, j'attends des nouvelles. Au fait, Slo, pense aussi à répondre à Milo. Un SMS fera l'affaire.

Bien qu'elle soit passée au tutoiement, Sloane n'osait pas encore s'y risquer.

— Sait-il que vous êtes ici ?

— Non, répondit Lynette, l'air penaud, mieux vaut d'ailleurs qu'il ne sache rien de tout ça. C'est un Lucian… il peut ne pas comprendre.

— Je me refuse à lui mentir ! protesta Sloane. C'est mon meilleur ami.

— Nous lui dirons la vérité ensemble quand tout sera terminé, promit Lynette avec un clin d'œil.

Elle sortit de sa poche son téléphone et tapota l'écran à toute allure.

— C'est Milo qui m'a donné ton numéro, Slo, dit-elle ensuite. Je viens de t'envoyer celui de Robert et l'adresse de son magasin en ville.

Fred déclara avec un sourire amusé :

— En guise de référence, So, dis-lui que tu viens de la part de Flocon et Bel Homme. Il te racontera tout ce qu'il sait.

Sloane hocha la tête.

— D'accord. Merci.

Lynette agita la main.

— Bon, je préfère filer avant que les flics débarquent.

Juste avant de quitter l'appartement, elle se retourna pour dire :

— Bonne chance les amoureux !

— Nous ne sommes pas…

Sloane ne put compléter sa phrase, car Loch enroula un bras autour de sa taille.

— Merci, Lynette, répondit Loch. J'ai toujours espéré un jour avoir ma propre descendance.

Lynette ouvrit de grands yeux.

— Oh, tu parles d'un véritable ? Tu ne l'as jamais fait jusqu'à ce jour ! Je suis certaine que Slo sera flatté d'être fécondé par un dieu !

Sloane gémit.

— Non, pas du tout !

Lynette le toisa sévèrement :

— Pourquoi dis-tu ça ? Il y a des sorts bien pires sur cette terre qu'être aimé et désiré par un immortel, tu sais. Au revoir !

— Bye, grogna Fred à son tour avant de refermer la porte.

Une fois seul avec Loch, Sloane le frappa vigoureusement sur le bras.

— Tu es débile ou quoi ? hurla-t-il, fou de rage. Tu ne peux pas raconter à de parfaits inconnus que tu comptes me faire des enfants alors que… que… je ne suis pas d'accord ! Je n'ai même pas accepté ta proposition de me courtiser !

Loch lui jeta un regard adorateur

— Que j'aime ce feu qui brûle en toi ! J'ai vraiment hâte d'en profiter plus intimement lorsque nous ne formerons plus qu'un seul corps.

C'était sans espoir, aussi Sloane abandonna-t-il le sujet. D'ailleurs, son accès de colère s'était déjà (presque) dissipé.

— Je te rappelle quand même que nous avons un meurtre à résoudre, grinça-t-il. Tu es censé venger Lochlain et lui faire justice. Alors, concentre-toi, bordel de merde ! Et arrête de proférer des inepties ! Lynette nous a parlé d'un vieux professeur qui aurait engagé son frère. Qu'en penses-tu ? Ça pourrait être Emil Kunst, non ?

— Possible, répondit Loch. Cela tombe bien que nous ayons prévu de passer chez lui aujourd'hui.

Sloane hésita.

— En fait, je crois que nous devrions d'abord aller voir ce Robert, le receleur. Il pourra nous confirmer que c'est bien Kunst le commanditaire de Lochlain.

— Et si c'est le cas ? insista Loch.

— Il y aura de fortes chances pour qu'il ait aussi causé sa mort. Ça voudrait dire aussi qu'il est très puissant. Nous devons être mieux préparés. Se pointer à l'aveuglette serait insensé. Dieu ou pas, nous devons être prudents, nous risquons d'affronter un dangereux fanatique.

Loch le prit par la taille avec un sourire.

— J'apprécie ton intelligence ! Tu seras un parfait compagnon et notre progéniture sera aussi légendaire que celle de Zunnerath et d'Abigail.

En entendant ce nom, Sloane cligna des yeux

— Abigail ? Tu parles de la Tueuse céleste ?

— Oui, elle est mon arrière-grand-mère par alliance, elle était mortelle quand mon bisaïeul, Zunnerath, l'a épousée…

— Cette femme n'a-t-elle pas assassiné la première épouse de Zunnerath par jalousie ?

Loch sourit avec affection.

— Si, Abigail était une romantique. Elle a invoqué une épée imbibée de lumière des étoiles qu'elle a plongée dans le cœur de sa rivale, la déesse Halandrach. Abigail tenait absolument à revendiquer Zunnerath comme sien.

— Un meurtre ? persifla Sloane. Quelle délicieuse façon de déclarer son amour !

Il se mit à glousser incoerciblement. Il avait entendu cette histoire étant enfant : le seul cas connu des hommes où un dieu – une déesse en l'occurrence – avait été tué par une mortelle. D'après Pandora, la mère de Sloane, c'était le fol amour d'Abigail pour Zunnerath qui lui avait permis d'invoquer l'épée de lumière. En vérité, le Grand Azaethoth en personne s'était penché pour mettre l'épée entre les mains de la jeune femme.

— Seras-tu aussi un Tueur céleste par amour, Sloane ? roucoula Loch avec un sourire.

Sloane sursauta.

— Non ! Je n'ai aucunement l'intention de tuer un dieu !

— As-tu au moins celle de coucher avec moi ?

— Non ! À la réflexion, je vais peut-être te zigouiller…

— Oh, que c'est méchant de dire ça, Briseur de cœur ! s'esclaffa l'immortel. Que dis-tu de ce nouveau surnom ? Il te plaît ? Sinon, je peux te proposer Sucre D'Orge ? Tu as un goût tellement… Ou alors, Coquelicot, parce que tu rougis de façon délicieuse.

— Non ! protesta Sloane. Je déteste les surnoms ! Je ne veux pas de surnom !

Séduit malgré lui par l'adorable regard que le dieu posait sur lui, il se mit à rire et noua ses bras autour du cou de Loch.

Il tenta aussi de ne pas rougir, mais échoua misérablement.

Lynette avait raison au fond : il y avait des destins bien pires qu'être courtisé par un immortel.

— Je ne te promets rien, Briseur de cœur, chuchota Loch.

Il frotta sa joue à celle de Sloane.

— Si j'acceptais que tu me fasses la cour, commença Sloane, et je te signale que j'ai dit « si », tu devras être très patient avec moi. Tout me semble surréaliste. Comment puis-je sortir avec un dieu ? C'est fou, complètement fou… tu t'en rends compte, j'espère ?

— Qu'est-ce qui est le plus fou à tes yeux ? chuchota Loch. Que je sois venu sur terre pour venger la mort de mon fidèle adorateur ou que j'aie trouvé un partenaire potentiel ?

Il sourit avant d'enchaîner :

— Je ne vois là aucune folie, juste la main du destin. Tu as été béni d'une magie très puissante, tu es courageux, intelligent et passionné. Une âme aussi belle que la tienne est rare. Pour la conquérir, je suis prêt à être aussi patient qu'il le faudra.

Sloane inspira un grand coup.

— D'accord, dans ce cas, mais nous irons tout doucement ! Il nous faut d'abord résoudre cette enquête. Ensuite… eh bien, nous verrons ce qui arrivera.

Loch posa un baiser sur ses lèvres.

— Ce programme me plaît beaucoup.

Sloane ferma les yeux et savoura le baiser, conscient des tentacules qui s'enroulaient déjà autour de lui.

— Doucement, gémit-il avec un soupir de plaisir.

— Tout doucement, répondit Loch.

VI

— LOCH ! JE vais jouir !

Sloane se tordit dans son lit avec un long cri rauque, son orgasme le rendait sourd et aveugle à tout ce qui n'était pas son plaisir. Un souffle divin le traversa tout entier, l'extase lui fit voir des étoiles et il cria, enivré, extatique.

Quand il retomba sur terre, frissonnant de la pointe des cheveux jusqu'aux orteils, sa première pensée fut que Loch ne connaissait pas le sens du mot « doucement ».

En tout cas, le plan de Sloane n'avait pas fonctionné comme prévu.

Très vite, leur premier baiser était devenu passionné et Sloane s'était retrouvé au lit, avec les tentacules de Loch enroulés tout autour de lui, l'un d'eux engloutissant sa queue.

Haletant toujours, Sloane n'aurait su dire s'il appréciait ou détestait la rapidité avec laquelle Loch pouvait l'amener à l'orgasme.

Avec un sourire satisfait, Loch posa les lèvres sur son front

— C'était assez doucement pour toi ? susurra-t-il.

Sloane fit la grimace.

— Ha, ha, très drôle !

— Oui, je suis hilarant.

Un de ses tentacules rampa sur le flanc de Sloane, qui le repoussa avec un rire chatouillé.

— Écoute, dit-il quand il eut repris son souffle, si nous devons devenir… euh, intimes, il y a des trucs que j'aimerais savoir.

— Je t'écoute.

— Tes tentacules, quel est leur rôle au juste ? Sont-ils seulement sexuels ? Font-ils tous… la même chose ?

— Non. La plupart sont des appendices qui m'aident à canaliser mes pouvoirs. Seulement trois d'entre eux sont utilisés pour le coït.

— Ceux avec les… euh… les ouvertures ?

— Oui. Notre reproduction n'est pas si différente de celle des humains, tu sais. Certains organes servent à donner, d'autres à recevoir, certains font les deux.

73

— Et tes trois tentacules sexuels, que font-ils ?

Loch lui adressa un clin d'œil lubrique.

— Deux ont une ouverture, ils peuvent à la fois donner et recevoir, répondit-il. Le troisième est différent, il ne fait que donner – comme un méga phallus.

Sloane hésita.

— Concernant la reproduction, j'aimerais savoir… euh… vu que j'ai éjaculé dans un de tes tentacules, un de ceux qui est capable de donner et de recevoir, est-il possible que…

Il rougit et se tut, ne sachant comment formuler sa question.

Loch gloussa.

— Tu es adorable quand tu t'affoles ! Ne t'inquiète pas, il n'y aura pas d'accident.

— Oh ? Les dieux pratiquent-ils aussi la contraception ?

— Dans un sens, oui, répondit Loch avec un sourire amusé. Je n'aurai ma descendance que lorsque je le souhaiterai, pas avant.

— C'est tout ? s'étonna Sloane.

— Oui. Je suis un dieu, voyons, je pourrais avoir spontanément des enfants sans passer par un compagnon si tel était mon désir.

Sloane plissa le front.

— C'est ce qu'a fait Salgumel, si je me souviens bien ?

— Parfois, oui. J'ai d'innombrables frères et sœurs, mais nous ne sommes que cinq à avoir les mêmes parents. Tous les autres ont été issus de mon père ou des divers accouplements de ma mère.

— Elle ne peut pas avoir d'enfants toute seule ?

Loch ricana.

— Si, bien sûr, c'est une déesse, mais elle s'y refuse.

— Ah !

Sloane tentait d'absorber ces incroyables révélations.

Étant enfant, il ne s'était jamais demandé comment naissaient les dieux. Devenu adulte, il avait supposé que les immortels se reproduisaient de la même façon que les humains.

Soudain, Loch fronça les sourcils.

— N'as-tu jamais désiré avoir une descendance bien à toi ? s'enquit-il.

— Si, bien sûr, répondit Sloane d'un ton sérieux. J'ai plusieurs rêves à réaliser dans ma vie : me marier, avoir des enfants, mais…

Retrouver le monstre qui a tué ses parents passe en priorité.

Cette quête obsessionnelle laissait peu de place aux affaires de cœur. Depuis qu'il avait quitté l'université, Sloane consacrait tout son temps libre à enquêter sur le meurtre de ses parents au détriment de sa vie personnelle. Si son amitié avec Milo avait survécu, c'était seulement dû à la nature de leur travail respectif.

Et aussi à l'entêtement de Milo.

Sloane s'éclaircit la gorge et s'efforça de sourire, puis, il désigna le pénis humain que Loch avait entre les jambes.

— Et ça, alors ? Il… euh, il fonctionne ?

Loch fit la moue.

— Oui, si tu veux le tester, je peux te contenter, mais ton plaisir sera bien moins fabuleux que celui que t'octroie ma chair divine.

Sloane se lécha les lèvres.

— Là n'est pas la question, je pensais plus à toi. Si je prenais ce membre dans ma bouche, est-ce que tu aimerais ?

— Bien moins que si tu portais cette attention à mes véritables organes reproducteurs, répondit Loch, mais je ne veux pas te mettre mal à l'aise, quoi que tu me fasses, ça me plaira.

Sloane sourit, détendu.

— Merci, c'est plutôt rassurant. Je préfère y aller doucement, un pas à la fois.

Il étira ses jambes sur le lit et scruta Loch sans cacher sa curiosité.

— Je peux les voir ? chuchota-t-il.

Il n'eut rien d'autre à préciser, Loch comprit ce qu'il voulait dire.

Sloane vit deux épais tentacules se libérer des bras de Loch, au niveau des épaules, et avancer vers lui. Les yeux écarquillés, il tendit une main prudente et les caressa doucement, se demandant duquel il avait bu le premier jour sans le savoir.

Dès que ses doigts se posèrent sur la chair divine, Loch ferma les yeux et un léger halètement émana de ses lèvres. Étonné d'une telle réaction, Sloane surveilla son visage tout en titillant les méats des deux tentacules.

— Tu aimes ? souffla-t-il.

— Beaucoup ! affirma Loch avec conviction.

Tous ses tentacules se mirent à émerger et à onduler autour de lui, une vision incroyable que Sloane absorba avec avidité.

Prenant de l'assurance, il serra les doigts sur les appendices à sa portée et sourit, ravi, en voyant Loch frissonner. Puis il découvrit que l'extrémité des tentacules semblait l'endroit le plus sensible, aussi y concentra-t-il ses caresses.

Le dieu gémissait de plaisir.

— C'est bien comment ça ? murmura Sloane.

— Oui, haleta Loch. S'il te plaît… n'arrête pas.

Quel pied d'entendre ces mots ! Sloane en reçut une forte décharge d'adrénaline. Il n'était pas vraiment avec « Loch », après tout, et encore moins avec Lochlain. Il était en compagnie d'Azaethoth le Petit, un ancien dieu, un immortel qui le désirait et avait formellement annoncé sa volonté de lui faire la cour. Il avait sous les yeux un dieu qui se pâmait sous ses caresses et l'implorait de continuer.

Enhardi de son succès, Sloane ouvrit la bouche et pointa sa langue contre l'un des gros appendices. Il reconnut le goût sucré du nectar divin. Avec un sourire, il referma ses lèvres et aspira dans sa bouche plusieurs centimètres de chair tentaculaire avec une succion prudente.

Loch gémit bruyamment, le visage enfoui contre l'épaule de Sloane.

— Oui… mmm…

Sloane hoqueta en sentant le tentacule s'enfoncer plus profondément dans sa gorge. Il contrôla sa respiration et ouvrit la mâchoire aussi grande que possible. En même temps, il fit jouer sa langue contre la chair lisse et suça plus fort.

Il avait gardé l'autre tentacule dans sa main et continuait à le caresser au même rythme que sa fellation. Le contact de la chair de Loch lui apportait une sensation extraordinaire, mélange exaltant de bonheur et de sérénité. Et son plaisir était augmenté par les cris d'extase qu'il arrachait à Loch.

En vérité, Sloane bandait comme un malade.

Soudain, il pensa au troisième tentacule sexuel dont Loch lui avait parlé. Il jeta un coup d'œil aux appendices qui entouraient Loch, non, aucun d'eux n'avait d'ouverture. Comme de longs bras, ils avançaient juste vers lui pour l'enlacer.

Loch avait expliqué que ce mystérieux tentacule ne servait qu'à procurer du plaisir. Sloane aurait aimé le voir, mais sans doute serait-ce pour une autre fois.

Se concentrant sur la tâche qu'il avait entreprise, il fit courir ses doigts sur le tentacule qui se tortillait contre sa paume et creusa les joues pour mieux aspirer celui qu'il avait dans la bouche.

Loch lui planta ses ongles dans le ventre.

— Sloane ! Oui… oui… plus fort !

Sloane s'étouffa encore quand le tentacule s'enfonça un peu brutalement dans sa gorge. Les yeux larmoyants, il accéléra le rythme de sa main, décidé à entendre Loch hurler sa jouissance – et son nom !

Ce désir le poussa à détendre ses mâchoires et les muscles de sa gorge pour mieux accepter l'invasion. Il grogna aussi, pour que les vibrations ajoutent une sensation, très heureux d'entendre Loch haleter de façon frénétique.

— Sloane ! cria Loch avec passion.

L'orgasme jaillit et le nectar divin, sucré et frais, coula sur sa langue. Quelque peu étouffé, Sloane respira par le nez et s'efforça de déglutir un flot qui semblait inépuisable.

Avec un temps de retard, Sloane réalisa que l'autre tentacule s'était également vidé dans sa main, ses doigts étaient tout poisseux. Sous l'effet de la surprise, il faillit s'étrangler. Des sensations extraordinaires explosaient en lui, il poussa un cri inarticulé et jouit aussi, sans même se toucher. Ce fut un orgasme sauvage, primitif, parfait.

Tout frissonnant, Sloane s'effondra sur Loch. Les tentacules sexuels se rétractèrent, d'autres s'enroulèrent autour de lui, le berçant tendrement. Sloane se lécha les lèvres, avide de ne rien perdre du nectar des dieux. Il était devenu addict. C'était plus puissant, plus enivrant que n'importe quelle drogue, n'importe quel stimulant, n'importe quel alcool. Étonnamment, Sloane en trouva l'effet encore plus intense que la première fois où il en avait bu.

Mille fois plus puissant.

Loch posa un baiser à la commissure de ses lèvres.

— C'était dément, Sloane Beaumont ! s'exclama-t-il avec feu. Tu es merveilleux !

Sloane eut un petit rire modeste : il avait seulement fait jouir un dieu dans son lit. En y réfléchissant, c'était… presque irréel !

Il leva sur Loch des yeux adorateurs.

— Toi aussi, murmura-t-il.

Il y avait du sperme – à la fois humain et divin – partout dans le lit et sur eux. Leurs deux corps en étaient moites et collés. Pourtant, Sloane n'aurait pu être plus heureux. Quand Loch se mit à l'embrasser avec douceur, il poussa des petits soupirs mêlés de sons joyeux et enamourés.

— Je n'ai pas été trop vite pour toi, j'espère ? murmura Loch.

Il parlait sincèrement, ses prunelles vertes étaient troublées par l'inquiétude.

— Non, non, le rassura Sloane.

Tout ému, il se lova contre Loch, dans l'étreinte réconfortante de ses tentacules. Il avait très envie de fermer les yeux.

Puis la réalité lui retomba dessus. Il soupira.

— Bien que ce soit très tentant, reprit-il d'un ton lourd de regret, je ne peux pas rester couché toute la journée. Et toi non plus ! Nous avons du travail. Il est temps d'aller prendre une douche.

Loch se renfrogna.

— Humph, je me sens capable de te faire changer d'idée. Je peux trouver d'innombrables façons de t'occuper dans ce lit.

Sloane secoua la tête.

— Je n'en doute pas, mais ce sera pour plus tard. Je me douche et nous sortons voir le receleur et le professeur.

Loch grogna de frustration, mais déjà, ses tentacules reprenaient leur place sous sa peau.

— Si tu insistes, Briseur de cœur.

Sloane plissa le nez.

— Encore cet étrange surnom ?

Sans attendre de réponse, il quitta son lit et se rendit dans sa minuscule salle de bain. Loch le suivit.

— Préfèrerais-tu un surnom plus banal ? railla-t-il. Chouchou ? Ou Bijou ? Ou Canari ? Oui, tu es mon adorable petit Canari !

Sloane se pencha pour faire couler l'eau.

— Pourquoi pas Sloane ? C'est mon nom.

— Un nom qui sera bientôt gravé dans les manuels d'Histoire comme celui de mon compagnon bien-aimé, le porteur de mes enfants, déclara Loch avec assurance. Mais j'aime t'appeler Briseur de cœur. Cela montre la profondeur de mon affection pour toi.

— J'ai du mal à croire que tu me vois comme le porteur de tes enfants, Loch, souffla Sloane. Je ne peux pas en discuter maintenant, tais-toi, s'il te plaît, et entre dans cette cabine !

Il désignait la douche. Loch s'inclina très bas devant lui et obtempéra aussitôt, ce qui arracha à Sloane un sourire. C'était totalement ridicule ! Lui, un mortel, donnait des ordres à un dieu !

À un dieu auquel il commençait à tenir beaucoup.

La douche étant petite, Loch et Sloane s'y trouvèrent fort à l'étroit, mais ni l'un ni l'autre ne s'en plaignit. Ils parvinrent à se savonner mutuellement et la situation s'enflamma assez vite. Quand Loch proposa un autre accouplement, Sloane, à contrecœur, lui rappela qu'il était l'heure de s'en aller.

Loch ne protesta pas trop, même si sa main s'égara plusieurs fois sur les fesses nues de Sloane pendant qu'ils se séchaient et sortaient de la salle de bain.

Une fois habillé, Sloane récupéra son téléphone que Loch avait si négligemment jeté la veille au soir. Comme promis, il trouva le SMS de Lynette avec l'adresse de Robert.

Il envoya aussi un bref message à Milo en disant qu'il n'avait pas revu Lochlain depuis la fête et qu'il espérait que cette disparition s'expliquerait très vite. Ce n'est pas vraiment un mensonge, se dit-il. Après tout, il n'avait pas revu Lochlain et il espérait sincèrement tout raconter à Milo une fois son enquête aboutie.

Quand il releva la tête, il croisa le regard adorateur de Loch… et une autre question lui vint : une fois le meurtrier attrapé et châtié, qu'adviendrait-il de leur relation ? Aurait-elle une fin heureuse ?

Peut-être….

Peut-être Sloane devait-il y croire.

Peut-être devait-il avoir la foi.

Il ricana, par habitude, mais cette idée lui semblait nettement moins saugrenue qu'avant de rencontrer Loch.

Prêt le premier, Sloane en profita pour remettre de l'ordre dans ses affaires. Ce faisant, il retrouva l'échantillon de l'étrange résidu bleu qu'il avait ramassé dans l'appartement de Lochlain.

Milo étant un expert de la police scientifique, Sloane lui envoya un autre message pour solliciter son aide dans son affaire en cours. Ça n'avait rien d'inhabituel, il arrivait qu'il demande à Milo d'effectuer des tests avec l'équipement médico-légal magique de la police. C'était officieux, bien entendu, et même un peu risqué, mais cette enquête devenait très importante pour Sloane.

Et aussi pour Milo, même s'il l'ignorait encore, car le frère de Lynette, sa compagne, était impliqué.

Par SMS, Milo accepta aussitôt, indiquant qu'il passerait dans la soirée récupérer l'échantillon. Une fois encore, il demandait que Sloane le contacte sans attendre s'il avait des nouvelles de Lochlain. Sloane répondit « bien sûr », même s'il savait sa promesse vaine. Il se sentit terriblement coupable de mentir à son meilleur ami.

Peu après, Loch et Sloane étaient en route pour le centre-ville et la bijouterie de Robert. L'esprit troublé par le remord, Sloane apprécia la chaleur de la main de Loch posée sur son genou. C'était un contact simple et pourtant infiniment relaxant.

En se garant dans la rue commerçante, Sloane se concentra : il était temps de travailler.

Sur le trottoir, Loch s'arrêta devant la sébile d'un SDF et y déposa toutes les montres qu'il avait volées la veille. Quelques pas plus loin, il salua un jeune couple qui passait avec un bébé aux cheveux bouclés. Ravi, l'enfant éclata de rire et agita ses petites mains potelées. Inquiets, les parents jetèrent à Loch un regard sévère. Il leur fit un doigt d'honneur et montra les dents.

Avec un gloussement, Sloane prit Loch par le bras et l'entraîna loin du jeune couple.

— Tu es insortable ! Que vais-je bien pouvoir faire de toi ?

Loch se pencha pour lui voler un baiser.

— Ce que tu veux. Surtout si nous retournons dans ton lit.

Sloane piqua un fard.

— Plus tard, souffla-t-il. Au fait, merci. C'était très gentil de donner ces montres à ce pauvre homme.

Loch fit glisser ses mains le long des hanches de Sloane.

— Je suis le dieu des scélérats et des voleurs, mais je ne suis pas un salaud pour autant, je te l'ai déjà dit. Au fait, n'as-tu pas proposé que nous retournions au lit ?

Sloane afficha un air sévère.

— Absolument pas, protesta-t-il, c'est toi qui en as parlé. Bien essayé, mais c'est toujours non, nous avons du travail, alors, tiens-toi bien !

Il s'éclaircit la gorge et tenta d'afficher un air professionnel en poussant la porte du magasin. À l'intérieur, quelques clients erraient en regardant les vitrines, surveillés de derrière le comptoir par un homme jeune et séduisant. Quand il entendit tinter la sonnette de la porte, il se tourna et les regarda entrer.

Sloane, qui l'observait comme un faucon, vit changer son expression en voyant Loch, plusieurs émotions s'y succédèrent rapidement : surprise, désespoir, puis résignation.

D'un ton détaché et poli, l'homme demanda :

— Puis-je vous aider, messieurs ?

Sloane esquissa un mouvement discret de la main pour invoquer un sort de vérité.

— Oui, dit-il ensuite, j'ai quelques questions à vous poser, si vous le permettez. Vous êtes bien Robert Edwards ?

Le receleur de Lochlain acquiesça et désigna le badge qu'il portait.

— Oui. Cherchez-vous un bijou particulier ?

Il semblait faire un effort pour maintenir sa façade de calme. Intérieurement, il était dévasté. Il avait le cœur brisé, c'était évident.

Ainsi, il avait été amoureux de Lochlain ?

Loch avança et étudia Robert avec curiosité, la tête inclinée, comme s'il réfléchissait.

— Vous me connaissez ? demanda-t-il.

Robert secoua la tête.

— Non, monsieur,

C'était la vérité.

Sloane se figea, sidéré. Comment était-ce possible ?

Son regard passant de Robert à Loch, il insista :

— Vous ne connaissez pas cet homme ? Vous en êtes certain ?

— Je ne l'ai jamais vu de ma vie, répondit sèchement Robert.

Une fois encore, il disait vrai.

Énervé, Sloane prit le taureau par les cornes :

— Vous ne connaissez pas Lochlain Fields ?

— Non, monsieur, répondit Robert. Je n'ai jamais entendu ce nom.

Mensonge.

Avec un soupir, Sloane se pencha par-dessus le comptoir et baissa la voix :

— Je viens de la part de Flocon et de Bel Homme, vous pouvez me parler franchement. Je ne cherche qu'à vous aider.

Les yeux vitreux, Robert renifla et se tourna vers Loch.

Oh, oui, il avait connu Lochlain ! Il l'avait même éperdument aimé…

— Alors, c'est vrai ? chuchota-t-il d'une voix brisée. Il est mort ?

— Oui, répondit Sloane.

Il ne put s'empêcher de se demander comment Robert était au courant alors que Lynette, la propre sœur de Lochlain, ne savait rien avant que Loch lui révèle la vérité.

— Laissez-moi un moment, déclara Robert en pleurs.

Il s'approcha de chacun de ses autres clients et évoqua une urgence familiale pour les chasser du magasin. Ensuite, il verrouilla la porte donnant sur la rue, abaissa le panneau « fermé », et revint vers Sloane.

— Que s'est-il passé ?

— Que savez-vous au juste ? contra Sloane.

L'air buté, Robert croisa les bras

— Vous d'abord !

— Très bien, Lochlain a été engagé pour voler un vieux totem de Salgumel du musée des Sciences Naturelles d'Archersville. Juste après avoir terminé le travail, il est rentré chez lui où il a été tué.

Les yeux brillants de larmes, Robert désigna Loch et croassa :

— Et lui, qui est-ce ?

Ce fut Loch qui répondit avec un doux sourire :

— Je suis Azaethoth le Petit, frère de Tollmathan, de Gronoch, de Xhorlas et de Galgareth, fils de Salgumel, lui-même engendré par Baub, l'enfant de Zunnerath et d'Halandrach, qui sont nés…

Trouvant qu'il parlait trop lentement, Sloane termina à toute vitesse :

— … d'Etheril et de Xarapharos du Grand Azaethoth, oui, d'accord, c'est un Sage, il connaît ta généalogie.

Robert Edwards fronça les sourcils sans cacher son scepticisme.

— Vous prétendez être Azaethoth le Petit ?

Loch l'approcha lentement et tendit la main pour permettre à ses tentacules d'émerger de sa manche.

— Je ne le prétends pas, je suis. Lochlain était un adorateur dévoué, loyal et fidèle, et j'ai souvent répondu à ses prières. Mais cette nuit-là… je suis arrivé trop tard.

Incapable de résister à la tentation, Robert toucha les tentacules divins du bout du doigt. Submergé par une vague d'émotions – que Soane ne connaissait que trop ! –, le bijoutier haleta et éclata en sanglots déchirants.

Il secoua la tête en s'écriant :

— C'est vous… C'est vraiment vous ! Azaethoth !

— Oui, cher enfant. C'est moi. Maintenant, parle. Que s'est-il passé ? Je veux tout savoir de la dernière tâche de Lochlain, le moindre indice est susceptible de nous aider. Je suis ici pour faire justice et je ne prendrai aucun repos avant d'avoir retrouvé le meurtrier.

Robert Edwards recula d'un pas et s'essuya le visage. Les yeux fixés sur Loch, il inspira un grand coup, le temps de rassembler ses idées.

— Eh bien, j'ai eu un mauvais pressentiment, alors, j'ai invoqué un sort de surveillance sur Lochlain.

Sloane hocha la tête. Bien sûr ! C'était un sort qui permettait à son lanceur d'observer sa cible à distance, alors que les différents événements lui parvenaient avec des lumières colorées. Les sorcier(e)s utilisaient volontiers cette surveillance magique quand ils doutaient de la fidélité de leur conjoint(e), aussi le sort, bien que légal, avait-il une très vilaine réputation d'immoralité et de fourberie.

— Le savait-il ? demanda Sloane.

— Non, avoua Robert d'un air penaud, mais il prenait des risques inconsidérés et je m'inquiétais. Je voulais juste veiller sur lui, m'assurer que tout allait bien. Je… je tenais beaucoup à lui, vous voyez, vraiment beaucoup.

Un désespoir éperdu crispait ses traits.

Sloane comprit alors qu'il avait vu juste.

— Vous l'aimiez.

Robert baissa les yeux.

— Oui, mais à quoi bon… C'est trop tard à présent. Vers minuit, mon sort a cessé de fonctionner, tout s'est éteint. J'ai pensé que Lochlain l'avait découvert et détruit. Mais il ne répondait plus au téléphone, alors…

Il eut un bref sanglot et enchaîna :

— J'ai senti que quelque chose avait mal tourné. Et c'est de la faute du fanatique qui a engagé Lochlain, j'en suis certain ! Je ne le sentais pas ce vol, je me suis méfié dès que Lochlain m'en a parlé, je l'ai supplié de refuser.

Loch fit claquer sa langue et se mit à faire le tour des vitrines, aussi intéressé qu'un enfant dans un magasin de bonbons. Sloane, qui le surveillait du coin de l'œil, vit un tentacule ramper le long d'une des vitrines présentant des pierres précieuses.

Il s'éclaircit bruyamment la gorge pour décourager un vol.

Une fois le message passé, il revint vers Robert et demanda :

— Connaissez-vous le nom de ce « fanatique » ?

— Oui, Emil Kunst, un vieux professeur qui travaille à l'université ! Il a prétendu que le totem appartenait à sa famille. Lochlain m'a demandé de vérifier ses dires pendant que je cherchais d'autres acheteurs susceptibles d'être intéressés par le totem.

— D'autres acheteurs ? Comment ça ?

— Je n'étais pas seulement le receleur de Lochlain, je m'efforçais aussi de lui obtenir le meilleur prix possible avant même qu'il se lance dans une opération. En vérité, Lochlain ne s'emparait jamais d'un objet sans être sûr de pouvoir le vendre. Il n'aimait pas l'idée de garder en sa possession quelque chose que les flics cherchaient à récupérer. Sa technique était bien moins risquée.

— Bien sûr.

— Dès que j'avais trouvé un acheteur, Lochlain se chargeait du vol, il m'apportait son butin et je concluais souvent la vente alors que la disparition n'était pas encore signalée. En général, Lochlain n'acceptait pas de commanditaire, mais il s'est laissé embobiner par ce Kunst et ce soi-disant héritage Sagittaire à récupérer à tout prix.

— Pourquoi soi-disant ?

— Parce que Kunst mentait ! s'emporta Robert. D'après mes recherches, Emil est le premier Kunst à avoir renié le culte de Lucian. Je n'ai rien trouvé qui indique que ce vieil artefact ait un jour appartenu à sa famille. Mais Lochlain n'a rien voulu entendre, il était déterminé à voler le totem. Par précaution, j'ai tout de même cherché un autre acheteur. Et là, les problèmes ont commencé.

— Merde, jura Sloane à mi-voix. Que s'est-il passé ?

— Mes contacts habituels ont réagi très bizarrement quand je leur ai parlé du totem Sagittaire. Ils m'ont prédit l'holocauste si je touchais à ce fichu artefact. J'ai même reçu des menaces de mort.

— Pourquoi ?

— Si j'ai bien compris, le totem une fois restauré serait une clé d'invocation susceptible de réveiller les dieux – et plus particulièrement Salgumel, puisque c'est à lui qu'il est dédié. J'ai prévenu Lochlain, bien évidemment. Il s'est buté, il m'a dit d'oublier l'aspect pécuniaire et de ne pas chercher d'autres acheteurs, parce qu'il comptait remettre le totem à Kunst.

Sloane jeta à Loch un coup d'œil entendu. Il se souvenait des articles de Kunst qu'il avait lus en ligne, et aussi que toutes les recherches académiques du vieux professeur avaient été violemment contestées par ses pairs.

Kunst serait-il assez inconscient pour tenter de réveiller un ancien dieu ? Non, sûrement pas !

En réfléchissait davantage, Sloane grimaça : si Kunst était prêt à tuer pour récupérer un morceau de cette supposée clé d'invocation, sans doute était-il assez fou pour aller jusqu'au bout.

Il en eut un frisson d'angoisse.

Aussitôt, une main apaisante se posa sur son épaule. Avec un sourire, Sloane tourna la tête. Il reçut un choc violent en voyant de superbes bagues en diamant et émeraude scintiller aux doigts divins.

— Remets-les en place, souffla-t-il, consterné. Tout de suite !

— Tu n'es pas drôle, se plaignit Loch avec une moue boudeuse.

Déjà, ses longs tentacules se chargeaient de ranger les bijoux... *empruntés.*

Robert n'avait rien remarqué du manège de Loch dans son dos.

Sans plus se soucier de Loch, Sloane continua son raisonnement à haute voix :

— Lochlain n'avait volé qu'une partie de cette supposée clé d'invocation. L'adjoint du conservateur du musée d'Asheville travaille à sa restauration complète. Pour ce faire, il a contacté ses homologues dans le monde entier et il doit incessamment recevoir les derniers morceaux. Ce qui signifie que Kunst va certainement tenter de s'en emparer ! Pour le moment, il n'a qu'un totem morcelé et donc inutilisable.

Robert, qui l'écoutait avec attention, tressaillit à ces derniers mots et secoua la tête.

— Non !

— Quoi, non ? s'étonna Sloane.

Robert soupira.

— Mais enfin, n'avez-vous rien écouté de ce que je vous ai dit de notre modus operandi ? Quand Lochlain est rentré chez lui le soir de sa mort, il n'avait plus l'artefact volé... parce qu'il me l'avait remis, comme d'habitude.

— Où est-il ?

Robert haussa les épaules.

— En sécurité, Écoutez, je ne suis pas idiot, je sais très bien que vous utilisez la magie pour vérifier si je mens ou non. Vous pouvez me croire, la clé est en sécurité.

Sloane pensa alors au pauvre Robert Dorsey, si anxieux de commencer la restauration du totem. N'avait-il pas promis de l'aider ?

— Seriez-vous prêt à rendre cet objet au musée, de façon anonyme, bien entendu ? demanda-t-il.

Robert Edwards hésita.

— Peut-être, dit-il enfin. Je vais… je vais y réfléchir.

Sloane hocha la tête avec un sourire approbateur.

— Merci. J'ai rencontré l'adjoint du conservateur, c'est un type bien. Il a répondu à mes questions, c'est même lui qui nous a permis d'orienter cette enquête, j'aimerais l'aider à recouvrer son bien.

Robert esquissa un sourire tendu.

— Je vais réfléchir, répéta-t-il. Je pense… que Lochlain aurait été d'accord pour retourner cet artefact.

Nonchalamment appuyé contre l'une des vitrines, Loch intervint alors d'une voix traînante :

— Tout ceci est fascinant, mais je voudrais m'assurer que j'ai bien compris : Emil Kunst a tué Lochlain pour récupérer la clé d'invocation ?

— C'est possible, convint Sloane Pour le moment, tous les indices pointent sur lui. Rob… euh, M. Dorsey nous a expliqué que Kunst était obsédé par cet artefact – et ce que j'ai lu de ses recherches en ligne le confirme – et Rob… euh, M. Edwards affirme que Kunst a commandé le vol de Lochlain.

Les yeux verts de Loch prirent un éclat dangereux.

— Dans ce cas, qu'est-ce qu'on attend pour lui rendre visite ?

— On y va, on y va, déclara Sloane.

Il se tourna vers Robert avec un sourire affable :

— Merci pour votre aide, M. Edwards. Loch rendra justice à Lochlain, je vous le promets.

— Merci, souffla Robert, les larmes aux yeux. Si je peux encore vous être utile, n'hésitez pas à revenir me voir.

Loch s'approcha du bijoutier et le serra dans ses bras – bien qu'il ait failli le voler quelques minutes plus tôt.

— Prends soin de toi, mon enfant.

Robert Edwards secoua la tête, incapable de parler, car des pleurs coulaient sur ses joues. Sloane en eut le cœur serré : ce devait être atroce pour Robert d'être étreint pas un sosie – fut-il divin ! – de son amour défunt.

Robert réussit à se reprendre et à les raccompagner à la porte, qu'il déverrouilla pour les laisser sortir. La clé tourna dans la serrure dès qu'ils furent dans la rue.

Sloane inspira un grand coup avant de regarder Loch :

— Bon, tu es prêt à affronter le professeur Kunst ?

— Bien sûr !

VII

— QU'EST-CE QUI ne va pas ?

Sloane quittait la ville quand Loch se tourna vers lui pour l'examiner avec attention. Emil Kunst vivait à la campagne, il possédait une modeste maison à deux niveaux entourée de terres agricoles. Il faudrait environ vingt minutes pour y arriver et Sloane était perdu dans ses pensées depuis un long moment.

À la question de Loch, il eut un rire nerveux.

— Rien… sauf que depuis vingt-quatre heures, ma vie est devenue totalement délirante.

— Il y a autre chose, insista Loch. Je te sens troublé. Parle-moi !

— J'ai beaucoup de choses en tête.

— C'est-à-dire ?

Sloane soupira.

— L'idée de rencontrer Kunst me perturbe un peu, avoua-t-il. J'ai du mal à admettre que ma mère soit sortie étant jeune avec un potentiel assassin, d'autant plus qu'elle-même a été assassinée. Je trouve la coïncidence gênante.

Il hésita un moment, puis ajouta :

— Il y a aussi que pendant très longtemps, mes parents étaient les seuls Sages de ma connaissance. Or, depuis deux jours, je tombe à chaque coin de rue sur un nouvel adepte de la religion Sagittaire. J'ignorais qu'ils étaient encore aussi nombreux ! Quand je pense à tout le temps que j'ai perdu à me sentir seul, j'ai la tête qui tourne. En fait, non… les rencontrer n'a rien changé pour moi, intrinsèquement. Alors, c'est peut-être moi, qui… je ne sais pas.

Décidé à alléger l'atmosphère, il sourit et enchaîna d'un ton plus léger :

— En plus, un immortel doté de tentacules sexuels extrêmement perturbants me fait la cour, ça fait beaucoup.

Loin de se dérider, Loch fronça les sourcils, l'air affligé.

— Tu n'apprécies pas ma compagnie ?

Sloane soupira, déçu par l'échec de sa manœuvre de diversion.

— Bien sûr que si ! s'empressa-t-il de rassurer Loch. J'adore ta compagnie, mais… je me sens dépassé. Il y a aussi que l'anniversaire de la mort de mes parents tombe samedi prochain, dans quelques jours. C'est un moment très difficile pour moi.

— Veux-tu m'en parler ? Lui offrit Loch gentiment. J'aimerais t'aider. Je n'ai pas oublié ma promesse de faire justice à tes parents dès que l'affaire de Lochlain sera réglée.

Sloane y réfléchit un moment tout en tambourinant anxieusement des pouces contre le volant. Il se mordillait la lèvre inférieure sans trop savoir par où commencer.

Loch posa la main sur son genou.

— Que leur est-il arrivé ? s'enquit-il.

— Ils ont été tués, voilà ce qui leur est-il arrivé ! Je dormais à l'étage ce soir-là, quelqu'un est entré dans la maison. Je me suis réveillé en entendant ma mère crier et je suis descendu voir ce qui n'allait pas. Je les ai trouvés allongés dans le salon, morts tous les deux… Il y avait du sang partout ! Tellement de sang !

Bien que conduisant, Sloane ferma une seconde les yeux pour repousser ses images affreuses gravées dans sa mémoire, à peine brouillées par le temps écoulé. L'angoisse et la terreur de ce soir maudit ne l'avaient jamais vraiment quitté.

Il déglutit difficilement et continua son récit :

— J'ai vu de dos un homme vêtu d'une robe sombre s'enfuir en courant par la porte d'entrée, un poignard à la main. Je n'ai pas pu distinguer son visage… Mes parents étaient déjà morts quand je les ai rejoints. Je me souviens d'avoir crié, hurlé, je les suppliais de se réveiller. Je n'avais que huit ans, je connaissais peu de magie, mais j'étais certain qu'il devait exister un sort susceptible de les sauver.

Il reprit son souffle, essuya une larme égarée sur sa joue et enchaîna :

— J'ai appelé à l'aide le Grand Azaethoth et Yeris. J'ai aussi prié Shartorath et Urilith, que ma mère vénérait tout particulièrement. J'ai ensuite supplié Galmelthar, parce que mon père portait toujours un talisman de lui dans sa poche. Merde, je crois même avoir imploré ta sœur, Galgareth, pour qu'elle m'offre sa passion et me permette de devenir plus fort. Et alors…

Loch écoutait, sombre et attentif, avec ses tentacules étalés sur les genoux de Sloane, les caressant doucement.

— Et alors ? souffla-t-il.

— Je ne sais pas ce que j'ai fait, reconnut Sloane, j'ignore quel sort j'ai lancé, mais il y a eu une aveuglante lumière blanche. Je ne voyais plus rien, j'avais mal partout, mon nez saignait comme une fontaine, je brûlais vif… J'ai eu une sorte de crise, j'ai bien failli en mourir. Quand j'ai repris connaissance, mes parents n'avaient pas bougé. Ils étaient morts.

Il inspira profondément.

— Après, reprit-il d'une voix cassée, la police est venue, les inspecteurs du département des accidents magiques ont parlé d'un rituel ayant mal tourné. Le poignard qui a tué mes parents était enchanté et la police ne l'a pas trouvé. J'étais le seul témoin, mais je n'étais qu'un enfant, alors personne n'a cru à l'homme en robe sombre que j'avais vu quitter les lieux du crime.

Depuis que je suis devenu adulte, je consacre l'essentiel de mon temps à essayer de retrouver le coupable. J'ai traqué et étudié les armes magiques, j'ai revu le dossier et les indices des milliers de fois. En quittant l'université, je suis entré avec Milo dans la police scientifique spécialisée en magie, je suis devenu inspecteur pour continuer à chercher. Plus tard, je me suis fait virer sous prétexte que j'enquêtais sur une affaire personnelle en utilisant les ressources de la police.

— Je vois.

— Après cette nuit funeste, j'ai mis très longtemps à recommencer à faire de la magie, j'avais peur. Je ne sais toujours pas ce que j'ai fait étant enfant, ni comment j'ai pu à ce point perdre le contrôle, je sais juste que je n'ai pas réussi à sauver mes parents.

— Tu es béni de la lueur des étoiles, déclara Loch d'une voix apaisante. La puissance de ta magie n'est pas limitée par ton corps mortel. Tu es capable d'accomplir des merveilles…

— Des merveilles terrifiantes, murmura Sloane.

— Ton pouvoir est magnifique, insista Loch. C'est un cadeau précieux. Je t'aiderai, Sloane. Je t'apprendrai à le contrôler.

N'osant y croire, Sloane lui jeta un regard anxieux.

— C'est vrai ?

— Bien sûr, affirma Loch avec sérieux. Il ne faut pas que tu aies peur de tes dons.

— J'ai surtout peur d'exploser, marmonna Sloane.

— Cela n'arrivera pas, assura Loch. Je prendrai soin de toi et ensemble, nous retrouverons ce démon, je te le jure.

Sloane sourit

— Merci.

Une lueur d'espoir naquit en lui, une sensation qu'il n'avait pas connue depuis très longtemps. Si quelqu'un pouvait l'aider, c'était certainement un ancien dieu presque légendaire, non ?

D'un geste impulsif, il s'accrocha à un des tentacules divins.

— Merci de m'avoir écouté, Loch. Tu ne peux pas savoir combien ça m'a fait du bien !

— C'est bien normal. Le meurtrier de tes parents paiera son crime, fais-moi confiance.

— Alors, tu me crois ?

Surpris, Loch haussa un sourcil.

— Oui, bien sûr. Pourquoi es-tu si étonné ? Tu dis la vérité, je le sais, ta vision n'est pas née de l'imagination d'un orphelin traumatisée, tu as bel et bien vu cet homme s'enfuir. Oui, je te crois.

Sloane respira plusieurs fois pour empêcher ses larmes de couler. Inondé d'une émotion très douce, il avait la gorge si serrée qu'il lui fallut un moment pour retrouver sa voix.

Inquiet, Loch se rapprocha, ses tentacules resserrant leur étreinte autour de Sloane.

— Qu'est-ce qui ne va pas ? Qu'est-ce que j'ai dit qui te met dans un état pareil ?

— Rien, rien, murmura Sloane. Oh, ça va, ça va même très bien. Depuis dix-neuf ans que mes parents ont été tués, tu es le premier à me dire ces mots : « je te crois ».

Loch secoua la tête avec un sourire tendre et sincère.

— Sloane, voyons ! J'espère devenir ton compagnon, ton partenaire et ton meilleur ami. Bien sûr que je te crois ! Je croirai toujours en toi.

Sloane acquiesça, un peu affolé par la violence des sentiments qui bouillonnaient en lui. N'allaient-ils pas faire éruption s'il essayait parler. Très ému, il serra plus fort le tentacule de Loch, essayant d'exprimer toute sa gratitude dans cette humble caresse.

Même Milo n'avait jamais été très convaincu de ce que Sloane avait vu ce jour-là. Plein de bonnes intentions, il parlait de traumatisme, se désolait d'un manque de preuve et essayait de réconforter son ami.

Loch tapa dans ses mains.

— Je sais comment te remonter le moral ! Imaginons les façons les plus créatives pour étriper Emil Kunst et jouer avec ses entrailles !

Sloane ne put retenir un rire choqué.

— Ne dis pas de bêtises ! Et pas question de toucher à notre suspect avant d'être certain qu'il est coupable. Je veux l'entendre avouer, c'est bien compris ?

Loch lui jeta un regard hautain.

— Il avouera bien plus vite quand j'aurai festonné ses intestins !

— Non, non, ça ne marche pas comme ça, le tança Sloane.

Loch se mit à bouder.

— Que tu peux être rabat-joie !

Sans se laisser démonter par cette critique, Sloane consulta le GPS de son téléphone, posé sur la console, et tourna sur un chemin de terre.

— Tiens, je crois que nous arrivons ! annonça-t-il.

Peu après, ils s'arrêtaient devant une maison. Sloane l'examina, le cœur battant d'anticipation. Il ne vit pas d'autre voiture garée sur le terre-plein et aucune lumière ne brillait derrière les fenêtres de la façade.

Sloane sortit de la voiture et approcha d'un pas prudent du porche d'entrée. Kunst s'était-il enfui, finalement ? se demanda-t-il. Il en doutait, car pour quelle raison le professeur aurait-il abandonné sa quête du totem après avoir été jusqu'à tuer pour en récupérer une partie ?

Non, Emil Kunst devait être ici, chez lui.

Rasséréné par ce raisonnement, Sloane avança vers la porte, il grimaça en entendant les vieilles lattes de bois grincer sous ses pas. Il était soulagé d'avoir Loch juste derrière lui. Affronter le danger avec un immortel l'aidait à contrôler sa peur.

Alors que Sloane levait la main pour frapper à la porte, elle s'ouvrit soudainement et un homme petit et frêle apparut, manifestement furieux. Il montrait les dents.

C'était Emil Kunst.

Sloane le reconnut d'après les photos qu'il avait trouvées en ligne.

Le vieux professeur ne lui accorda pas un regard, toute son attention se concentrait sur Loch.

— M. Fields ! Enfin ! gronda-t-il. Pourquoi avoir ignoré mes appels ? Je me suis rendu chez vous avant-hier soir ! J'ai vu le sang ! Que s'est-il passé ? Où est mon totem ?

— Aucune idée, répondit insolemment Loch. Vous êtes passé chez moi, hein ? Et vous m'avez tranché la gorge !

Sidéré, Kunst plissait les yeux en regardant Loch.

— Quoi ? Vous êtes fou ? Que signifie cette absurdité ?

91

D'un geste de la main, Sloane produisit un sort de vérité avec lequel il scruta attentivement le vieux professeur. À sa profonde stupéfaction, il ne décela aucun mensonge.

Si Kunst jouait un rôle, il était extrêmement convaincant.

Loch fronça les sourcils. Il se tourna vers Sloane et susurra :

— Je suppose que ça ne correspond pas à des aveux ?

— Non ! aboya Sloane.

Décidé à comprendre ce qui se passait, il s'adressa à Kunst avec autorité :

— M. Kunst, j'ai cru comprendre que vous aviez engagé M. Fields pour obtenir un certain artefact, vous le confirmez ?

— Oui, siffla Kunst, et bien qu'il me semble dans un état étrange et tienne des propos incohérents, je compte toujours sur lui pour s'en tenir à notre marché. Si vous avez monté cette mascarade pour me soutirer plus d'argent, vous allez tomber de haut ! J'ai des armes magiques !

Il leva les mains et une lumière blanche apparut dans ses paumes.

De la lumière divine, réalisa Sloane. Ainsi, Kunst avait également été béni par la lueur des étoiles.

— Vous n'auriez pas dû chercher à me duper ! grogna Kunst.

Peu impressionné par la menace, Loch esquissa un sourire de prédateur.

— Non sans blague ? Je me réjouis d'avance de tresser tes entrailles !

Sloane essaya de calmer ces deux excités :

— Du calme, professeur, nous ne sommes pas venus nous battre. Nous voulons simplement des réponses.

— Je n'ai entendu aucune question, si je ne m'abuse ! jeta Kunst, la bouche déformée par un rictus, les mains toujours étincelantes.

— En voici une, la plus importante : quand vous êtes passé chez Lochlain, était-il là ?

Kunst fronça les sourcils. La lumière s'estompa de ses paumes.

— Non, répondit-il. Il y avait du sang, c'est tout.

Pour la première fois, il regarda attentivement Sloane. Soudain, il perdit une bonne partie de son arrogance et demanda d'un ton pensif :

— J'ai l'impression de vous connaître, mon garçon ? Avez-vous été un de mes élèves ?

— Non, je suis le fils de Pandora, déclara Sloane, la gorge serrée.

En entendant ce nom, Kunst devint blême. Il secoua sa tête incrédule.

— Pandora ? chuchota-t-il.

— Oui, je suis Sloane Beaumont.

— Votre mère était la femme la plus courageuse que j'aie connue !

Sa voix exprimait un profond chagrin. En quelques secondes, il avait pris vingt ans. Sa garde commençait à faiblir.

Il jeta un coup d'œil spéculatif à Loch, puis revint à Sloane et ajouta :

— Que faites-vous ici ? Vraiment ?

— J'ai des questions concernant le totem, répondit Sloane.

Il sentait la pression d'un sort de vérité jeté par le professeur, aussi articulait-il ses réponses avec soin pour ne pas proférer de mensonge flagrant.

Kunst se remit en colère.

— Et que fait M. Fields avec vous ? grogna-t-il, amer. Pourquoi a-t-il l'incorrection de se présenter sans mon artefact ?

— Lochlain ignore où est la clé d'invocation, expliqua Sloane.

Lochlain étant décédé, c'était la vérité après tout.

Kunst fit claquer sa langue.

— La clé ? Ha ! Sinistre crétin, freluquet ! s'énerva-t-il. Auriez-vous l'outrecuidance d'avoir compris son usage ? Vous n'imaginez pas à quel point ce totem est dangereux et à quelles forces vous vous mesurez !

— Alors, parlez, l'implora Sloane. Expliquez-moi.

— Il ne reste plus assez de temps, trancha Kunst. Maintenant, où est-il ?

— En lieu sûr ! Pourquoi ne reste-t-il pas assez de temps ? Que voulez-vous dire ?

— La clé d'invocation ne fonctionne que lorsque Mars, la planète rouge, est en grande opposition périhélique [8], expliqua Kunst, d'une voix lente, comme s'il s'adressait à un simple d'esprit. Le temps presse. Dites-moi où se trouve le totem !

Sloane haussa les épaules.

— Je n'en sais rien. Je voudrais comprendre ce qui s'est passé dans l'appartement de Lochlain.

— Assez ! rugit Kunst avec impatience.

---

8 Le périhélie est le point situé sur la trajectoire d'un objet céleste en orbite héliocentrique qui est le plus proche du Soleil. Ou l'époque où l'objet a atteint ce point.

Une lumière vive jaillit de ses mains et frappa Sloane en pleine poitrine, l'envoyant valdinguer en arrière. Déséquilibré, Sloane arriva au bout du porche et s'envola du haut des marches sans avoir le temps de réagir.

Il ferma les yeux, s'attendant à s'écraser douloureusement sur le sol de terre battue, mais pas du tout, il resta en suspension dans les airs.

Très étonné, il ouvrit les yeux et assista impuissant à la suite des événements qui se déroulaient sur le porche : Loch se précipita vers Kunst. Le professeur, pour se défendre, produisit un énorme éclair de lumière qu'il lança de toutes ses forces en direction de son agresseur.

Une brillante explosion d'énergie eut lieu quand Loch et Kunst se télescopèrent. Le vieux professeur hurla de douleur, des morceaux du porche se dispersèrent un peu partout dans la cour.

Et Sloane retomba lentement jusqu'au sol, en même temps que les débris de bois.

Loch tenait Kunst par le cou. Il était furieux.

— Oh, tu vas souffrir pour cela ! Je t'interdis de le toucher, c'est compris ? À présent, parle. As-tu égorgé Lochlain Fields, oui ou non ?

Les yeux exorbités, Kunst le dévisagea comme s'il était fou.

— Mais… que… haleta-t-il. Que signifie cette question absurde ? Vous êtes devenu fou ou vous faites juste semblant ?

Il leva la main et invoqua un énorme éclair de lumière blanche. Même le ciel s'assombrit, de gros nuages cachant momentanément le soleil. L'énergie fut assez puissante pour détruire ce qui restait du porche et toutes les vitres de la façade avant.

Éjecté en arrière par le souffle de l'explosion, Sloane dut vite invoquer un bouclier pour protéger sa tête des morceaux de bois et des éclats de verre qui l'aspergeaient. Il glissa sur la pelouse et s'étala.

Quand il tenta de se relever, il cracha de l'herbe et cria :

— Loch !

La poussière retomba enfin, lui permettant de voir Loch debout, sain et sauf. Il n'avait même pas lâché Kunst.

Il plissa les yeux et gronda :

— Tu as commis ta dernière stupidité.

— Putain ! Gémit Kunst. Mais qui êtes-vous donc ?

Il haletait, le teint ponceau, manifestement terrifié, conscient que Loch s'apprêtait à l'étrangler.

— À l'heure actuelle, cracha Loch, je suis surtout très en colère.

Il se tourna vers Sloane et cria :

— Tu n'as rien ?

— Non, répondit Sloane sur le même ton. J'essaie juste de…

Un étau lui contracta alors la poitrine, lui coupant le souffle. Ce n'était pas douloureux, au début du moins. Sloane baissa les yeux pour vérifier ce qui se passait. Très surpris, il vit une lance de lumière aux reflets irisés plantée en lui, au niveau du sternum.

Kunst, profitant du fait que l'attention de Loch se soit détournée, venait de lui lancer un projectile magique.

Une forte brûlure dans le dos indiqua à Sloane qu'il était transpercé de part en part. Il ne bougea pas, hébété.

La lance disparut alors, laissant derrière elle un trou béant à quelques centimètres du cœur. Quand Sloane ouvrit la bouche pour parler, du sang coula sur ses lèvres.

Il tomba à genoux. La douleur devint atroce, une véritable agonie.

— Sloane !

Après ce cri angoissé, Loch lâcha Kunst et se précipita à ses côtés. Sloane bascula et lui tomba dans les bras, haletant de souffrance, s'étouffant dans son sang.

Le liquide vital jaillissait aussi de sa blessure béante.

Sloane avait très froid. Il comprit qu'il était en train de mourir. Sa vision se troublait, tout commençait à disparaître autour de lui.

Loch le serra contre lui, ses tentacules le berçant tendrement.

— Sloane ! Non! Ne t'en va pas ! Ne me quitte pas ! Je ne le permettrai pas !

Sloane tenta de se concentrer, c'était difficile, il ne voyait plus que des images floues, déformées. Il entendit pourtant une autre explosion, suivie d'une forte odeur de fumée. Où était Kunst ? Sloane n'en savait rien, il s'en fichait. Il croisa alors les yeux de Loch, des lacs d'eau noire piquetés de milliers d'étoiles brillantes.

C'était une vision absolument magnifique !

Sloane sentit alors un feu le brûler de l'intérieur, la pression devint plus horrible encore. Sur sa langue, le goût du sang disparut, remplacé par un nectar sucré, si familier.

— Reviens-moi, ordonna Loch, désespéré. Je refuse de te laisser t'en aller. Tu m'entends? J'irai dans les cieux arracher ton âme aux étoiles ! Tu ne me quitteras pas !

Sloane remua et cligna des yeux, étonné de constater qu'il voyait un peu mieux.

— D'accord, souffla-t-il.

Il inspira avec prudence, la douleur s'estompait. Soulagé, il s'abandonna à l'étreinte des tentacules, reconnaissant d'être soutenu, protégé,

Loch le berça contre sa poitrine.

— Oh, Sloane ! Mon cher Briseur de cœur ! Que tu m'as fait peur ! Pardonne-moi de ne pas avoir veillé sur toi ! Bois, bois encore, mon nectar t'aidera à guérir.

Son tentacule approchait des lèvres de Soane, qui téta goulument sans se faire prier.

Ensuite, il sourit : il n'avait presque plus mal.

— Tu m'as sauvé, murmura-t-il.

Loch posa un baiser sur ses cheveux bruns.

— Bien sûr ! Tu es mon compagnon.

— Où est Kunst ?

Loch se rembrunit et montra les dents.

— Il a filé. Il a fait exploser ta voiture et il s'est enfui par un portail magique.

Atterré, Sloane secoua la tête.

— Et tu l'as laissé partir sans intervenir ? Et ta vengeance ? Et la justice promise à Lochlain ?

Loch se contenta de sourire.

— Sloane, voyons, tu étais blessé, mourant, plus rien ne comptait pour moi. Tu es ma priorité sur tous les plans, terrestres, divins et intemporels. Kunst ne perd rien pour attendre. Je me vengerai, mais à ce moment-là, tu seras à mes côtés.

Depuis la mort de ses parents, Sloane était seul, personne ne s'était vraiment soucié de lui. Et voilà qu'un ancien dieu lui disait : « tu es ma priorité ». Le changement était d'importance !

Sloane cligna des yeux, pas pour éclaircir sa vision cette fois, mais pour cacher ses larmes. Et si sa poitrine était à nouveau contractée, c'était d'émotion.

Une émotion profonde, puissante qui le transperçait bien plus durablement que la lance magique.

Une émotion à laquelle il n'osait pas donner un nom.

Incapable de parler, il étreignit Loch de toutes ses forces.

Le dieu sourit, heureux. Puis il secoua la tête :

— N'en fais pas trop ! Tu as bien failli mourir… et je te rappelle que nous sommes censés y aller doucement !

Sloane s'écarta en gloussant.

— D'accord.

Son contentement ne dura pas. Dès que la réalité le rattrapa, il poussa un soupir frustré et regarda autour de lui. Ils étaient au milieu de nulle part ! Il jeta un regard écœuré à la masse de métal brûlant qui fumait encore dans la cour avant.

— Et maintenant, qu'est-ce qu'on fait ? Ma voiture a cramé… Quel sale con, ce Kunst ! J'adorais cette voiture !

— Elle était agréable, dit gentiment Loch.

Sloane lui jeta un regard moqueur.

— N'es-tu pas censé être un dieu tout puissant ? Comment as-tu pu le laisser s'échapper ?

Loch fit la grimace et roula des yeux.

— J'avais des préoccupations plus urgentes, comme veiller à ce que tu ne te vides pas de ton sang !

— Très bien, merci. Au fait, nous avons un problème. Je doute que Kunst soit assez puissant pour manipuler un sort de vérité… Donc, il n'a pas tué Lochlain.

— Dans ce cas, qui est le coupable ?

— Je ne sais pas, admit Sloane. Dommage que Kunst ait refusé de nous parler, il en sait plus qu'il le dit sur cette affaire, j'en suis certain. Que tient-il tant à cacher ? Pourquoi nous a-t-il attaqués ? Pourquoi s'en prendre à un dieu ? C'est inconscient !

— Il ne s'est pas rendu compte que j'étais un dieu, affirma Loch. Je suis capable de cacher mon aura divine et de projeter celle d'un simple mortel.

— Ah bon ? Dans ce cas pourquoi n'as-tu pas voulu serrer la main de Robert, au musée ?

Loch fit la grimace.

— Parce que je ne voulais pas le toucher.

Se sentant de mieux en mieux, Sloane décida de tenter la position assise. Il y parvint avec l'aide de Loch. Il frissonna lorsqu'il passa un doigt dans le trou de sa chemise, secoué par la preuve incontestable qu'il était passé bien près de la mort.

— Il nous faut une voiture pour retourner en ville, déclara-t-il.

Il tapota ses poches à la recherche de son téléphone.

Peu tenté à l'idée d'inquiéter Milo ou de tenter de lui expliquer leurs récentes aventures, il préféra contacter Lynette par SMS. Il se contenta de lui donner l'adresse du professeur en demandant s'il était possible de venir les chercher.

À sa grande surprise, la réponse arriva presque immédiatement.

Serai là dans trente minutes.

Il montra l'écran à Loch.

— Lynette passe nous chercher. Elle va réclamer des nouvelles de l'avancement de notre enquête. Je doute qu'elle apprécie que nous ayons aussi peu progressé.

Loch ricana.

— Nous avons détruit une bonne partie de la maison et je t'ai sauvé la vie. C'est déjà ça.

Sans relever, Sloane agita la main.

— Puisque nous avons une demi-heure devant nous, pourquoi ne pas fouiller le domicile de Kunst ? Ça nous permettra peut-être de mieux comprendre la nature exacte de son implication.

Il se leva un peu trop vite et gémit, pris de vertige. Il s'appuya donc au bras de Loch pour monter les marches du porche ravagé et pénétrer dans la maison. Une fois dans l'entrée, il regarda autour de lui. La maison était propre et chaleureuse, décorée dans des tons sombres sur lesquels ressortaient de beaux meubles anciens.

Sloane lança un sort de perception et scruta la pièce.

— Je vois un peu partout le même résidu bleu que celui qu'on a trouvé dans l'appartement de Lochlain.

— C'est important, d'après toi ? demanda Loch avec curiosité.

— Pas vraiment, puisque je ne connais toujours pas la nature de cette substance. Si elle provient de Kunst, ça nous prouve seulement qu'il est allé chez Lochlain; or, il nous l'a déjà dit.

— Ah.

— Il paraissait très concerné par le temps qui lui restait, continua Sloane. Que voulait-il dire à ton avis ? Et c'est quoi le… euh, le périhélie ? Je ne me souvins plus de ses mots exacts.

— Il a dit que Mars serait bientôt en grande opposition périhélique, déclara Loch consciencieusement. Cet événement astral arrive tous les quinze à vingt ans environ, le prochain aura lieu bientôt. C'est une date très importante pour les prières et les rituels. La dernière fois, il y a dix-neuf ans tout juste, une invocation a même réveillé mon frère aîné, Tollmathan.

— Tu dis que le prochain périhélie aura lieu « bientôt », tu pourrais être plus précis ?

— C'est ce samedi.

— Oh ! C'est le jour anniversaire de la mort de mes parents, remarqua Sloane, tristement. Ça fera dix-neuf ans que...

Lorsqu'il prononça ces mots, une soudaine nausée lui tordit l'estomac. Il frissonna. Aussitôt, il sentit la main de Loch se glisser dans la sienne.

Ses parents seraient morts à la date du dernier périhélie ?

Ce ne pouvait être une coïncidence.

Plus impatient encore de fouiller la maison, Sloane se précipita, entraînant Loch avec lui. Ils examinèrent avec attention le contenu des meubles, des étagères et des tiroirs. Remarquant la frénésie de Sloane, Loch finit par s'en inquiéter.

— Qu'est-ce que tu as ?

— Je cherche un lien entre notre affaire et la mort de mes parents. Tout est lié, je le sens, Lochlain, Kunst, la clé invocatrice, le périhélique.

Tout en parlant, il approcha d'une grande armoire dont il arracha la serrure magique. Il ouvrit les portes et haleta, horrifié. Il craignit de vomir.

Des armes magiques – épées, couteaux et poignards – étaient rangées dans les étagères, mais Sloane ne voyait qu'un poignard.

Il le reconnut immédiatement.

Il en rêvait depuis qu'il était enfant, il l'avait cherché toute sa vie adulte et le voilà enfin, juste devant lui.

C'était le poignard qui avait tué ses parents.

Quand il vacilla, Loch se précipita à ses côtés.

— Sloane ? Que se passe-t-il ?

Sloane tourna vers lui des yeux noyés de larmes.

— Loch, souffla-t-il. Ce poignard ! Il a tué mes parents ! Il appartient à Kunst ! C'est lui ! Le coupable que je cherchais, c'est lui ! Il a tué mes parents !

VIII

Le cœur au bord des lèvres, Sloane n'osait même pas toucher le poignard, trop occupé à lutter contre la bile qui remontait dans sa gorge. Les genoux vacillants, il s'appuya contre Loch.

— C'est le poignard qui a tué mes parents ! répéta-t-il.

La lame était courte et incurvée, la poignée en bois sculptée de vieilles runes.

Loch resserra son étreinte autour de lui.

— Tu en es sûr ?

— Absolument !

Sloane leva la main pour placer son sort de perception sur le poignard. En regardant entre ses doigts, il sut tout en suite qu'il ne s'était pas trompé : le sang de sa mère et son père était partout sur l'arme ancienne. Oh, oui, ce poignard les avait bien privés de leur force vitale.

En revanche, Sloane s'étonna de trouver aussi le sang de Kunst.

Il jeta à Loch un regard interloqué.

— Je ne comprends pas ! Après tout ce temps, toutes ces années, je trouve enfin cette arme maudite et elle est dans la demeure d'Emil Kunst ? Pourquoi ? Pourquoi les a-t-il tués ? Était-il toujours amoureux de ma mère ? Refusait-il de la voir heureuse avec mon père ? Si c'était le cas, pourquoi avoir attendu si longtemps après son mariage pour agir ?

Loch le berça contre sa poitrine et lui caressa les cheveux.

— Je ne sais pas, murmura-t-il, mais nous obtiendrons des réponses à tes questions, je te le promets.

Sloane inspira un grand coup et s'écarta pour regarder l'ancien dieu.

— Je veux des preuves formelles, haleta-t-il, je veux des aveux de Kunst. Et quand tout sera terminé, je remettrai ce poignard à la police. Merde! C'est… c'est tellement énorme ! J'ai passé ma vie à chercher celui que j'avais vu s'enfuir lors de cette nuit fatale et il était juste sous mon nez !

— Il va falloir découvrir son mobile, déclara Loch.

Oscillant entre jubilation et chagrin, Sloane s'essuya le visage et tenta de se calmer. Il exprima sa frustration dans un grand soupir.

100

— Peut-être Kunst avait-il encore des sentiments pour ma mère, répéta-t-il. Il n'en faut pas plus à certaines personnes pour tuer, mais dans ce cas précis, l'explication paraît un peu trop simple. Tu as raison, Loch, il va falloir découvrir le mobile de Kunst. Mieux encore, je suis certain que ça nous aiderait à comprendre ce qui est arrivé à Lochlain.

— Il est possible que ce soit en rapport avec la date, déclara Loch.

— Oui, pourquoi pas ? réfléchit Sloane. Il doit nous manquer un élément essentiel… Rappelle-moi la particularité de cette opposition périhélique ?

— C'est à cette date que le voile du rêve est le plus fin, répondit Loch. Les prières et les invocations des fidèles sont alors plus susceptibles d'atteindre les dieux. En général, les plus jeunes d'entre nous se réveillent, même brièvement.

— Et les autres ?

— Quels autres ?

— Les vieux ! Le totem est censé être une clé d'invocation pour Salgumel, non ?

Sloane pensa alors à un terrible scénario… Il en hoqueta d'horreur.

— Oh, non ! s'écria-t-il. Et si Kunst tentait de réveiller Salgumel ?

Loch fit la grimace.

— Ce serait une catastrophe, affirma-t-il. Un tel acte provoquerait la fin du monde tel que vous le connaissez. Pourquoi ce vieux fou de professeur voudrait-il s'y risquer ?

— Je n'en ai aucune idée, admit Sloane, mais c'est la seule explication qui me vient à l'esprit. Sinon, pourquoi paniquerait-il à ce point sur peu de temps qu'il lui reste ? Il a bien insisté sur le fait que le totem ne pouvait être utile qu'à la date du périhélie, non ? Il veut profiter de la finesse du voile pour réveiller un très vieux dieu.

Loch s'agita.

— Si c'est vrai, il ne reculera devant rien pour récupérer les autres pièces du totem, car il sait certainement que Robert Dorsey cherche à le restaurer. Mais tant que Robert Edwards garde le morceau que Lochlain a volé, Kunst est coincé.

— Exactement! Même si Kunst dévalise le musée, ça ne l'avancera à rien s'il ne récupère pas la dernière pièce !

Sloane hésita avant de demander :

101

— Loch, tu es un dieu, crois-tu que cette clé d'invocation dûment restaurée aurait une chance de fonctionner ? Je trouve tellement étrange qu'un simple mortel ait le pouvoir de réveiller un dieu de la stature de ton père.

Le front divin se plissa d'inquiétude.

— Les mortels aiment à tout tenter, déclara Loch d'une voix traînante, mais quand nous dormons, nous ne percevons pas toujours les prières, les appels, les invocations… sauf quand le voile s'est affiné.

— Donc, ça pourrait marcher ?

— Peut-être. Je t'ai déjà dit, souviens-t'en, que d'anciens fidèles de mon père étaient devenus fous quand ils avaient tenté de le réveiller. Le problème, vois-tu, c'est que son rêve est devenu toxique. S'il se réveillait pour de bon, ce serait un désastre et toute l'humanité en pâtirait.

— Kunst le sait-il ? insista Soane. Est-il prêt à tenter le coup malgré tout ?

— Je l'ignore, répondit tristement Loch.

— Nous devons l'arrêter avant qu'il lance cette invocation !

— Il ne peut rien faire tant que le totem est en plusieurs morceaux, déclara Loch d'un ton apaisant. Calme-toi.

Sans l'écouter, Sloane continua :

— Nous sommes aujourd'hui jeudi. Nous avons encore deux jours pour l'empêcher de mettre la main sur la clé.

— C'est très facile ! Il nous suffit de conseiller à Robert Edwards de garder la partie volée par Lochlain.

— Mais je veux aussi retrouver Kunst ! insista Sloane. Il a tué mes parents et il sait probablement qui a tué Lochlain. D'après Robert – je parle du receleur amoureux de Lochlain –, d'autres personnes s'intéressaient au totem. Peut-être Kunst les connaît-il. Peut-être sont-ils comme lui des adorateurs fous de Salgumel !

Loch lui jeta un coup d'œil sceptique.

— Et ils auraient créé un fan-club ? Comme c'est plausible !

— Idiot ! fulmina Sloane. Je te rappelle que Kunst a beaucoup écrit concernant Salgumel et cette clé d'invocation. C'était un expert reconnu sur le sujet, merde ! Si d'autres adeptes sont restés fidèles à Salgumel, ils ont dû contacter Kunst à un moment ou à un autre !

Cette fois, Loch acquiesça.

— Oui, c'est possible. J'ai de plus en plus envie d'examiner de l'intérieur la cavité abdominale de Kunst.

Sloane fixa le poignard avec une moue consternée.

— Non, tu ne dois pas le tuer !

— Pourquoi dis-tu cela ? s'offusqua Loch. Il a assassiné tes parents et il a failli te tuer !

— Je veux l'entendre avouer, insista Sloane. Je sais que ce poignard a tué mes parents, mais j'ignore encore si la main qui l'a manié était bien celle de Kunst. Son sang sur la lame n'est pas une preuve flagrante, je veux prouver à tout le monde que les parents n'ont pas été victimes d'un rituel ayant mal tourné. C'était un meurtre et je veux en connaître le mobile et les circonstances.

Loch montra les dents.

— D'accord. J'attendrai donc qu'il avoue avant de le tuer.

— Merci.

Sloane sourit et posa un baiser sur la joue de Loch.

— Et merci encore de m'avoir sauvé la vie.

Attendri, Loch lui caressa le menton avec le bout d'un tentacule et l'embrassa sur la bouche.

— Tu es tout pour moi, mon beau Briseur de cœur.

Sloane sursauta, arraché à ce baiser enivrant, quand il entendit klaxonner à l'extérieur.

— Ce doit être Lynette. Elle a été vite.

— On y va ?

— Une minute…

Sloane regarda autour de lui, cherchant comment emporter sa pièce à conviction sans y toucher. Il finit par détacher un des rideaux de la fenêtre et s'en servit pour envelopper le poignard.

— Maintenant, je suis prêt, dit-il en revenant vers Loch.

Ils sortirent ensemble et Loch veilla à ce que Sloane traverse sans encombre les débris du porche.

Un gros pick-up était arrêté devant la maison. Sloane plissa les yeux, surpris de constater que le chauffeur n'était pas Lynette, mais Fred.

Il ouvrit la portière côté passager et se hissa sur la banquette.

— Salut, Fred. Où est Lynette ? Elle va bien ?

— Elle ne se sentait pas en état de conduire, répondit évasivement Fred. Elle m'a donc chargé de passer vous chercher. Que s'est-il passé ? Ta voiture est dans un sale état !

Pour laisser de la place à Loch, Sloane glissa jusqu'au centre de la banquette avant et posa le poignard sur ses genoux.

— Il y a eu une explosion, expliqua-t-il. Nous avons affronté un sorcier très excité.

— Kunst ? s'enquit Fred.

— Oui.

— C'est lui qui a tué Lochlain ?

— Non, je ne crois pas, répondit Sloane, pensif, mais il ne nous a pas dit tout ce qu'il savait, loin de là. Ne t'inquiète pas. Nous progressons, nous finirons bien par débusquer le coupable.

Fred attendit que Loch referme la portière avant de démarrer.

— Tant mieux, dit-il ensuite. Lynette sera contente de l'apprendre. Elle a beau être sacrément courageuse, la mort de son frère l'a démolie.

— Mettez vos ceintures au lieu de papoter ! s'écria Loch.

Sloane lui jeta un regard amusé : un dieu dans un pick-up, c'était un peu ridicule ! Il reporta ensuite son attention sur Fred.

— Tu es arrivé drôlement vite.

Fred haussa les épaules.

— J'étais dans le coin, expliqua-t-il d'un ton contrit.

Sloane remarqua alors les épais bandages qui lui recouvraient les mains.

— Que s'est-il passé ? Tu es blessé ?

— Non, non, je suis juste passé voir mon médecin, un spécialiste des goules.

Une goule pouvait transférer son âme dans un nouveau corps cloné à partir d'un être vivant. Certes, les goules étaient réputées être une espèce solide et très résistante, dotée d'une grande force physique, mais un nouveau corps nécessitait des soins appropriés, sinon, il avait tendance à pourrir.

Devinant ce que Fred ne disait pas, Sloane enchaîna d'un ton prudent :

— Tu es obligé de le consulter régulièrement pour que ton corps magique ne se décompose pas, c'est ça ?

— Oui, reconnut Fred. Une goule ne ressent pas la douleur, alors, s'il y a un problème quelque part, je ne m'en rends pas compte.

Après un moment de silence, il ajouta :

— Je ne ressens pas grand-chose à dire vrai, sauf la colère et ça, ça fait vraiment du bien.

Loch hocha la tête en signe de compréhension.

— Bien sûr, et toute cette colère, il faut parfois la laisser sortir.

— Exactement ! jeta Fred. Aujourd'hui, je m'en suis pris à un distributeur automatique. Je me suis bousillé les mains, mais j'ai fait de la limaille de fer de cet appareil !

Sloane grimaça.

— Pourquoi cet accès de colère, Fred ? Est-ce à cause de Lochlain ?

Il regretta ses mots à peine étaient-ils sortis de sa bouche. Il n'avait pas le droit de poser cette question, c'était trop personnel et il connaissait à peine Fred.

Le grand homme tressaillit.

— Oui, reconnut-il d'une voix rauque.

— Toutes mes condoléances.

— J'en ai rien à foutre de tes condoléances ! rugit Fred. Trouve plutôt le salaud qui l'a tué.

— Nous y travaillons, intervint Loch avec autorité. Il faut avoir la foi.

— La foi, mon cul ! cracha Fred. Va te faire foutre avec tes conseils à la con !

Inquiet, Sloane surveilla la réaction de Loch. Comment un immortel allait-il gérer un irrespect aussi manifeste ? Se demanda-t-il. Bien sûr, Loch n'avait jamais sévi quand Sloane le traitait d'idiot et lui disait ses quatre vérités, mais là n'était pas la question. Loch pouvait se montrer imprévisible.

À sa surprise, Loch se contenta de tendre la main, un de ses tentacules s'étira, survola les genoux de Sloane et se posa sur le bras de Fred.

Il n'y eut rien de plus, pas un mot, pourtant la colère de Fred s'atténua au contact divin, ses traits durs et crispés s'adoucirent, des larmes mouillèrent ses yeux. Pas un son ne lui échappa.

En arrivant à Archersville, Sloane donna à Fred les indications nécessaires pour se rendre à son appartement.

Peu après, Fred s'arrêtait devant son immeuble, il laissa descendre ses deux passagers et s'éloigna sans un mot.

Loch est resté un long moment dans le parking à suivre le camion des yeux. Quand Fred eut disparu, le dieu soupira.

Sloane s'approcha et lui prit la main.

— Tu parais triste… Qu'est-ce que tu as ?

— Même les goules pleurent parfois, murmura Loch. Il souffre tant ! Lynette aussi ! Et cette atroce douleur est due à mon échec.

— Quel échec? Qu'est-ce que tu racontes ?

Loch rugit de frustration.

— Je n'ai pas été capable de sauver Lochlain ! Je suis la pire andouille de la création ! Une vraie tarte !

Sloane secoua la tête et entraîna Loch vers l'immeuble et jusqu'à chez lui. Il se rendit tout droit dans sa chambre, rangea le poignard sous son lit et serra Loch très fort contre lui.

— Écoute-moi bien, tu n'es ni une andouille ni une tarte, d'accord ? Tu n'es pas responsable de la mort de Lochlain et tu fais tout ce que tu peux pour lui rendre justice.

— C'est faux, corrigea Loch d'un ton sinistre. *Je suis* responsable. J'ai été paresseux, oublieux, égoïste. Je l'ai entendu m'appeler, mais sur le moment, je n'étais pas d'humeur à répondre. Quand je suis enfin venu, il était trop tard.

Ses yeux étaient sombres, sa mâchoire serrée.

— Je dois arranger ça, Sloane ! jeta-t-il avec détermination.

— Nous le ferons, promit Sloane. Ensemble.

— Ensemble ?

Loch prononçait le mot comme s'il avait du mal à y croire.

Sloane lui sourit.

— Oui. Tu es peut-être un peu paresseux et un peu égoïste, mais je tiens beaucoup à toi. Tu es drôle, compatissant, attentionné… et il y a tellement d'amour en toi !

Loch pencha la tête, son expression changea. Très vite, le désir se mit à brûler dans ses yeux posés sur Sloane.

— Tu parles d'amour, mmm ? Tu me trouves des qualités alors ?

Sous l'intensité de ce regard divin, Sloane piqua un fard.

— Oui, bien sûr, tu es gentil avec les enfants, tu prends soin de tes fidèles. Bon, d'accord, tu es un peu voleur, mais tu rends ce que tu chapardes. En plus, tu viens de me sauver la vie, ce que je trouve tout à fait adorable de ta part !

Loch éclata de rire.

— Et moi qui croyais que ce que tu préférais, c'était baiser mes tentacules !

Sloane eut un gloussement chatouillé.

— Tu as beau jouer au détaché sarcastique, tu es une très belle personne sous ta carapace d'arrogance, Loch ! Tu es plus humain que tous les gens que je connais !

— Mmm, c'est un exploit étant donné que je n'ai rien d'humain.

— Ne chipote pas ! le tança Sloane.

Il continua son plaidoyer avec feu et sincérité :

— Personne n'est parfait, pas même un dieu. Mais je t'aime, voilà, j'aime que tu sois capable d'admettre tes défauts, que tu fasses preuve d'empathie et de compassion. Je trouve ça… émouvant, excitant.

— Je m'en souviendrai, promit Loch.

Il se pencha et frotta son nez le long de la mâchoire de Sloane. Ses mains glissèrent, enserrant les hanches de Sloane afin de rapprocher leurs deux corps.

Sloane eut l'impression de se dissoudre. Son cœur battait de plus en plus vite alors que les lèvres divines mordillaient son cou. La chaleur se mit à bouillonner dans ses reins, toutes ses terminaisons nerveuses, malmenées par la brutalité des événements du jour, s'enflammèrent.

Il s'accrocha aux cheveux bouclés de Loch et marmonna :

— Putain, que c'est bon !

— Ce sera encore meilleur dans un instant, promit Loch. Bien meilleur !

— Mmm… C'est une promesse ?

— Oui.

On frappa à la porte d'entrée de l'appartement.

Sloane se raidit et voulut s'écarter.

— Non, ne réponds pas, implora Loch.

Sloane haleta :

— Ah, non ! La dernière fois, je n'ai pas répondu assez vite et ma porte a explosé ! Je préfère aller vérifier. J'en ai pour une minute.

Furieux, mais résigné, Loch le suivit.

Quand Sloane ouvrit sa porte, il écarquilla les yeux en voyant qui était dans le couloir.

— Milo ?

Son meilleur ami le salua de la main et s'apprêta à entrer.

— Oui ! C'est moi, coucou ! Tu m'as demandé de…

Sloane lui claqua la porte au nez et se tourna vers Loch, affolé.

— Cache-toi ! Il ne faut pas qu'il te voie !

Loch prit l'air offensé.

— Me cacher ? De Milo ? Pourquoi ?

— S'il te voit ici, il va appeler Lynette !

— Mais elle sait déjà que…

Sloane le poussa vigoureusement dans un recoin et rouvrit sa porte, un sourire forcé aux lèvres.

— Salut, Milo. Excuse-moi, un courant d'air a claqué la porte.

Son ami le surveillait avec suspicion.

— Dis, tu es sûr que ça va ? Tu as l'air bizarre. Tu m'as demandé de passer chercher un échantillon à analyser, non ?

— Oui, oui, c'est vrai. Ne bouge pas, je vais le récupérer.

— Sloane ! beugla Milo. C'est quoi cet énorme trou dans ta chemise ?

Sloane baissa les yeux. Merde !

— J'ai euh… des mites dans mes placards. Des mites énormes qui dévorent tous mes vêtements !

Milo croisa les bras et plissa les yeux.

— Sloane, que se passe-t-il ? Tu deviens de plus en plus étrange. Lynette aussi, d'ailleurs. Est-ce que ça concerne Lochlain ?

Éperdu, Sloane chercha une échappatoire.

— Non, non, c'est juste, euh… Je travaille sur une affaire très complexe. Ça m'embrouille un peu les idées.

Il tendit la main derrière lui et invoqua la petite sphère avec la substance bleue qu'il avait récoltée dans l'appartement de Lochlain. Elle arriva docilement dans sa main.

Sloane la tendit à Milo.

— Je voudrais que tu me dises ce que c'est, ajouta-t-il.

Milo fronça les sourcils en étudiant la boule incandescente.

— Où as-tu trouvé ça ?

Sloane choisit avec soin ses mots pour ne pas (trop) mentir à son meilleur ami.

— Au domicile d'un client qui a récemment été cambriolé. Je ne sais pas ce que c'est, mais j'espère y trouver un indice susceptible de me conduire au coupable.

— Je vais voir ce que je peux faire, promit Milo.

— Merci. Le plus tôt sera le mieux, c'est très urgent !

Sloane tressaillit et retint de justesse un couinement surpris quand un tentacule lui pinça la fesse.

Milo rangea la sphère dans sa veste avec un sourire.

— Aucun problème, mec !

Il hésita, puis ajouta d'un ton prudent :

— Si tu as des problèmes, dis-le-moi, Sloane. Je ne peux pas t'aider si j'ignore ce qui ne va pas. Je suis là pour toi, quoi qu'il arrive.

Sloane repoussa le tentacule d'un coude de coude.

— Je sais, merci, tu es un véritable ami. Pour le moment, je n'ai vraiment pas le temps de papoter !

Milo se raidit, visiblement blessé, mais il ne perdit pas son sourire.

— D'accord, j'attendrai. À la prochaine.

— Oui, salut.

Sloane referma rapidement sa porte et se retourna pour fustiger Loch :

— Tu es fou ou quoi ? Il aurait pu te voir ! Pourquoi n'as-tu pas réparé le trou de ma chemise ?

Loch ricana et usa de ses tentacules pour attirer Sloane dans ses bras

— Je suis très heureux que tu te sois vite débarrassé de ce gêneur poilu ! Il nous a interrompus à un moment passionnant. Reprenons vite là où nous en étions.

Sloane leva les yeux au ciel.

— Je retire tout que j'ai dit ! Tu n'es pas une belle personne ! Tu es horrible ! Je te déteste !

Loch éclata de rire.

— Je ne te crois pas.

Sloane ne résista pas longtemps à la tendre étreinte de Loch, bien trop épuisé de corps et d'esprit pour lutter. Il se laissa embrasser.

Le baiser, à la fois très intense et très tendre, l'aida à reprendre le contrôle de ses pensées. La douceur de la langue de Loch et le goût de sa bouche ranimèrent les braises du feu qui flambait entre eux quelques instants auparavant.

Loch empoigna le cul de Sloane et referma les dents sur sa gorge.

— Tu veux toujours aller lentement ? haleta-t-il.

— Non, reconnut Sloane, le souffle court. J'ai failli mourir dans tes bras aujourd'hui, je pense que cela nous autorise à brûler les étapes.

Il s'accrocha aux épaules de Loch, s'offrant sans même le réaliser.

Loch sourit à l'oreille de Sloane.

— Dis-moi ce que tu veux, alors, déclara-t-il.

Sa voix était à la fois rauque et hypnotique.

Sloane se tordit de désir, trop pris par sa frénésie sensuelle pour parvenir à mettre des mots sur ses sensations. D'épais tentacules s'enroulèrent autour de sa taille et de sa cuisse, contact torride qui l'empêchait de penser avec cohérence. Et il s'en fichait complètement.

— Toi, balbutia-t-il enfin. Je te veux, je te veux en moi.

— Parfait, grogna Loch.

Il serra Sloane contre lui et l'embrassa presque avec violence. Il était devenu frénétique, les ongles enfoncés dans le dos de Sloane pendant qu'il dévorait ses lèvres.

Pris de la même impatience, Sloane mordit la lèvre de Loch.

Loch releva la tête et inspira profondément.

— Ce soir, nous allons devenir une seule chair et je veux que ce soit un moment très spécial. Tu as confiance en moi ?

— Oui, répondit Sloane sans hésiter.

Il disait vrai, il s'en rendit compte avec surprise.

Loch le dévisagea pour tester sa sincérité.

— Tu es sûr de toi ?

— Oui, répéta Sloane, plus fermement encore, je te fais une confiance totale.

— Alors, ferme les yeux.

Sloane obtempéra avec un sourire. Il sentit une bouffée d'air et une étrange sensation de fraîcheur sur sa peau. Il crut aussi entendre un bruit d'ailes… mais sans en être certain.

— Tu peux regarder à présent, chuchota Loch.

Toujours lové dans un délicieux cocon de bras et de tentacules, Sloane obéit avec un peu d'appréhension, sans trop savoir à quoi s'attendre.

De toute façon, rien n'aurait pu le préparer à la vision qui l'attendait.

Ses yeux s'écarquillèrent sous le choc.

Ils étaient dans l'espace, dans une cité céleste qui flottait parmi les étoiles. Il n'y avait pas de plafond, presque pas de murs à proprement parler. Des blocs pierreux noirs et massifs étaient soigneusement empilés pour former des sols, des escaliers, un labyrinthe d'arcades et de couloirs. La roche luisante reflétait la lueur des étoiles, ce qui rendait presque impossible de voir la délimitation entre le ciel et le sol.

Sloane se concentra sur un faible miroitement, croyant au départ à des paillettes vertes flottant dans les airs. Chaque petit point brillant ressemblait à une minuscule émeraude propulsée par un vent doux et presque imperceptible.

Il avait peur de respirer, terrifié à l'idée que ses poumons ne trouvent que le vide de l'espace. Il finit par haleter, l'air était tiède et parfumé.

Perdu au milieu des étoiles et des galaxies qui tourbillonnaient tout autour de lui, Sloane se sentit soudain incroyablement petit.

— Où sommes-nous ? demanda-t-il d'une voix tendue.

Il essayait toujours de comprendre ce qu'il voyait.

— À Zebulon.

— Oh ! La ville dans les étoiles ! souffla Sloane, pantelant d'admiration. La demeure des dieux.

Il jeta autour de lui un regard anxieux et ajouta :

— Salgumel est-il par là ? Et tous les autres aussi ?

— Oui, répondit calmement Loch, ils dorment. Ici, nous sommes… disons dans une salle d'attente. Les dieux et les âmes de nos fidèles sont profondément endormis dans les entrailles de la ville, dans des caveaux qu'aucun mortel ne peut visiter de son vivant.

Le cœur de Sloane se serra

— Alors, mes parents y sont aussi ?

— Oui, assura Loch. Ils sont plongés dans le rêve, comme les dieux.

Sloane se sentit réconforté de savoir sa famille à proximité.

— C'est magnifique ! s'exclama-t-il, très ému. Mais si je ne peux aller voir mes parents endormis, pourquoi m'as-tu amené ici ?

Loch gloussa, amusé par son air abasourdi.

— Parce qu'un lit mortel n'était pas digne de notre premier accouplement. Nous deviendrons légendaires, je te l'ai déjà dit.

Sloane tressaillit en entendant une forte éclaboussure. Il tourna la tête et vit une masse de lumière liquide apparaître comme par magie et couler sur la plateforme géante sur laquelle ils se tenaient. On aurait cru à de l'or fondu. Sur la pierre noire, un large lit commença à prendre forme.

Jamais Sloane n'avait vu de couche aussi gigantesque !

Les draps et les couvertures étaient d'une jolie nuance de gris festonné de blanc, les oreillers cousus en fil d'argent.

Loch lui prit la main et recula vers le lit sans le quitter des yeux. À chaque pas, leurs vêtements disparaissaient. Ils étaient tous les deux nus en arrivant devant le lit.

Sloane sourit quand Loch le souleva et le déposa sur les draps soyeux. Il tremblait, les entrailles nouées de désir, le corps frissonnant d'anticipation, l'esprit court-circuité par ce qui allait se passer dans ce lit… avec Loch.

Le regard brûlant, Loch se pencha sur lui et s'empara de ses lèvres dans un baiser vorace. Sa bouche le revendiqua comme sien, sa langue pressa profondément, imprimant tout au fond de la gorge de Sloane un goût de menthe et de camphre.

Sloane bandait, sa peau était devenue hypersensible, il gémissait et poussait des petits cris de désir affolé. Quittant sa bouche, les lèvres de

111

Loch se mirent à mordiller sa gorge, elles descendirent, s'attardant sur le moindre centimètre carré de son corps.

Alors que mains et tentacules le caressaient partout, Sloane ne savait plus où donner de la tête. Loch s'attarda sur ses mamelons et sa clavicule. Il trouva tous les endroits sensibles et Sloane se tordit dans le lit géant.

Les longs doigts divins massèrent sa cuisse, glissèrent jusqu'à ses bourses et les caressèrent. D'épais tentacules s'enroulèrent autour des jambes de Sloane, les ouvrant tout grand pour présenter le bas-ventre aux attentions de Loch.

Sloane sentit son sexe s'ériger davantage, le méat déjà humide de sperme, quand les doigts de Loch flattèrent ses fesses et s'insinuèrent entre elles, cherchant l'entrée de son corps.

Il transpirait et haletait, pris de cette folle passion que seul Loch pouvait assouvir.

Loch se pencha pour chuchoter ;

— Sloane Beaumont, tu es la plus belle créature que j'aie jamais vue !

Sloane hurla quand un doigt épais le sonda profondément. Il n'avait ressenti aucune douleur au passage de son sphincter, juste un plaisir infini. Il s'agrippa des deux mains au dos de Loch et se cambra pour mieux s'offrir à l'invasion bénie.

Mais Loch maintenait ses caresses légères, sans apporter à Sloane l'assouvissement dont il rêvait.

Perdant la tête, Sloane se mit à gémir, à crier, à implorer…

— Encore ! S'il te plaît ! Bordel ! Plus fort !

Il avait l'impression qu'il allait mourir si la vacuité de son corps n'était pas comblée. Il planta ses ongles dans le large dos.

— Prends-moi ! rugit-il.

Loch gloussa de son avidité.

— Je ferai tout ce que tu voudras, Briseur de cœur !

Sloane lui jeta un regard menaçant.

— Arrête de jouer au con, sinon, je vais imploser, merde ! Baise-moi !

Il hoqueta en réalisant qu'un des tentacules fendus s'approchait de son anus. Un peu dégrisé, il déglutit difficilement et demanda d'une toute petite voix :

— Est-ce que ça va faire mal ?

Loch remonta pour l'embrasser sur les lèvres.

— Non, bien sûr que non. Dans mon lit, tu ne ressentiras que du plaisir.

Confiant, Sloane se détendit. La pointe humide du tentacule le caressa, tourbillonna un peu, puis s'insinua en lui. La sensation était indescriptible, jouissive, oui, mais envahissante. À cet endroit-là, ce tentacule paraissait… énorme.

C'était presque trop intense.

— Oh, putain ! cria-t-il.

Sloane craignit d'éclater en sanglots hystériques. Il se mordit les lèvres et tourna la tête de droite à gauche.

La pression était affolante alors que le tentacule le pénétrait de plus en plus profondément avec des mouvements serpentins. Il n'avait pas mal, au sens littéral, mais ses terminaisons nerveuses faisaient une overdose de plaisir, ce qu'il n'aurait pas cru être possible.

Il se sentait connecté à Loch comme jamais il ne l'avait été avec un autre auparavant, ils ne formaient plus qu'un seul être, une seule chair…

Et c'était bouleversant.

Pour ne pas perdre pied, il s'agrippa aux avant-bras de Loch et gémit quand il constata que les tentacules divins lui maintenaient les jambes écartées. Après s'être enfoncé, l'appendice sexuel se mit à bouger, d'avant en arrière, chaque poussée plus forte et plus longue que la précédente. Le souffle coupé, Sloane céda et hoqueta des sanglots d'une voix brisée. C'était une extase spectaculaire, au-delà de tout ce qu'un mortel était censé connaître et ressentir.

Les lèvres de Loch à son oreille l'apaisèrent doucement :

— Chut, ne pleure pas, tu es magnifique, tu m'offres un plaisir infini… Et toi, tu aimes ?

— Oui, oui, gémit Sloane, le corps agité de spasmes et de frissons, Loch… je t'en prie, je veux… je veux…

— Que veux-tu ?

— Jouir, je t'en supplie, sinon je vais mourir ! Argh !

L'autre tentacule sexuel de Loch avait glissé sur son ventre pour prendre sa queue dans la « bouche ».

— Je te ferai jouir toute la nuit, mon cher mortel, promit Loch.

Sloane n'écoutait plus, trop pris par son orgasme imminent. La combinaison létale d'une succion à l'avant et d'une pénétration délicieusement tentaculaire à l'arrière l'envoyait d'un extrême à l'autre, il ne pouvait résister plus longtemps.

Il explosa dans un long cri inarticulé.

Loch se pencha sur lui et grogna férocement :

— Oui, Sloane, jouis pour moi !

Cambré, Sloane se souleva du lit, agité de soubresauts erratiques. Il y vit d'autres étoiles éclater sur l'écran de ses paupières closes et renversa la tête en arrière, d'autant plus que Loch continuait à travailler son corps pantelant à coups de boutoir de plus en plus saccadés.

Sloane aurait juré qu'il était épuisé, mais les deux tentacules ne s'arrêtaient pas. Il gémit une protestation et poussa les épaules de Loch pour attirer son attention.

— Arrête ! haleta-t-il. Loch, c'est trop ! Je ne peux pas…

Loch lui attrapa les mains et l'épingla contre le matelas, ses hanches pesant sur celles de Sloane.

— Si, tu peux, ici, tu peux tout. Aie confiance en mon pouvoir de te satisfaire au-delà de ce que connaît un mortel lambda.

Sloane hésita, craignant une hyper stimulation douloureuse après son orgasme fabuleux, mais quand il vérifia, il ne ressentait aucun malaise. Au contraire, son plaisir culminait une fois encore, plus intense.

Il hoqueta, les yeux voilés de larmes.

— Oh, mon Dieu !

Loch l'embrassa.

— Oui, je suis ton dieu, rien qu'à toi.

— Ouiii ! cria Sloane.

Un autre orgasme approchait, Sloane ne savait plus s'il devenait fou ou s'il découvrait l'euphorie totale. Son esprit avait du mal à accepter ce qu'il vivait : il était baisé par un dieu au milieu des étoiles.

La jouissance se déversa sur lui comme un tsunami.

Il cria et cria encore, le corps ruisselant de larmes, de sueur et de sperme. Il se tordit, cherchant à échapper à l'emprise des tentacules, en vain.

— Que tu es beau, Briseur de Cœur ! Jouis, jouis encore !

Et Sloane se laissa sombrer. Il sentit le sperme divin se répandre au fond de ses entrailles et le feu du nectar des dieux lui arracha de nouvelles larmes.

Sensible à son émoi, Loch l'embrassa. Sloane aspira l'oxygène sur ses lèvres comme s'il se noyait. Il craignait même de s'évanouir.

Les tentacules se retirèrent enfin et Sloane drapa ses bras sur des épaules de Loch. Tout palpitant, il s'étira et testa les muscles de ses jambes, enfin libérées. Ils étaient un peu raides, mais un tel plaisir valait bien quelques courbatures.

— Waouh ! souffla-t-il.

Loch l'embrassa sur le bout du nez.

— J'en déduis que cela t'a plu ?

— C'était... je n'ai même pas les mots ! Je ne pensais pas que jouir aussi fort était possible. Alors, waouh !

Loch éclata de rire.

— La nuit ne fait que commencer, ma beauté !

IX

Avec un autre, Sloane n'y aurait pas cru, pensant à une vantardise, surtout après la spectaculaire façon dont leur première vraie nuit ensemble avait commencé. Mais il se souvint que Loch était un dieu, donc, qu'il avait des ressources et une endurance dépassant largement celles du commun des mortels.

Les tentacules sexuels s'intervertirent : celui qui avait plongé au plus profond du corps de Sloane caressait dorénavant son sexe sur toute sa longueur. Stupéfait, Sloane découvrit qu'il parvenait à durcir encore sous ces tendres attouchements. Il se remit à gémir et à se tordre sur les draps moites.

Le second tentacule, celui qui avait bu son sperme éjaculatoire jusqu'à la dernière goutte, s'insinua entre ses fesses et titilla son anus encore palpitant, veillant à le dilater plus encore.

Sloane souleva les hanches pour réclamer une pénétration plus franche.

— Tu aimes ? demanda Loch.

Son ton satisfait indiquait qu'il connaissait déjà la réponse.

Sloane mit du temps à répondre, pris par le chuintement humide des va-et-vient du tentacule en lui. C'était un son bruyant, presque obscène, et Sloane était positivement choqué de l'apprécier autant.

Il s'empourpra violemment.

— Ouiii…

Loch eut un rire rauque et frotta sa joue contre celle de Sloane, rouge et brûlante. Sloane ouvrit les yeux, frustré par la paresse des mouvements du tentacule planté en lui.

— Loch, qu'est-ce que tu fais ? Prends-moi, merde ! Je veux… je veux…

Sans paraître se soucier de ses protestations, Loch continua son manège à la lenteur infernale.

— Dis-moi ce que tu veux, mon petit Briseur de cœur ? susurra-t-il. Mon but est de te satisfaire.

Sloane tortilla son cul de façon éhontée, estimant que c'était une réponse explicite, bien que muette. Puis une autre idée lui vint.

Il hésita, se mordit la lèvre et proposa enfin le souffle court :

— Et si nous changions de position ? Est-ce que je peux être sur toi et te chevaucher ?

— Bien sûr, nous allons réaliser tous tes fantasmes les plus torrides.

Avec un clin d'œil lubrique, Loch l'embrassa, puis il roula sur le dos et installa Soane à califourchon sur lui, le regard avide, manifestement enchanté de cette idée.

— Le spectacle me plaît beaucoup ! lança-t-il avec passion.

Tout aussi ravi de cette position, Sloane ondula du bassin. Il poussa un cri étranglé quand le tentacule, qui ne l'avait pas quitté pendant cette manœuvre, s'enfonça soudain plus profondément en lui.

— Oh ! Putain ! haleta Sloane ! Oui ! C'est bon !

Pour mieux s'ancrer, il posa les mains sur la large poitrine et agita ses hanches avec frénésie.

Loch montra les dents.

— Oui… continue, gronda-t-il.

Sloane obtempéra avec ardeur, se soulevant et retombant de tout son poids sur le tentacule qui l'empalait. Il semblait ne jamais en avoir assez. C'était presque inquiétant, cette addiction !

Son cul claquait bruyamment sur le bas-ventre de Loch, ses soubresauts devenaient sauvages, ses cris et gémissements prenaient une sonorité plus impatiente, un sourire béat étirait sa bouche.

Sloane ferma les yeux, totalement concentré sur la chaleur brûlante qui rayonnait de ses entrailles dans tout son corps. Jamais il n'aurait pu imaginer que son anus se dilaterait autant sans douleur ! Son sexe tressautait au rythme de sa cavalcade, Sloane se cambra et lança un grand cri de joie pure vers les étoiles qui scintillaient au-dessus d'eux.

Malgré l'intensité de sa jouissance, il n'oubliait pas que Loch était là, avec lui, sous lui. Il adorait les feulements sensuels que leurs ébats arrachaient à la gorge divine, la passion avec laquelle les belles mains s'agrippaient à ses hanches pour guider ses va-et-vient.

Sloane ouvrit les yeux, impatient de retrouver le regard adorateur posé sur lui. En vérité, les yeux d'un vert liquide de Loch le perçaient jusqu'au fond du cœur.

Ils s'aimaient dans un lit magique, dans une cité mythique au milieu de l'espace, pourtant, le regard de Loch donnait à Sloane l'impression que toute la magie du lieu résidait en lui.

Et n'était-ce pas un autre miracle qu'un immortel le désire aussi fort ?

Sloane se sentait fondre.

Je suis amoureux, pensa-t-il. Amoureux fou de Loch.

Et s'il devait en croire ce qu'il lisait dans les yeux aux pupilles dilatées, devenus d'un noir de jais au scintillement merveilleux, Loch l'aimait tout aussi fort.

Rompant le rythme, Loch se redressa pour dévorer ses lèvres et envelopper les longues jambes de Sloane autour de lui.

— Oh, mmmph ! cria Sloane contre sa bouche.

Il resserra les cuisses sur la taille ferme et se laissa aller. Le baiser était passionné, dévorant, la tête de Sloane se mit à tourner comme s'il avait bu alors que les mains de Loch s'égaraient sur son corps, partout à la fois : caressant la courbe de sa joue, les muscles de son dos, ses flancs, ses hanches.

— Tu es fait pour moi, entonna le dieu. Juste pour moi, Sloane… tu es à moi.

Sloane souriait, heureux.

Soudain, il sentit le deuxième tentacule sexuel rejoindre le premier, toujours planté en lui, et titiller son anus, cherchant à forcer l'entrée.

Il cria de surprise et s'agrippa aux épaules de Loch. Il tenta aussi de se dégager – en vain.

— Attends ! Qu'est-ce que tu fais ? Les deux ? Tu es fou ? Je ne peux pas…

Loch prit son visage entre ses paumes et parla d'une voix assurée :

— Encore une fois, tu peux TOUT, Briseur de cœur. Je ne te forcerai pas, bien entendu, mais j'aimerais tout te donner de moi.

Sloane hésita, l'estomac noué, tout palpitant d'excitation. C'était un de ses plus vieux fantasmes : une double pénétration… deux amants à la fois, ou un amant et un vibromasseur… Il ne l'avait jamais fait, en partie par manque d'audace, en partie parce qu'il n'avait jamais eu d'amant assez intime pour explorer ce genre d'expériences.

Ce soir, c'était différent. Il avait confiance en Loch.

Une confiance totale.

Il se détendit et inspira un grand coup.

— D'accord.

Le sourire ravi de Loch fut sa première récompense.

Le cœur battant, Sloane se laissa embrasser et attendit. Le tentacule le prépara avec soin, il s'insinua doucement, laissant aux muscles internes le temps de s'habituer à l'intrusion.

Dilaté au-delà de ses rêves les plus fous, Sloane haleta de surprise, pas de douleur. En vérité, il n'avait pas mal. La pression était énorme, insistante, mais pas douloureuse.

Sloane se força à respirer, sa tête bascula en arrière, des larmes d'émotion coulaient sur ses joues.

Quelle folle plénitude ! Il tremblait déjà, alors qu'il n'y avait pas vraiment de mouvement.

En y réfléchissant…

— Loch ! Je veux jouir ! Vas-y, prends-moi, j'y suis presque !

Loch ne se fit pas prier. Il empoigna Sloane par la taille et se mit à le marteler. Sloane découvrit alors qu'il était délicieusement humecté et que les tentacules coulissaient sans difficulté l'un contre l'autre.

C'était… intense.

Il changea sa prise sur les épaules de Loch et bougea afin de trouver la position parfaite pour affronter un si bel assaut. Comme il n'y en avait pas, il s'affaissa dans les bras de Loch et se laissa aimer.

Son besoin de jouir culmina enfin, jaillissant du plus profond de ses reins. Il hurla son plaisir, encore et encore, la bouche grande ouverte, le corps tout entier humide de sueur.

— Loch !

Sa voix se cassa, il était proche de l'épuisement total. Sa queue, elle, se découvrait des réserves insoupçonnées à ce jour, l'orgasme semblait ne jamais s'arrêter. Sloane se tordit avec de nouveaux spasmes quand le nectar divin se répandit en lui, si abondant qu'un chaud liquide coula de son corps sur ses cuisses et ses bourses.

Éperdu, Sloane nicha son visage dans le cou de Loch et se mit à sangloter.

Le dieu le berça avec vénération.

— Oui, mon amour, laisse-moi t'aimer.

Sloane gémit pitoyablement. Son corps s'était-il dissous ? Se demanda-t-il. Il ne ressentait plus que la pulsion de ses entrailles et les crampes de ses muscles abusés. Il tremblait incoerciblement, les yeux fermés, avec quelques hoquets et des reniflements, très reconnaissant des bras forts qui le gardaient à l'abri.

Quand il s'apaisa enfin, il fut frappé par le silence qui l'entourait.

Dans l'espace, il n'y avait pas de son. Il n'y avait pas de vent, pas d'air conditionné, pas de bourdonnements d'appareils électriques, pas de circulation, pas de voisins qui se disputaient ou discutaient trop bruyamment au téléphone.

Il n'y avait que Loch et Sloane. Le seul bruit qui troublait le silence, c'était le son de leurs respirations encore sifflantes et rauques, celui de leurs baisers étouffés ou le glissement furtif des tentacules qui se rétractaient.

Bien que complètement épuisé, Sloane ne s'était jamais senti aussi vivant.

Loch bougea et l'allongea sur le lit gigantesque. Sloane gémit, encore tout raide de sa longue position acrobatique. Puis, un sourire niais aux lèvres, il demanda timidement :

— Mmm… comment fais-tu ça ?

Les yeux verts croisèrent ceux de Sloane avec un éclat amusé.

— Ça ? De quoi parles-tu au juste ? Mon répertoire est infini ou presque. Il va te falloir être plus précis.

Sloane s'étira avec un soupir langoureux.

— Je ne peux pas parler, je suis trop fatigué… Comment fais-tu… euh, tout ! C'était dément !

Loch sourit, l'air très content de lui.

— Je suis un expert en physique du plaisir et je suis loin d'avoir dit mon dernier mot !

Sloane lui jeta un coup d'œil inquiet, tout à fait certain cette fois d'avoir atteint son extrême limite.

— Ne nous emballons pas. Déjà, je pense que je mérite d'entrer dans le livre des records, tu sais ! J'ignorais même qu'un humain pouvait jouir aussi souvent avec d'aussi courtes périodes de récupération entre deux orgasmes.

Loch éclata de rire.

— Être un dieu a ses avantages !

Sloane déclara avec un grand sérieux :

— Loch, pour moi, c'était bien plus que le sexe, c'était…

Il s'interrompit, cherchant ses mots.

— Quoi ? insista Loch, curieux.

— J'ai été si seul depuis la mort de mes parents… Avec toi, je me sens bien, protégé, aimé. Merci !

Loch oublia sa prétention arrogante et offrit à Sloane un sourire sincère, ainsi qu'un doux baiser sur le front.

— Je regrette que tu aies tant perdu et tant souffert. Maintenant, je suis là. Je veillerai sur toi.

Étrangement, ces mots affectueux firent perdre à Sloane le contrôle de ses émotions. Il se mit à pleurer à chaudes larmes, le barrage avait cédé, c'était cathartique.

Je veillerai sur toi.

Sa mère avait dit des paroles semblables autrefois, son père aussi. Pourtant, Sloane les avait perdus tous les deux. Traumatisé, il n'avait plus jamais cru à la pérennité des personnes de son entourage, même Milo, son ami si dévoué si affectueux, Sloane s'en méfiait – et s'il le perdait ? Cette peur, Sloane en était conscient, avait empoisonné toutes ses relations : il n'osait pas prendre le risque d'être abandonné encore une fois.

Je perds tous ceux que j'aime !

— Cela n'arrivera pas avec moi, Sloane, déclara Loch avec autorité. Je suis un dieu. Que ce soit sur la terre ou parmi les étoiles, aucun pouvoir n'est capable de m'éloigner de toi.

Sloane pleura plus fort, le visage maculé de morve et de larmes. Sans chercher à le calmer, Loch se contenta de le bercer en posant des baisers sur ses cheveux bruns.

Au bout d'un très long moment, le flot se tarit enfin.

Sloane avait les yeux brûlants et la gorge en feu.

— Excuse-moi, souffla-t-il.

Loch lui passa la main sur le visage, qui en fut instantanément nettoyé et rafraîchi.

— Ne t'excuse pas, voyons ! Tu es bouleversé, c'est normal. La soirée a été très intense.

Sloane avait repris du poil de la bête.

— Peuh ! « Intense » ne suffit pas pour décrire ce qui s'est passé ce soir ! En fait, je crois que le mot adéquat n'a pas encore été inventé.

— Je te propose « Azaethothien », qu'en dis-tu ?

— Bonjour la modestie ! railla Sloane.

Loch gloussa, très amusé.

— Oui, la modestie est une de mes innombrables qualités ! Je suis arrogant aussi, et j'en suis fier

Sloane éclata de rire, heureux de retrouver une ambiance plus légère. En fait, il trouvait très facile de se détendre avec Loch, même quand la situation devenait stressante.

Notant sans doute une touche d'hystérie dans son rire, Loch redevint sérieux ;

— Tu vas bien ? s'inquiéta-t-il.

Spontanément, Sloane hocha la tête, puis il réfléchit et confirma :

— Oui, très bien. Je suis heureux que tu m'aies tout donné.

Loch secoua la tête en le surveillant avec attention.

— Non, pas encore. Et je me demandais justement si tu sentais prêt pour la dernière étape.

Surpris, Sloane cligna des yeux.

— Que veux-tu dire ? Tu m'as pénétré de tes deux tentacules sexuels, non ? En même temps, qui plus est !

Il serra les fesses à ce souvenir, son anus palpita.

— J'en ai un troisième, dit Loch, je t'en ai déjà parlé et je voudrais le partager avec toi, si tu acceptes.

Sloane se souvint alors de ce mystérieux tentacule qu'il n'avait encore jamais vu. Sa curiosité s'éveilla.

— Oh, c'est celui qui n'a pas d'ouverture, c'est ça ? Celui qui est seulement destiné à… euh… donner ?

Loch eut un sourire rayonnant. L'excitation brillait dans ses yeux.

— Oui, veux-tu le voir ?

— Oh oui !

Sloane se mit à trembler. La nuit avait été tout à fait incroyable et il était partant pour d'autres expériences – sa queue aussi, apparemment, vu qu'elle s'érigeait encore.

Le tentacule émergea de la colonne vertébrale de Loch et se déploya. Sloane le regarda avancer vers lui avec des yeux écarquillés d'effroi : sa circonférence était celle d'une canette de soda. L'appendice était bien plus épais que tous ceux que Sloane avait vus jusqu'ici et son aspect bien plus phallique, avec un gland énorme et tumescent, des veines saillantes tout le long de la hampe.

Le tentacule… non, le *tentaqueue* faisait au moins vingt centimètres de long, sinon vingt-cinq. Il était donc grand, très grand.

— Non ! cria Sloane, paniqué. Ça ne rentrera jamais !

— Bien sûr que si !

— Toute la magie du monde n'y fera rien, tu vas m'ouvrir en deux !

— Bien sûr que non, déclara calmement Loch.

L'air buté, Sloane croisa les jambes.

— Ton pieu de dragon ne rentrera pas dans mon cul ! hurla-t-il. Il me défoncerait !

L'épais tentaqueue se posa sur sa cuisse.

122

— Te défoncer ? Possible, oui, mais tu vas adorer ! affirma Loch, Aie un peu de foi, Briseur de cœur !

Sloane sentit sa résolution vaciller. Après tout, Loch ne l'avait jamais déçu pas vrai ?

— Oh, putain ! gémit-il.

Avec un soupir, il passa la main sur son visage. Après un court moment de réflexion, il se força à se détendre et décroisa les jambes.

— Bon, d'accord. Mais va tout doucement, hein ?

— Bien sûr, mon amour.

Loch l'embrassa avec feu. Tous ses autres tentacules disparurent, reprenant leur place dans son corps. Le tentaqueue, lui, se positionna entre les jambes divines, comme un énorme pénis.

Puis Loch fit glisser ses mains sur les hanches et les flancs de Sloane qu'il caressa avec amour. Détendu, Sloane haleta et se cambra pour offrir son cul.

— Tu aurais pu te contenter de me glisser un oreiller sous les fesses, tu sais ! persifla-t-il. Je t'aurais cédé même si tu n'avais pas mis les petits plats dans les grands avec Zebulon et un lit doré de titan !

— J'ai agi selon ma nature, répondit Loch avec hauteur !

Il se remit à embrasser Sloane, lui coupant la parole avec maestria.

— Mmmph, marmonna Sloane.

Il fondit sous les baisers divins au goût mentholé. Il écarta les jambes, les genoux contre les hanches de Loch. Cette position lui paraissait plus intime, plus significative d'une certaine façon. Les bras de Loch étaient forts et sûrs, leur étreinte à la fois protectrice et aimante. Le baiser plein de passion fit haleter Sloane et feuler Loch, leurs langues dansaient l'une contre l'autre.

Bien que perdu dans ces sensations enivrantes, Sloane tressaillit quand il sentit soudain le gland du tentaqueue presser contre son anus. Il émit un hoquet surpris et se crispa, certain de souffrir.

— Ne sois pas trop brusque, s'il te plaît, chuchota-t-il. J'ai peur.

— Ne sois pas idiot, murmura Loch, la voix rauque d'émotion. Jamais je ne te ferai mal, Sloane. Jamais.

Sloane cligna des yeux, frappé par l'amour adorateur qui brillait dans le regard vert posé sur lui. Il s'accrocha et se cambra, confiant.

L'appendice, naturellement lubrifié, s'enfonça davantage et le corps de Sloane s'y adapta sans effort.

123

— Oui, Sloane… haleta Loch. Tu es fait pour moi… Cette fois, tu as tout de moi !

Tout ? Sloane n'osait y croire. Pourtant, oui, l'énorme mandrin était bien en lui, il le sentait jusqu'au fond de ses entrailles.

Le tentaqueue massif se mit alors en mouvement, le baisant en profondeur, en force. Sloane planta ses ongles dans le large dos et trembla de nervosité, ses cris atteignirent un paroxysme fébrile. Perdu entre la tension et l'extase, il laissa tomber sa tête sur le côté.

Que c'était bon ! Il hurla son plaisir. Il tenta d'écouter les sons de leur accouplement, mais c'était impossible, son cœur battait trop fort dans ses oreilles. Et ça dura, dura.

Son orgasme devint imminent.

— Oh, Loch ! S'il te plaît ! J'y suis… presque ! Loch !

Loch le regarda bien en face.

— Dis mon nom, Sloane ! ordonna-t-il.

— Loch ?

— Non !

Sloane comprit soudain ce que demandait le dieu.

— Azaethoth ! cria-t-il.

— Oui, siffla son amant avec triomphe.

Il embrassa férocement Sloane, son tentaqueue le pistonnant encore plus fort.

— Encore ! réclama le dieu.

Sloane sanglota, frénétique à présent.

— Azaethoth !

Quand il trouva l'orgasme, le silence se fit et le monde autour de lui devint blanc, aussi lumineux que la lueur des étoiles. Sloane se perdit dans la sensation incroyable, une communion parfaite avec l'immortel qui avait revendiqué son cœur, son corps et son âme.

Vague après vague, un plaisir sans fin balaya ses sens, c'était presque trop fort. Sloane criait et pleurait sans savoir où il finissait et où Loch commençait. Le nectar divin coula en lui et hors de lui, trempant les draps sous lui. Son cul le brûlait, ses cuisses tremblaient, agitées de spasmes, son sexe pulsait encore contre son ventre.

— Oh, putain ! Azaethoth… Oh, mon Dieu !

De toute évidence, l'immortel appréciait cette formule, car il répéta :

— Oui, ton dieu. Je suis tout à toi. Calme-toi à présent, tout va bien.

Il baisa les joues de Sloane, essuya ses larmes et serra contre lui son corps frissonnant.

Quand Sloane s'apaisa enfin, Loch l'étendit sur le lit et s'allongea à ses côtés, appuyé sur un coude pour mieux le regarder.

Sonné, Sloane attendait que son âme, envolée dieu seul savait où, revienne habiter son corps.

— Ça va ? demanda Loch. Tu as aimé ?

Si la question n'avait rien d'inhabituel, l'ancien dieu parlait d'un ton plus hésitant que de coutume, presque timide.

Étonné, Sloane fit l'effort d'ouvrir les yeux. Il se blottit contre son amant avant de répondre :

— Oui, bien sûr ! Ton tentaqueue est tout à fait… Azaethothien.

Loch sourit, rassuré.

— Je vois. Je le prendrai pour un compliment de choix.

Sloane gloussa.

— Allons, ne me dis pas que pendant ces folies orgiaques dont tu m'as parlé, tes fidèles adorateurs ne t'ont pas déjà couvert de compliments sur les prouesses sexuelles de ton engin ?

Loch secoua la tête, le visage très grave.

— Non, seuls mes deux autres tentacules participaient à ces fêtes, avant toi, personne n'a eu droit à mon appendice le plus secret.

— Personne ? s'étrangla Sloane. Je suis le premier ?

— Oui.

Anéanti de bonheur, Sloane cligna des yeux et demanda :

— Pourquoi ?

Loch piqua un fard, ce que Sloane eut du mal à croire. Il trouva cette timidité adorable et touchante.

— Parce que je gardai cette partie de moi-même pour mon compagnon et que tu es le premier que je considère comme tel. Je n'ai jamais… courtisé personne avant toi. Oh, le sexe, oui, je l'ai pratiqué, mais ce que nous connaissons ensemble n'a rien à voir.

Abasourdi, Sloane ne savait comment répondre à cette étonnante déclaration. Très ému, il chuchota enfin :

— Merci. Je suis flatté que tu m'aies jugé digne de ton tentaqueue.

Se sentant sans doute un peu trop vulnérable après avoir révélé le secret de son cœur divin, Loch retrouva son ton arrogant :

— Tu es partant pour un second round ?

— Non ! cria Sloane en riant. Pas tout de suite ! J'ai du sperme plein le cul, les couilles archi vides et je frôle l'infarctus, j'ai besoin d'une pause ! Tu vas finir par griller mon petit cerveau de mortel !

Les tentacules de Loch s'enroulèrent autour de lui comme un cocon protecteur.

— Alors, dors, Briseur de cœur. Nous reprendrons nos ébats demain matin.

— Je ne pourrai pas marcher ! prédit Sloane.

— Tu n'en auras pas besoin, ricana Loch. Je compte te garder dans mon lit !

Sloane ferma les yeux, à moitié endormi déjà.

— Tu es merveilleux !

— Je sais, répondit Loch, un sourire dans la voix. Toi aussi, Sloane Beaumont.

Repu et heureux, Sloane s'assoupit et plongea dans un délicieux sommeil régénérateur.

À son réveil, il était tout empêtré dans les tentacules divins, le visage de Loch enfoui contre lui. Quand il voulut se dégager, il réveilla son amant, qui l'embrassa avec passion et lui rappela sa proposition de la veille au soir.

Sloane frissonna, tenté.

— Si tu continues, nous ne quitterons jamais ce lit !

— Ce qui me convient très bien ! rétorqua Loch.

— Non, protesta Sloane, nous avons une enquête à terminer, nous devons vérifier ce que devient Kunst et faire justice à Lochlain. N'as-tu pas promis de tresser les intestins de cet affreux professeur ?

Loch hésita, puis il acquiesça à contrecœur.

— Très bien, allons-y puisqu'il le faut. Ferme les yeux, mon amour.

Sloane obéit.

Quand il reçut la permission de les ouvrir, ils étaient de retour chez lui, propres et décemment vêtus.

Sloane haleta d'horreur en regardant autour de lui. Son appartement était dévasté ! Tous ses livres et ses revues étaient éparpillés sur le sol, les étagères vidées, le canapé retourné. Dans la cuisine, on aurait cru qu'une explosion avait eu lieu : les placards béaient, leur contenu répandu sur le sol, cassé pour la plupart.

Sloane se précipita dans sa chambre, qu'il trouva dans le même état, les tiroirs arrachés et renversés, la penderie ravagée et le matelas retourné. Même la salle de bain avait été fouillée et saccagée.

126

— C'est quoi ce bordel ? s'écria-t-il.

Il tenta de lancer un sort de perception, mais il n'y parvint pas au début tant le désarroi et la colère le faisaient trembler. Loch posa la main sur son poignet afin de le guider.

— Kunst ! cracha-t-il.

Il avait vu juste. Sloane trouva sans peine l'aura que le vieux professeur avait laissée derrière lui. Et aussi le résidu bleu.

— La clé ! lança-t-il. Il a dû croire que nous l'avions et il a cherché à la récupérer.

— Et s'il n'a rien trouvé…

Le regard inquiet de Loch se posa sur Sloane.

— Il va s'en prendre à Robert ! termina-t-il.

Sloane secoua la tête.

— Le receleur ? Non, Kunst ne sait rien de lui, je doute fort que Lochlain ait mentionné son nom à un client et comme Robert Edwards se méfiait de Kunst, il n'a certainement pas proposé de lui revendre le morceau de totem qu'il avait. En revanche…

Très anxieux, il réfléchissait fébrilement.

— Quoi ? insista Loch.

— Kunst doit savoir que Lochlain avait une sœur, s'il a fouillé sans rien trouver l'appartement de Lochlain et le mien, il doit être aux abois et son prochain mouvement sera…

— … de passer chez Lynette Fields ! conclut Loch.

— Vite ! cria Sloane. Allons la prévenir !

X

SLOANE SE frotta les mains et les claqua avec force pour restaurer son appartement et voir s'il y manquait quelque chose. Il jura en voyant une lueur sous son lit, là où il avait caché le poignard responsable de la mort de ses parents.

— Et merde ! cria-t-il. Kunst a repris le poignard !

— Il signe par là sa culpabilité, non ? lui fit remarquer Loch d'une voix traînante.

— C'est exact, grommela Sloane, mais nous nous en occuperons plus tard. Nous n'avons pas de temps à perdre, Lynette est peut-être en danger ! Il faut que nous arrivions chez elle avant Kunst.

— Il est peut-être déjà trop tard.

Sloane lui jeta un regard horrifié.

— Loch ! Comment peux-tu dire une chose pareille ?

— Je suis réaliste, Kunst possède des heures d'avance sur nous, aussi il est possible qu'il ait déjà…

— Non ! cria Sloane. Je ne veux pas y penser ! Viens !

Il attrapa Loch par la main et le traîna jusqu'à la porte. Il ne supportait pas l'idée que Lynette ait pu souffrir un sort funeste pendant que lui s'envoyait en l'air dans les cieux, égoïste et inconscient.

— Mmm, j'adore quand tu deviens autoritaire…

— Bouge ton cul au lieu de raconter des conneries !

En général, la voix insidieuse de Loch le faisait rougir, mais ce matin, il n'avait pas la tête à ça. Une fois dans la rue, Sloane tenta de contacter Lynette par téléphone. Aucune réponse. Il essaya plusieurs fois.

Il s'agitait de plus en plus angoissé.

— Merde, merde, merde ! Elle ne répond pas !

Il chercha à héler un taxi, sans cesser de vérifier l'écran de son téléphone.

— Peut-être est-elle avec Milo… suggéra-t-il, sans y croire vraiment.

— Rappelle-moi qui est Milo ? lança Loch.

— Mon meilleur ami ! cria Sloane exaspéré. Le poilu, comme tu dis, il est amoureux de Lynette. Tiens, au fait, je vais le contacter, peut-être aura-t-il des nouvelles.

Il composa le numéro et tenta d'afficher un calme qu'il ne ressentait pas :

— Milo ? Salut, mec, comment…

Milo le coupa, très agité :

— Sloane ! J'allais t'appeler ! Qu'est-ce que tu as encore inventé ?

— Pardon ? De quoi parles-tu ?

— De cet échantillon bleu que tu m'as demandé d'analyser ! Figure-toi qu'il a fait exploser mon spectromètre de magie. Il n'en reste que des cendres. En plus, je ne sais toujours pas de quoi il s'agit. C'est très inquiétant !

— Ah, merde ! Tu n'as rien pu en tirer ?

— Non, je sais juste que c'est une substance très puissante et très nocive. Que se passe-t-il, dis-moi ? Tu as des ennuis ?

— Moi ? Non, non, pas du tout. Euh… enchaîna Sloane maladroitement, Lynette est-elle avec toi ?

— Non, aboya Milo, avec amertume. Elle ne veut pas me parler. Elle prétend avoir besoin de temps pour gérer… une crise personnelle. Elle m'a envoyé balader quand j'ai insisté pour l'aider.

Après un bref silence, il ajouta d'un ton suspicieux :

— Tu ne saurais pas ce qui se passe par hasard ? Est-ce en lien avec l'affaire compliquée dont tu m'as parlé ?

— Euh…

Cette fois, Milo se mit en colère :

— Sloane ! J'aime Lynette et si elle a des problèmes, je veux être mis au courant. C'est lamentable qu'elle se soit confiée à toi et pas à moi !

Sloane respira un grand coup.

— Milo, nous sommes amis depuis l'université. Si je pouvais te parler, je le ferais. Fais-moi confiance, s'il te plaît.

— Non ! Je veux savoir ce que tu me caches.

— Je n'ai pas le temps, Milo, je t'expliquerai tout, mais pas maintenant. Donne-moi l'adresse de Lynette, s'il te plaît.

— Tu me fais chier, Sloane ! s'énerva Milo.

Après un moment de silence, il déclara enfin :

— Elle habite au 1890 Winfield Avenue.

Sloane soupira, rassuré.

— Merci beaucoup Milo ! Je t'en dirai plus dès que possible, c'est promis.

— Je t'attendrai devant chez Lynette, jeta son ami.

— QUOI ? Oh, non, non, protesta Sloane. Attends une minute…

Il s'interrompit pour monter dans un taxi qui s'arrêtait enfin. Loch le suivit. Sloane donna au chauffeur l'adresse que Milo venait de lui communiquer.

À peine la porte claquée, il chercha de nouveau à convaincre Milo de rester chez lui.

Son ami ne le laissa pas parler.

— Tu perds ton temps, je ne changerai pas d'avis. À tout de suite.

Sur ce, il raccrocha au nez de Sloane.

— Et merde ! gémit Sloane.

— Qu'est-ce qu'il y a encore ? demanda Loch avec désinvolture.

— Milo vient aussi chez Lynette. J'ai tenté de l'en dissuader, mais il refuse de m'écouter.

— Est-il un fidèle des anciens rites ?

— Non, il est Lucian.

Loch fit une grimace dégoûtée.

— Je vois. Je sens qu'on va se marrer !

— C'est mon ami ! protesta Sloane. Sois gentil avec lui.

Loch lui jeta un regard offusqué.

— Gentil ? tonna-t-il avec hauteur. Je suis toujours gentil !

Sans répondre, Sloane se contenta de rouler des yeux. Il tapota du pied avec anxiété, impatient d'arriver et de s'assurer par lui-même que Lynette était saine et sauve.

Quand le taxi s'arrêta devant la maison, tout était calme. Sloane paya le chauffeur et bondit à la porte d'entrée où il frappa.

Ce fut Lynette qui ouvrit. Soane la regarda, éberlué. Il faillit ne pas la reconnaître. Elle n'était pas maquillée, elle ne portait pas de bijoux, elle avait les cheveux emmêlés et ne s'était pas changée depuis leur dernière rencontre.

Sloane leva la main.

— Euh… Salut, Lyn.

Elle le toisa sévèrement et frotta ses yeux gonflés par les larmes.

— L'as-tu retrouvé ?

— Hein ? Qui ?

— Le meurtrier de Lochlain ! Sais-tu son nom ?

— Non, pas encore, mais…

Avec un reniflement exaspéré, elle lui claqua la porte au nez.

Loch haussa les épaules.

— Pas terrible comme accueil.

Sloane se remit à frapper à la porte

— Lynette ! cria-t-il. Ouvre, s'il te plaît ! Je dois te parler, te prévenir. Je crains que Kunst vienne te rendre visite !

Elle ouvrit, la mine renfrognée.

— Et alors ? Que me veut-il ?

Sentant que dans son état, elle allait vite manquer de patience, Sloane parla très vite :

— Il cherche la clé ! Hier, nous sommes passés chez lui et il a essayé de me tuer. Ensuite, il a profité de mon absence pour saccager mon appartement. Écoutez-moi, je vous en prie !

— A-t-il tué Lochlain ? insista Lynette.

Sloane répondit franchement :

— Non, je ne pense pas, mais il est définitivement impliqué dans cette affaire. Il tient plus que tout à récupérer le morceau de totem que Lochlain a volé au musée. Pour atteindre son but, je le crois prêt à tout.

— Et pourquoi viendrait-il chez moi ?

Sloane grimaça.

— Ce n'est qu'une probabilité, insista-t-il. Il a déjà fouillé chez Lochlain et chez moi, tu pourrais être sa prochaine cible.

Lynette pinça les lèvres.

— Tu es sûr qu'il est impliqué dans la mort de Lochlain, Slo ?

— Oui !

Il trépignait presque d'exaspération. Lynette hésita et fit tambouriner ses longs ongles sur le cadre de la porte pendant qu'elle réfléchissait.

Elle finit par esquisser un sourire létal et rejeta ses cheveux en arrière.

— Dans ce cas, qu'il vienne ! Je le recevrai comme il se doit, en bonne hôtesse. Entrez, si ça vous dit tous les deux de vous joindre à la fête…

Elle recula et leur fit signe de la suivre.

Loch rayonnait de fierté.

— Oui, mon enfant. Nous l'attendrons avec toi.

Une fois dans le hall, Sloane jeta un coup d'œil autour de lui. La maison était petite et éclairée de bougies blanches et rouges installées un peu partout, sur le sol, sur le rebord des fenêtres. Sur la table de la cuisine, plusieurs photos étaient elles aussi entourées de bougies et de fleurs.

Sloane s'arrêta pour les examiner : toutes représentaient Lochlain.

Loch y jeta un regard en passant. Sans mot dire, il se contenta de prendre la main de Sloane. Soucieux de le réconforter, Sloane pressa ses doigts sur les siens.

Après tout, même un dieu était sensible au deuil et au chagrin.

Sloane avança au salon et déclara d'un ton hésitant :

— Euh, Lyn, une petite chose…

— Quoi encore ?

Lynette fit sauter un bouchon de liège et se versa un verre de vin.

— Milo arrive.

Sloane grimaça, se préparant au pire.

— Quoi ? hurla-t-elle. Qu'est-ce que tu as encore fait comme connerie, Slo ?

Enragée, elle le bombarda de son bouchon. Il l'esquiva de justesse.

— Je suis désolé, mais tu ne répondais pas au téléphone, alors, j'ai un peu paniqué, je craignais que Kunst s'en soit pris à toi… Comme je ne connaissais pas ton adresse, j'ai contacté Milo…

— Il n'est au courant de rien ! cria Lynette avec colère.

— Je sais ! gémit Sloane. Écoute, je suis désolé, mais il tient à toi, il s'inquiète terriblement. Je pense qu'on devrait tout lui dire, euh… ensemble.

— Je ne vois pas du tout pourquoi tout le monde s'inquiète pour moi ! persifla Lynette. Je vais très bien !

Elle fronça les sourcils et engloutit une grande rasade de vin.

Loch approcha d'un pas souple et lui enleva le verre des mains.

— Non, mon enfant, tu souffres, dit-il d'une voix douce.

Lynette plissa les yeux, comme si elle hésitait à passer sa rage sur un immortel. Elle finit par pousser un soupir vaincu.

— Mon frère est mort. Vous allez lui rendre justice, je sais, mais ce n'est pas la vengeance qui me le ramènera.

Un tentacule lui prit la main.

— C'est vrai, reconnut Loch.

Lynette renifla tristement.

— En plus, je ne peux pas l'enterrer. Je ne peux pas laver son corps et l'envelopper. Je ne peux pas le remettre dans la terre… Grâce à vous, je sais que son âme est en paix dans les étoiles, mais je ne parviens pas à faire mon deuil. Je me sens coincée. Quand je regarde autour de moi, tout me rappelle que j'ai perdu Lochlain. Et ça me brise le cœur.

Loch la serra contre lui.

— Le coupable sera bientôt puni, promit-il. Ensuite, ton frère aura les rites funéraires qu'il mérite. J'y veillerai personnellement.

Sloane tressaillit. Loch annonçait-il qu'il comptait rendre à Lynette Fields le corps qu'il habitait ? C'était impossible ! Quel avenir auraient-ils ensemble dans ce cas ?

En fait, avaient-ils un avenir ?

Si Sloane pensait parfois à se caser un jour, il n'avait jamais prévu de tomber amoureux d'un immortel. Pourtant, c'était arrivé et il ne regrettait rien. Même si sa belle aventure ne durait que quelques jours, il avait été plus heureux avec Loch que durant tout le reste de sa vie.

Mais s'il perdait tout encore une fois…

Rien qu'à cette idée, son cœur sombra. Si Loch renonçait à son corps mortel, comment pourrait-il envisager de rester avec Sloane ?

Ses pensées égoïstes furent interrompues par des coups frénétiques sur la porte d'entrée.

— Euh, ce doit être Milo, marmonna-t-il, je vais ouvrir.

Quand il passa devant lui, Loch le prit par le bras et demanda :

— Qu'est-ce qui ne va pas ?

— Rien, bredouilla Sloane sans conviction.

Loch fronça les sourcils.

— Menteur.

— Je me demandais juste qui se passerait une fois que nous aurons retrouvé le meurtrier de Lochlain.

Il jeta à Loch un regard éperdu, impatient d'entendre sa réponse sur cette question vitale bien que l'endroit et le moment soient très mal choisis pour en débattre.

Les coups sur la porte devenaient presque violents.

— Tu es mon compagnon, Sloane, répondit Loch sans hésitation. Tu es à moi et je suis à toi.

— Et le corps de Lochlain ?

— Quel rapport ?

— Tu viens de promettre à Lynette de le lui remettre pour des funérailles ! Tu comptes te laisser enterrer vivant ?

Loch grogna.

— Non ! Mais je trouverai une solution.

Atterré, Sloane comprit que son divin amant n'avait pas du tout réfléchi à la question.

— Tu aurais peut-être dû y penser avant de prendre des engagements que tu ne pourras pas tenir ! jeta-t-il en colère. Un accouplement éternel ? Mon cul !

Le visage crispé de chagrin, il se dégagea avec brusquerie et alla ouvrir la porte.

Comme prévu, il trouva sur le seuil son ami, très agité.

Loch avait suivi Sloane. En le voyant, Milo le fixa avec des yeux écarquillés.

Une fois remis de son choc, il aboya :

— Je veux des réponses et tout de suite ! Je croyais que Lochlain avait disparu, mais visiblement, il est retrouvé. Alors, pourquoi Lynette ne veut-elle toujours pas me parler ? Et c'était quoi ce foutu échantillon que tu m'as donné, Sloane ? Tu es lourd !

De toute évidence, Loch ne s'était toujours pas remis de la virulente tirade de Sloane.

— Je ne suis pas Lochlain, jeta-t-il à Milo.

Ce dernier haussa les sourcils.

— C'est une blague ? Où est Lynette ?

Sloane intervint :

— Dans la cuisine, mais je te conseille de…

Il ne put aller plus loin, car Milo le repoussa et avança dans le couloir en hurlant :

— Lynette !

— Milo ! cria Sloane. Non, attends !

Il se mit à courir derrière son meilleur ami, Loch sur les talons.

Quand Milo pénétra dans la cuisine, il s'arrêta net en voyant les photos de Lochlain et toutes les bougies funéraires. Sans doute comprit-il qu'il n'avait pas tous les éléments pour saisir la situation.

— Lynette ? Mon trésor ? Que se passe-t-il ?

Lynette avait abandonné son verre et buvait directement à la bouteille. Ignorant la mine désapprobatrice de Loch, elle désigna son mémorial et marmonna :

— Je suis en deuil.

— De qui ? s'étonna Milo.

— De mon frère, hoqueta Lynette.

Milo ne comprenait plus rien. Il jeta un coup d'œil abasourdi à Loch.

— Lochlain ? Il est là.

Se souvenant alors du commentaire de Loch « Je ne suis pas Lochlain », il fit la grimace et ajouta :

— Attendez un peu. Serait-ce un fantôme que je suis le seul à voir ?

Loch s'appuya contre le comptoir de la cuisine et ricana.

— Je ne suis pas un fantôme, je suis un dieu.

Milo leva les yeux au ciel ;

— Ben voyons ! Génial ! Vous êtes tous devenus fous !

Il se tourna vers Sloane, l'air implorant, et ajouta :

— Mon pote, dis quelque chose ! Qu'est-ce qui se passe ? C'est quoi ces conneries ?

Sans lâcher sa bouteille, Lynette hocha la tête et jeta :

— Sloane, explique-lui.

Loch lui retira la bouteille et fronça les sourcils en la trouvant vide.

Sloane soupira.

— Milo, commença-t-il, Lochlain a été assassiné chez lui l'autre soir, en revenant de ta fête d'Halloween. Celui qui habite actuellement son corps est Azaethoth le Petit, un dieu des anciens rites Sagittaires. Il est venu faire justice et il m'a demandé de l'aider à retrouver le meurtrier de Lochlain. À partir de là, la situation est vite devenue… compliquée.

Milo esquissa une moue dubitative tandis que son regard passait de Sloane à Loch.

— N'importe quoi ! dit-il enfin.

Loch inclina la tête.

— Il a dit vrai. Je suis Azaethoth le Petit, frère de Tollmathan, de Gronoch, de Xhorlas…

— Arrête ! le coupa Sloane sans ambages. Milo ne connaît pas les anciens dieux, tous ces noms ne lui disent rien du tout !

Dans le contexte, son ton était peut-être trop acerbe, mais il était toujours contrarié.

Loch apprécia peu que sa présentation officielle soit aussi sommairement interrompue, il montra les dents et gronda sourdement, mais il ne dit pas un mot de plus.

Milo paraissait de plus en plus inquiet.

— Vous avez tous fumé une drogue hallucinogène magique, c'est ça ? Je connais de bons médecins, très discrets, je vais vous aider à retrouver vos sens !

— Assez ! feula Loch avec impatience. Viens ici, mortel !

Il tendit le bras et déploya plusieurs tentacules. Milo hurla de terreur et recula jusqu'à se trouver acculé au mur.

— C'est quoi cette horreur ? Des tentacules ? On croirait le Sarlaac [9] en édition spéciale ! Pourquoi Lochlain a-t-il des tentacules, putain !

Lynette eut un rire amer.

— Lochlain est mort. Lui, c'est Azaethoth.

Loch haussa les épaules.

— Tu peux aussi m'appeler Loch, déclara-t-il. C'est le nom que Sloane hurle quand il jouit lors de nos accouplements.

Il battit des cils en fixant Sloane avec avidité.

Sloane devint ponceau.

— Loch !

— Attends, Sloane ? couina Milo. Vous êtes ensemble ? C'est de la nécrophilie ! Tu as dit que Lochlain avait été assassiné, non ?

Loch répondit :

— Oui, il est mort, mais son corps reste vivant grâce à mon essence immortelle. Je ne crois pas qu'on puisse parler de nécrophilie, ajouta-t-il, pensif.

Sloane jugea urgent de recentrer la conversation.

— Écoute, Milo, avant sa mort, Lochlain avait été engagée pour… euh, acquérir un artefact très spécial.

— Le voler, tu veux dire, coupa Milo.

— Tu étais au courant ? demanda Lynette, clairement surprise.

Milo esquissa un sourire ironique.

— Je ne suis pas idiot ! Oui, je sais que ton frère est un voleur. Alors, que s'est-il passé ? Le vol a mal tourné ?

Sloane croisa les bras.

— Non, non, Lochlain a réussi, il a apporté l'objet en question à son receleur avant de rentrer chez lui. L'artefact a donc disparu et le commanditaire est prêt à tout pour le récupérer. Pour ça, il a déjà saccagé l'appartement de Lochlain et le mien. Alors, j'ai craint…

Milo hocha la tête.

—… qu'il s'en prenne à Lynette, oui, c'est logique. C'est lui qui a tué Lochlain ?

Sloane secoua la tête.

---

9 Créature fictive de *La Guerre des Étoiles*, bête extraterrestre dotée de plusieurs tentacules et d'une immense gueule bordée de dents pointues.

— Non, je ne pense pas. En revanche, c'est lui qui a tué mes parents. J'ai retrouvé chez lui un poignard imprégné de leur sang, le poignard que je cherche depuis des années. C'est sans doute lui que j'ai vu quitter la scène le soir du meurtre.

Il s'interrompit, les yeux noyés de larmes.

Milo hoqueta, sous le choc.

— Quoi encore ? grogna Lynette en titubant.

Ce fut Milo qui répondit :

— Sloane a toujours affirmé avoir vu un homme en robe ce soir-là. Tu n'avais donc pas rêvé ?

— Non, répondit Sloane.

— Oh, Sloane, je te demande pardon. Je pensais que… oh, merde ! Je suis le roi des cons.

Sloane leva la main avec un rictus.

— Laisse tomber. Tu ne m'as pas cru, la police ne m'a pas cru, personne ne m'a cru. J'ai fini par m'y faire.

Il inspira un grand coup et parvint à contrôler son émotion. Il devait rester fort.

— D'une manière ou d'une autre, reprit-il, la mort de Lochlain est liée à celle de mes parents. Je veux interroger le prof et savoir ce qu'il a à dire. Sans compter que son artefact maudit peut provoquer la fin du monde.

En deux grandes enjambées, Milo s'approcha, il l'empoigna et le serra contre lui dans une étreinte d'ours. Sloane remarqua le regard jaloux de Loch, mais l'ignora. Il sourit à Milo.

— Hé, ça va aller, je t'assure, souffla-t-il.

Milo renifla.

— Je croyais que tu avais inventé cet homme en robe pour contrer le traumatisme de la mort de tes parents, je suis vraiment désolé ! Comment le retrouver à présent ?

— Loch et moi allons nous en charger, promit Sloane.

Milo cligna des yeux, il s'écarta, fixa un moment Lynette, qui titubait, puis reporta son attention sur Sloane. Il semblait très anxieux.

— Que veux-tu dire par là ? Si Lochlain a été assassiné, pourquoi n'avez-vous pas prévenu la police ?

Lynette se raidit et ses yeux d'un vert glacé se posèrent sur Milo

— Non ! aboya-t-elle. Pas de police, Lochlain était un fervent adorateur d'Azaethoth. Le dieu va lui rendre justice.

Milo se tourna vers Loch avec une moue sceptique.

137

— Tu parles de l'homme aux tentacules ?

Avec un soupir, il pressa les mains contre son visage et ajouta :

— Écoute, Lyn, je vais être franc : j'ai du mal à accepter tout ça. Il n'est pas un dieu, ce n'est pas possible.

— Si, contra Sloane. Il est immortel, Milo. Les anciens dieux existent, comme l'affirment les Sages depuis toujours. C'est très troublant, je sais, mais c'est la vérité.

Milo secoua la tête.

— Restons sérieux, s'obstina-t-il. Vu que Lochlain était un voleur, je veux bien admettre votre réluctance à appeler les flics et même la façon dont vous comptez régler cette affaire en interne et rendre justice par vous-mêmes, mais je n'irai pas plus loin. Vous êtes complètement dingues, tous autant que vous êtes. Merde ! Je…

— Milo…

— NON ! Il n'est pas un dieu. Je ne le crois pas, tu ne me feras jamais avaler une ineptie pareille ! J'ignore quel sort vaudou vous avez tous reçu, mais le plus probable est que Lochlain a été victime d'un AVC ou qu'il est possédé par un démon. Et ce démon peut être doté de tentacules, persifla Milo, la mine suspicieuse, mais il n'est pas un immortel. Point final.

Loch leva les yeux au ciel et pointa un de ses tentacules au milieu du front du Lucian.

Submergé par l'essence divine, Milo poussa un cri et tomba à genoux, tremblant de tout son corps, le souffle rauque et erratique.

Profitant de la distraction de Loch, Lynette ouvrit une autre bouteille de vin dont elle porta le goulot à sa bouche. Se ravisant, elle servit un verre et le tendit à Sloane.

Il l'accepta et en vida un bon tiers d'une seule gorgée.

— Merci, marmonna-t-il.

Lynette l'examina.

— Alors, c'est vrai ? Tes parents ont été assassinés ?

Sloane baissa les yeux et fixa le vin qui restait dans son verre.

— Oui, il y aura dix-neuf ans samedi. J'avais huit ans, c'est moi qui les ai trouvés baignant dans leur sang. J'ai vu un homme en robe de sorcier s'enfuir, je l'ai dit à la police, personne ne m'a cru.

— Pas même Milo ?

Sloane esquissa un petit sourire triste.

— Non, mais il a toutefois tenté de me réconforter, il m'écoutait, il voyait avec moi les pièces du dossier encore et encore, même si c'était juste pour apaiser mon obsession. L'assassin n'avait laissé aucune trace derrière lui, alors, la police a préféré croire que j'avais tout inventé après le traumatisme subi.

— Et tu penses avoir retrouvé cet assassin ? Ce serait Kunst ?

— C'est possible, oui. Il gardait le poignard qui a tué mes parents dans une armoire chez lui.

— Putain !

Lynette s'accorda une autre gorgée de vin.

Sloane vérifia ce que faisaient les deux autres : Loch s'était agenouillé et il parlait à voix basse à l'oreille de Milo. Plusieurs de ses tentacules ondulaient.

Milo écoutait en silence, les yeux pleins de larmes.

Lynette reprit :

— Tu as évoqué la fin du monde. C'est quoi encore cette connerie ? Pourquoi Kunst chercherait-il à tout détruire ?

Sloane vida son verre cul sec.

— Pour faire court, marmonna-t-il, l'esprit embrumé, l'artefact que Lochlain a volé au musée faisait partie d'une clé susceptible d'invoquer Salgumel. Samedi, le voile sera particulièrement fin entre notre terre et le royaume du rêve, ce serait donc le moment idéal pour réveiller un ancien dieu. C'est ce que Kunst compte faire !

Lynette semblait atterrée.

— Non ! cria-t-elle. Ce serait fou, inconscient. Kunst est un professeur, un Sage censé tout connaître des anciens rites ! Il sait certainement à quel point son idée est dangereuse pour l'humanité !

— Oui, hein ?

Lynette réfléchissait à voix haute.

— Et Lochlain lui aussi connaissait le pouvoir destructeur de l'objet qu'il avait été envoyé voler. Il n'était pas du genre à se laisser embobiner. Il avait trop bon cœur, mais il n'était pas idiot. Alors, pourquoi tenait-il tellement à rapporter cet artefact à Kunst ?

— Je ne sais pas, reconnut Sloane. Il y a encore des tas d'aspects de cette affaire qui n'ont aucun sens. Pour l'instant, le morceau de totem volé au musée est en sécurité chez Robert Edwards, les autres morceaux de la clé invocatoire sont au musée sous la garde de l'autre Robert.

— Qui est « l'autre Robert » ? s'étonna Lynette, perplexe.

— Robert Dorsey, le conservateur adjoint du musée que Lochlain a cambriolé.

— Ah, je vois. C'est ennuyeux cette homonymie !

Elle resservit Sloane de vin. Ensuite, elle le regarda avec curiosité.

— Alors, comme ça, tu couches avec Azaethoth ? Sa cour a rapidement porté ses fruits, on dirait !

Sloane, qui buvait, faillit s'étouffer derechef. Il toussa violemment.

— Euh… oui, tout se passe… plutôt bien. Tu avais raison, tu sais. Être désiré par un dieu, c'est… incroyable !

Lynette lui jeta un regard étonnamment clair et attentif compte tenu de la quantité d'alcool qu'elle avait ingurgité.

— J'ai bien vu combien tu étais bouleversé tout à l'heure, quand j'ai parlé des funérailles de Lochlain. Tu aurais préféré qu'Azaethoth garde le corps de mon frère, c'est ça ?

Sloane fit une grimace penaude.

— Je ne peux pas te répondre oui sans passer pour un salaud sans cœur !

Elle eut un rire sans joie.

— Au moins, tu es honnête. Écoute, j'ai une idée, et si…

Elle fut interrompue par un hurlement strident.

Elle et Sloane se retournèrent du même élan. Milo s'était relevé, il arriva vers eux et cria avec la frénésie d'un nouveau converti :

— Tout est vrai ! Les anciens dieux, les anciens rites, tout est vrai ! C'est énorme ! Ça m'aurait fait le même effet d'apprendre que Yoda [10] existait vraiment ! Et vous le saviez, Sloane, Lynette, vous le saviez ! Les Sages le savaient aussi ! Moi, j'ai douté, j'ai paniqué ! Quel con ! Remarque, j'ai été élevé dans la religion Lucian, alors…

Il trépignait dans son excitation.

Lynette fondit en larmes et le prit dans ses bras.

— Chut, bébé, bredouilla-t-elle. Ça n'est pas de ta faute, je sais, calme-toi. Je ne t'en veux, pas, Sloane non plus.

Loch s'approcha de Sloane, mais sans le toucher. Il le regarda, inquiet… comme s'il craignait d'être repoussé.

Avec un soupir, Sloane prit la main divine dans la sienne. Quand Loch s'épanouit de bonheur, Sloane sentit son cœur faire un soubresaut.

Pour laisser un moment d'intimité à Milo et Lynette, Sloane entraîna Loch jusqu'à la table où se trouvait le mémorial de Lochlain.

---

10 Personnage fictif de l'univers de *la Guerre des Étoiles*, maître Jedi apte à utiliser la Force…

— Excuse-moi, chuchota Loch à son oreille. Je regrette tellement de t'avoir fait souffrir. J'ai été maladroit…

Il posa un doux baiser sur sa joue.

Sloane frissonna.

— Je m'excuse également, répondit-il, penaud. Je n'aurais pas dû m'énerver comme ça. Nous avons d'autres priorités pour le moment.

— Non, protesta Loch. Ma priorité, c'est toi. Je veux te voir heureux. Tu es à moi, nous sommes ensemble.

— Que se passera-t-il quand nous aurons attrapé Kunst et sauvé le monde ?

— Nous resterons ensemble, affirma Loch, même si je dois trouver un autre corps à habiter. Je comprends que Lynette tienne à récupérer le corps de Lochlain pour organiser ses funérailles, je ne compte pas la priver de ce droit. Nous trouverons une solution. Même si le paquet change d'emballage, l'intérieur sera le même.

— Comment feras-tu pour trouver… euh… un autre corps ? s'étonna Sloane.

Loch passa les doigts dans ses cheveux.

— Il me faudra un corps sans âme ou celui d'un adepte qui accepte de me le prêter, expliqua-t-il. Ne t'inquiète pas, mon amour. Je garderai ce corps jusqu'à ce que je trouve comment le remplacer. Tu ne me perdras pas.

Ces mots marquèrent profondément Sloane. Tout tremblant, il s'accrocha désespérément à Loch et fit de gros efforts pour contrôler le torrent croissant d'émotions qui menaçait de l'emporter, de le briser. Il aurait voulu y croire. Perdre ses parents l'avait marqué à vie, il restait hanté par le gouffre que leur disparition prématurée avait laissé en lui. Pendant des années, il avait tenté de combler sa vacuité en poursuivant son enquête de façon obsessionnelle.

Depuis qu'il connaissait Loch, il ne se sentait plus ni seul ni abandonné. La chaleur étant revenue au centre de son être, il rêvait d'une vie pleine d'affection et d'amour, il en avait besoin.

Il réalisa soudain que sa chance, c'était d'aimer un dieu, un immortel : du coup, il n'avait pas à craindre de le perdre.

Cette certitude lui procura un merveilleux sentiment de paix.

Il essuya des larmes de joie avant de céder aux baisers passionnés de Loch.

— Tu parais rasséréné, déclara Loch, satisfait. Cela signifie-t-il que tu serais d'accord pour d'autres accouplements ? J'ai beaucoup aimé déverser ma semence en toi hier soir et ce matin…

Les joues écarlates, Sloane donna un grand coup de coude dans la poitrine divine.

— Ne dis pas des choses comme ça en public, voyons ! Tu me colles la honte ! Tu es vraiment incorrigible !

— Je suis génial, répliqua Loch d'un air suffisant.

— Tu es ridicule.

— Et tout à toi, quelle chance tu as !

— Oui… Sur ce point-là au moins je suis d'accord, admit Sloane, amusé.

Il jeta un coup d'œil par-dessus son épaule. Lynette et Milo s'embrassaient eux aussi.

— Bien, reprit Sloane, au moins, ils sont réconciliés. Maintenant, il faut qu'on se prépare.

Loch afficha une moue sceptique.

— Pourquoi Kunst viendrait-il chez Lynette ? objecta-t-il. Pourquoi ne pas aller au musée à la place ?

Sloane s'accrochait à son idée.

— Parce que les éléments récoltés par Robert Dorsey ne servent à rien sans le morceau que Lochlain a volé. Kunst va venir, j'en suis certain. Et quand il sera là, j'espère bien que tu déverseras sur lui ta colère divine !

Loch eut un sourire létal.

— Compte sur moi !

XI

DE TOUTE évidence, Milo n'en voulait pas à Lynette de s'être montrée cachotière. En tout cas, il l'embrassait comme s'il lui avait pardonné. Les laissant à leurs retrouvailles, Sloane passa avec Loch dans le salon. Devant le canapé, ils trouvèrent aussi un mémorial funèbre érigé pour rendre hommage à Lochlain : d'autres photos, d'autres bougies et d'autres bouquets de fleurs.

— C'est un très bel hommage, murmura tristement Sloane. Elle aimait vraiment son frère.

— La famille, c'est important, fit remarquer Loch.

— Oh, c'est aussi vrai chez les dieux ?

Loch esquissa un sourire.

— Oui, mais nous avons des familles trop nombreuses et envahissantes, ce qui crée souvent des tensions.

— Combien de frères et sœurs as-tu ? Plus de quarante, je parie !

— Oui. En comptant les demi-frères et les demi-sœurs d'un côté et de l'autre, ça m'en fait cinquante-six.

— Putain ! Comment fais-tu pour garder le contact ?

— Le contact ? Quelle idée ! J'ai trouvé une solution bien plus simple : je les ignore.

— Tous ? Même ceux qui ont les mêmes parents que toi, Tollmathan par exemple ou Galgareth ? Tu viens de dire que la famille, c'était important !

— C'est vrai. Avant que nous sombrions tous dans le rêve, j'aimais bien Galgareth. Mes frères, eux, préféraient se battre pour savoir lequel d'entre eux allait hériter de notre père. Étant le plus jeune, j'étais le dernier dans la ligne de succession et pour être franc, je m'en fichais. En plus, mes frères sont tous des connards, des…

Il s'arrêta, comme pour chercher un meilleur qualificatif. Avec un sourire amusé, il jeta :

— De vraies andouilles !

Malgré lui, Sloane gloussa.

— Vraiment ?

— Oui. Et mon aîné, Tollmathan, est le pire du lot, surtout parce qu'il est le plus âgé, le plus avide de pouvoir.

Sloane secoua la tête, sceptique.

— Le dieu de la musique, de la poésie et de la peste noire serait une andouille ?

— Oui, confirma Loch.

Les yeux brillants de désir, il se laissa tomber sur le canapé et attira Sloane sur ses genoux. Ses mains se mirent à errer de manière suggestive sur les cuisses de Sloane, ses hanches, ses reins.

Au début, Sloane ne remarqua rien, il réfléchissait. Il poussa un cri étranglé quand Loch lui pinça les fesses.

— Qu'est-ce que tu as ? demanda Loch, faussement innocent.

Il nicha son visage dans le cou de Sloane. En même temps, un tentacule s'enroulait autour de sa cuisse et remonta…

Scandalisé, Sloane étudia l'appendice sournois qui atteignait son bas-ventre.

— Tu es fou ?

— Tu as dit que nous pouvions nous accoupler…

Sloane se débattit.

— Pas ici ! protesta-t-il en contrôlant sa voix. Pas maintenant ! En plus, je n'ai jamais dit que…

— Tu ne veux plus de moi ? marmonna Loch, déçu

— Si, bien sûr, mais plus tard.

Avec un gémissement, il tenta de s'arracher aux mains et aux tentacules. Puis il fixa Loch et se figea, les yeux écarquillés.

— Quoi ? s'enquit le dieu.

— C'est si étrange, admit Sloane, troublé. Je te regarde, mais au fond, ce visage n'est pas le tien, c'est celui de Lochlain !

Après un long silence, Loch le libéra et retomba en arrière sur le canapé. Il paraissait blessé au cœur.

— Que veux-tu faire au juste contre Kunst ? s'enquit-il d'un ton détaché. Protéger la maison et mettre en place des sceaux pour l'empêcher d'entrer ?

— Oui, je…

Sloane s'interrompit en entendant une sonnerie. Il fouilla dans ses poches et en sortit son portable. Il étudia l'écran et ne reconnut pas le numéro. Il répondit néanmoins :

— Allô ? Enquêtes Beaumont.

— Bonjour, M. Beaumont !

Sloane reconnut la voix joyeuse et excitée : c'était celle de Robert Dorsey.

— Bonjour, M. Dorsey. En quoi puis-je vous être utile ?

— Vous l'avez déjà fait ! s'écria le conservateur adjoint. Comment pourrais-je jamais vous remercier assez ? Ce matin au courrier, j'ai reçu la partie du totem volée, un envoi anonyme, bien entendu, mais je suis certain que c'est votre intervention qui a provoqué cette restitution.

L'estomac noué, Sloane lutta contre une nausée.

— Bien sûr... Oui, je vois. Un envoi anonyme, dites-vous ?

Merde, merde, merde.

Robert Edwards avait suivi leurs recommandations et retourné l'artefact volé au musée ! Quel désastreux timing !

Sans remarquer sa consternation, Robert Dorsey parlait toujours :

— Je vais enfin pouvoir restaurer le totem et l'exposer au musée ! C'est un si beau morceau de notre histoire ! J'aurais terminé samedi et je n'attendrai pas une minute de plus pour le placer en vitrine...

Sloane bondit sur ses pieds.

— Non ! cria-t-il

— Pardon ?

— Pas samedi, non, euh...

Il chercha désespérément comment justifier sa demande sans passer pour un fou.

— Écoutez, M. Dorsey. Vous parliez de me remercier, si je ne m'abuse ? Eh bien, j'apprécierais beaucoup que vous attendiez encore une semaine pour dévoiler le totem au public.

— Une semaine ? Pourquoi ?

Il ne semblait pas content du tout de cette perspective.

— C'est compliqué, répondit Sloane. Pour le moment, je ne peux pas encore vous dévoiler mes raisons, mais elles sont d'importance, je vous assure. Je vous demande de me faire confiance. Hum, comme je vous l'avais promis, j'ai veillé à ne pas impliquer la police, en retour, vous pourriez faire ce geste pour moi, non ?

Robert hésita un long moment avant de céder.

— Très bien, M. Beaumont, marmonna-t-il, j'attendrai votre feu vert pour exposer le totem.

Rassuré, Sloane soupira de soulagement.

145

— Merci, M. Dorsey. Merci beaucoup !

D'un ton plus animé, le conservateur adjoint enchaîna :

— J'aimerais beaucoup vous revoir avec votre ami, M. Beaumont. Sans vous, mon rêve ne se serait pas réalisé.

Sloane fut ému de cette ardente reconnaissance.

— Bien sûr, ça nous fera plaisir. Prenez bien soin de vous, en attendant, d'accord ?

— Vous aussi ! À très vite, jeta encore Robert avant de raccrocher.

Une fois son téléphone rangé, Sloane tapa du pied.

— Merde ! Quelle tuile ! C'est la cata !

Pendant son appel, Loch s'était allongé sur le canapé, les pieds surélevés sur l'accoudoir.

— Laisse-moi deviner, persifla-t-il, Robert 1er a décidé de rendre le butin à Robert II ?

— Oui, grogna Sloane.

Une idée saugrenue le frappant soudain, il plissa les yeux et protesta :

— Pourquoi appelles-tu Robert Edwards Robert 1er alors que nous l'avons rencontré après Robert Dorsey ?

Loch le toisa comme s'il était simple d'esprit.

— Parce que je préfère l'autre Robert à ce minable conservateur ! s'exclama-t-il avec pétulance.

Sloane leva les yeux au ciel. Loch se redressa et tapota le coussin du canapé qu'il venait de libérer. Spontanément, Sloane s'y laissa tomber et s'installa de façon à ce que Loch mette la tête sur ses genoux.

— On est mal ! déclara-t-il, très sombre.

Lynette les rejoignit, la mine inquiète. Milo était sur ses talons.

— Que se passe-t-il, Slo ? Je t'ai entendu crier.

Sloane les regarda, consterné.

— Je viens d'apprendre que Robert Edwards avait renvoyé au musée l'objet volé par Lochlain. Robert Dorsey a désormais toutes les pièces, il compte restaurer le totem sans attendre.

— La situation est grave, c'est ça ? voulut savoir Milo.

— Oui, chéri, répondit Lynette, lugubre. La fin du monde approche.

Elle vacilla et s'appuya contre Milo pour rester debout.

Sloane tenta de les réconforter :

— Tout n'est pas perdu, annonça-t-il avec un entrain forcé. Primo, Kunst ignore que l'artefact volé est de retour au musée, secundo, notre conservateur zélé et reconnaissant m'a promis de ne pas exposer la clé d'invocation avant une semaine. Donc, il reste une forte probabilité pour que Kunst s'en tienne à son plan et se pointe bientôt chez Lynette. Nous devrions nous préparer.

— C'est fait, déclara Loch, sans lever la tête des cuisses de Sloane.

— Quoi ? Comment ?

— J'ai mis un sort de protection sur la maison, protégé les portes et fenêtres, et placé un sort de rétention spécifiquement destiné à Kunst, répondit Loch, hautain. Même si cette crapule est assez puissante pour déjouer les sorts basiques, le dernier lui sera fatal. Seul un immortel réussirait à y échapper.

Milo le dévisagea avec stupeur.

— Comment avez-vous pu invoquer tant de magie sans quitter ce canapé ?

Loch ricana avec suffisance.

— Être un dieu a des avantages, concéda-t-il.

Milo hocha la tête, penaud.

— Bien sûr, bien sûr, j'ai encore du mal à m'y faire.

Il se tourna vers Lynette et sourit timidement en ajoutant :

— Je vais me convertir, bien entendu.

Elle lui sauta dans les bras.

— Ah, chéri !

Loch paraissait très satisfait, lui aussi. Il se rassit, tapa dans ses mains et annonça :

— Il faut organiser un rituel de célébration !

Sloane sentit ses soupçons s'éveiller.

— Un rituel ? Qu'entends-tu par là au juste ?

— Nous bénéficions d'un moment de calme puisque j'ai déjà invoqué nos défenses, répondit Loch. Un nouveau converti est un événement très spécial, j'aimerais procéder moi-même et sans attendre à l'initiation de Milo.

— Oooh, ouiii ! couina Lynette. Un rituel de bienvenue ! Quelle bonne idée ! Je vais appeler Fred ! Il va vouloir y assister !

Elle partit en courant. Milo la suivit d'un regard affolé. Il paraissait très inquiet.

— Attendez, attendez, que voulez-vous faire au juste ?

— Un rituel de bienvenue, répondit Sloane. C'est… euh, ton acceptation dans le cercle des initiés aux anciens rites Sagittaires. On le fait soit pour un bébé nouveau-né, soit pour un converti.

Milo fit la moue.

— Un bébé ?

Le rire de Lynette leur parvint.

— Un bébé Sage ! cria-t-elle de la cuisine.

Sloane tenta de rassurer son ami :

— Ne t'inquiète pas, c'est assez simple, nous allons écarter les meubles, purifier l'air, créer un cercle et t'inviter à y entrer. Parfois, il y a aussi une fête, un festin et…

— Des orgies sauvages et tentaculaires, intervint Loch d'un ton lubrique.

Sloane lui jeta un œil noir.

— Non !

Il reporta son attention sur son ami :

— Ne l'écoute pas.

Mais Milo avait écouté, il était de plus en plus inquiet. D'après son regard fuyant, il envisageait de se cacher dans la cuisine avec Lynette.

Sloane s'en prit à Loch.

— Tu es impossible !

— Je suis génial, corrigea Loch.

Il se leva, approcha de Sloane et l'embrassa tendrement.

— Viens, nous devons préparer la célébration, bébé s'impatiente.

Les heures qui suivirent furent animées et très actives. Pour commencer, ils écartèrent le canapé et la table avec le mémorial de Lochlain, histoire de dégager une arène au milieu du salon.

Sloane aida Lynette à préparer le rituel, étonné de constater qu'il en ressentait un profond bonheur : ça lui rappelait le temps béni de son enfance. Il avait peu pratiqué les anciens rites depuis la disparition de ses parents, mais, à sa grande surprise, il retrouva sans peine les paroles et les incantations.

Il apporta un bol d'encens et y fit brûler de la sauge pour purifier l'air, il pria Azaethoth le Grand de l'aider en repoussant tous les résidus d'énergie négative.

Pendant qu'il psalmodiait, il ne put s'empêcher de noter que Loch le regardait faire avec un drôle de petit sourire aux lèvres.

L'immortel avait l'air si fier, si heureux, et la lumière qui brillait dans ses yeux verts fit battre très fort le cœur de Sloane.

Fred arriva à temps pour l'appel aux dieux des quatre éléments.

Chargé du feu, il alluma une grosse bougie et entonna :

148

— Je vous salue, Gardiens du Sud, j'invoque votre feu sacré, donnez à notre cercle votre passion et votre force. Que ce qui est au-dessus descende au-dessous !

Censée invoquer l'eau, Lynette préféra s'en tenir au vin, affirmant d'une voix avinée que c'était similaire. Loch la laissa agir à sa guise.

— Je vous salue, Gardiens de l'Ouest, j'invoque votre liquide sacré, donnez à notre cercle votre créativité et votre guérison. Que ce qui est au-dessus descende jusqu'à nous, au-dessous !

Elle donna à Milo une poignée de gros sel – en principe destiné à confectionner des margaritas – pour représenter la terre, tout en le plaçant au bon endroit et en lui indiquant ses lignes.

Docile, Milo déclara d'une voix tremblante :

— Je vous salue, Gardiens du Nord, j'invoque votre terre sacrée, donnez à notre cercle votre discipline et votre… euh…

— Concentration, souffla Lynette.

—… oui, votre concentration ! Que ce qui est au-dessus descende jusqu'à nous, au-dessous !

Sloane passa le dernier. Délibérément, il expira très fort avant de lancer :

— Je vous salue, Gardiens de l'Est, j'invoque votre souffle sacré, donnez à notre cercle votre savoir et votre bon sens. Que ce qui est au-dessus descende jusqu'à nous, au-dessous !

Milo cligna des yeux et demanda nerveusement, d'une voix à peine audible :

— C'est tout ?

Lynette agita la main.

— Non, chut !

Elle se tourna vers Sloane et murmura :

— Tu es béni de la lueur des étoiles, c'est à toi de compléter le rituel.

— Tu me demandes de boucler la boucle ?

Sloane était très ému. Quand il était enfant, sa mère se chargeait toujours de cette phase si importante. Il consulta Loch du regard.

L'ancien dieu lui sourit.

— Vas-y.

Sloane inspira profondément et se lança :

— Ce qui est au-dessus descend au-dessous, ce qui était à l'intérieur passe à l'extérieur… Maintenant, que tous les éléments du ciel et des planètes nous apportent la lueur des étoiles, la lumière divine pour invoquer ce qui n'a pas de visage, pour bénir et protéger cet espace sacré !

Quand il se tut, l'espace miroitait d'une énergie palpable, comme de la poussière d'or en suspension. C'était somptueux !

Les yeux pleins de larmes, Sloane cligna plusieurs fois des paupières pour savourer cette vision.

— Putain ! grogna Fred. C'est chouette !

Avec un petit rire, Loch entra dans le cercle et rejoignit son amant qu'il embrassa avec adoration.

— Très bien, Sloane.

Bouche bée, Milo admirait le miroitement magique.

— C'est toujours comme ça ? demanda-t-il timidement.

Lynette lui sourit.

— Non, mais Sloane a été béni de la lueur des étoiles. Tu as donc la chance d'être initié dans le gang avec la plus pure des lumières, mon petit converti !

— Que dois-je faire à présent ?

Lynette prit les mains de Milo dans les siennes.

— Es-tu prêt à respecter et honorer les anciens dieux, même ceux qui sont endormis, à fêter les sabbats sacrés, à toujours rechercher l'équilibre aussi bien dans le monde qu'en toi-même ?

— Oui, répondit Milo, sincère.

— Es-tu prêt à chercher à accomplir le bien et la justice, à ne jamais causer délibérément du tort à tes prochains ?

— Oui.

Lynette gloussa et ajouta :

— Ça ne vaut pas pour les trous du cul, bien entendu ! Ceux-là, tu peux les zigouiller.

Milo hoqueta.

Loch éclata de rire.

Milo se détendit.

— D'accord ! s'exclama-t-il avec entrain. Je crois avoir compris l'idée générale. Eh bien, ça me convient très bien !

Le premier, Fred étreignit le nouveau converti et lui tapa dans le dos. Lynette, qui passa ensuite, embrassa Milo avec passion. Quand ce fut son tour, Sloane serra fort son ami dans ses bras.

— C'est quand même bizarre, marmonna Milo.

— Quoi, donc ?

— TOUT ! La lueur des étoiles, ce dieu tentaculaire qui me regarde d'une façon étrange. Je ne suis pas encore tout à fait habitué !

Sloane éclata de rire.

— Aucune importance, prend ton temps !

Milo sourit.

— Bonne idée. Et maintenant, on fait quoi ?

— On festoie ! déclara Loch.

Le cercle étant refermé, Lynette put leur servir un repas simple, mais délicieux : cheeseburgers et nuggets de poulet. Vu que l'initiation de Milo s'était décidée à l'improviste, elle n'avait pas eu le temps de préparer un festin.

Elle sortit également de nombreuses bouteilles de vin, ce qui aida notablement à alléger l'ambiance.

Toujours aucun signe de Kunst.

Les heures s'écoulaient, la musique battait fort et, malgré le danger imminent, les cœurs étaient heureux. Sloane appréciait la rareté de partager une soirée festive entre amis.

Peu avant minuit. Fred rentra chez lui, tout en promettant de revenir en cas de besoin. Lynette annonça à Sloane que le canapé était un convertible, puis elle disparut dans sa chambre avec Milo.

Resté seul avec Loch, Sloane tira le canapé et s'y jeta avec un soupir épuisé. Le matelas était mince, constata-t-il. Il ne s'en soucia plus quand Loch le rejoignit, l'enveloppa dans ses bras et l'embrassa doucement.

— Tu sens la vinasse, chuchota Loch.

Sloane gloussa.

— Charmant compliment !

Son rire aviné s'étrangla quand Loch posa la main sur l'avant de son pantalon. Sloane s'agita et protesta :

— Loch ! Non, pas ici !

Déjà, Loch déposait une pluie de baisers sur son visage et son cou.

— Si, murmura-t-il, je veux m'accoupler avec toi. Je me suis montré très patient… Trouves-tu encore mon contact trop bizarre ?

Sensible à son désarroi, Sloane s'empressa de le rassurer :

— Non, non, j'adore ce que tu fais. C'est bon. Si bon… mais…

En vérité, il bandait déjà sous les caresses de Loch.

— Mais quoi ?

— Il ne faut pas faire de bruit, d'accord ?

— Bien sûr.

151

A posteriori, Sloane décida qu'il aurait dû se méfier davantage de cette acceptation trop rapide. Il découvrit vite qu'il était incapable de se taire sous l'afflux du plaisir que son dieu était capable de lui procurer.

C'était trop bouleversant ! Dès qu'il fut empalé sur le massif tentaqueue, il entonna son chant d'amour et monta en volume à chaque nouvel orgasme.

Loch ne cessa de le revendiquer, le possédant encore et encore, adorant chaque centimètre de son corps. Il se calma enfin quand Sloane protesta pour avoir un impérieux besoin de repos.

Sloane s'endormit dans les bras de Loch, un sourire aux lèvres, confortablement lové dans un cocon de tentacules.

À ce moment-là, il n'accordait pas une pensée à Kunst, il ne s'inquiétait pas pour l'avenir. Seul comptait pour lui l'immortel qui le serrait contre lui. Pour la première fois depuis bien longtemps, Sloane était heureux et pour protéger son amour, il était prêt à tout.

Il dormit si profondément qu'il bava sur son oreiller.

Il fut réveillé par un grand bruit et découvrit qu'il occupait le canapé en diagonale. Il remua et demanda, encore groggy :

— C'est quoi ce boucan ?

Loch leva la tête et montra les dents.

— Kunst ! feula-t-il. Il est là.

— Merde !

Sloane se leva d'un bond et se précipita à la recherche de son pantalon.

Déjà debout, Loch s'élança vers la porte d'entrée sans se soucier de sa nudité.

Sloane enfila un boxer et lui courut derrière.

— Loch ! Mets un pantalon, bordel ! Je t'assure que ta colère divine n'en sera que plus effective !

Loch ne ralentit pas le pas, mais ses vêtements se matérialisèrent sur lui comme par magie.

Il eut un sourire satisfait en constatant que son piège avait fonctionné.

Comme il l'avait prévu, Kunst avait réussi à percer les défenses extérieures et même désactivé quelques sorts, mais son pouvoir magique n'était pas à la hauteur de celui d'un immortel.

Les pieds collés au sol, Kunst grognait et se débattait en vain. Il ne pouvait s'échapper. En entendant des pas arriver, il releva la tête et vit Loch.

— Encore vous !

— Oui, moi.

D'un simple mouvement du menton, il arracha Kunst à son piège magique et le projeta contre le mur. Furieux, Kunst se mit à taper des talons contre la paroi, il criait des sorts et des incantations, il cherchait à relever ses mans, en vain.

Sloane le regardait faire, une fureur inconnue bouillonnant en lui, prête à faire irruption. La joie farouche et vengeresse qu'il éprouvait à voir le vieux professeur aussi impuissant lui faisait presque peur.

Il n'intervint pas, se contentant de croiser les bras. Que Loch fasse de lui ce qu'il veut ! pensa-t-il.

À ce moment, Kunst serra les dents et commença à émettre de la lumière. Il tremblait violemment.

Fasciné, Loch pencha la tête.

— À quoi tu joues ?

— J'ai été béni par la lueur des étoiles ! hurla Kunst avec fanatisme. Tu ne peux pas me retenir !

Il parvint à bouger les bras, comme s'il les libérait de liens invisibles. Il irradiait d'un tel pouvoir magique que toute la maison se mit à vibrer.

Cette agitation attira rapidement Milo et Lynette.

— Par les dieux ! cria Lynette. Est-ce lui ? Que se passe-t-il ?

Inquiet, Sloane leva les mains

— Je ne sais pas, admit-il. Loch ? Que se passe-t-il ?

— Difficile à dire, mais ce n'est pas bon !

Tendu, Loch luttait visiblement pour maintenir Kunst en place, mais son emprise commençait à faiblir.

Le vieux professeur finit par tomber. Il se redressa, triomphant, fulminant toujours, et hurla d'une voix éraillée :

— Vous n'avez rien de mieux ?

Les sourcils froncés, Lynette se mit à invoquer une balle de glace. Les mains étincelantes, Milo utilisa la magie apprise en tant que Lucian. Et Sloane se positionna pour les protéger à l'aide d'un bouclier lumineux.

Le moment était venu de la bataille finale.

Autour d'eux, l'air vibrait de toute la magie exprimée. Sloane toisa Kunst d'un œil noir : il n'hésiterait pas à déchaîner l'enfer sur le meurtrier de ses parents. Il était prêt à tucr.

Loch se mit à glousser, un sourire béat aux lèvres, comme s'il assistait à la plus amusante des farces. Sloane le regarda, à la fois étonné et furieux. Merde, quoi ! La situation ne prêtait pas à rire !

Kunst paraissait du même avis.

Des éclairs au bout des doigts, il jeta avec mépris et arrogance :

— Ravi que vous trouviez distrayante votre inévitable défaite ! Je serai sans pitié !

Plié en deux de rire, Loch leva la main comme s'il demandait à Kunst d'attendre pour continuer qu'il reprenne son souffle. Ce fut enfin le cas, il se redressa et jeta, hautain et détaché :

— Pareil pour moi ! Je serai sans pitié !

Quand Kunst s'écrasa brutalement contre le mur, il hurla de stupeur et de douleur.

— Non ! cracha-t-il sans comprendre. Que s'est-il passé ? Je m'étais libéré. Ton sort ne peut rien contre moi !

— Tu verrais ta tête ! ricana Loch.

Il jeta un coup d'œil à Sloane, Lynette et Milo, et ajouta :

— Vous verriez aussi la vôtre !

Sloane le fusilla des yeux.

— Tu… l'as laissé se libérer *exprès* ? Pour *t'amuser* ?

Il envisageait très sérieusement d'étrangler Loch. Ou de lui casser son bouclier sur la tête.

— Pfft, crois-tu vraiment qu'un simple mortel ait plus de pouvoir que moi ? Je suis profondément blessé.

Il tenta de prendre l'air ulcéré, mais il riait toujours – et ça se voyait.

Milo abandonna son sort et croisa les bras.

— Ah, c'est malin ! bougonna-t-il.

Lynette sourit avec un gloussement.

— Oh, Loch, tu es bien le dieu des tromperies et des faux-semblants !

Il lui rendit son sourire.

— Merci, mon enfant.

— Argh, grogna Sloane, Lyn, par pitié, ne l'encourage pas.

Kunst n'avait pas suivi leur échange. Il cherchait toujours à se libérer, mais il était impuissant, immobilisé, épinglé au mur.

— Que se passe-t-il ? cria-t-il avec aigreur. Relâchez-moi tout de suite !

Loch avança et fendit en deux la chemise de son prisonnier, dénudant une poitrine couverte de poils gris.

— Je n'ai pas eu l'occasion de me présenter dans les formes, susurra-t-il.

— Je me fous de savoir qui tu es ! rugit Kunst. Comment peux-tu être plus puissant que moi ? C'est impossible ! Je suis protégé ! Tu n'as pas le droit de me retenir !

154

Loch leva les bras et libéra ses tentacules. Ils se tordirent autour de lui dans un halo impressionnant.

— Je suis celui qui vient au cœur de la nuit, celui qui est né de l'ombre et de la lueur des étoiles, entonna-t-il. Je suis Azaethoth le Petit, frère de Tollmathan, de Gronoch, de Xhorlas et de Galgareth !

Il jeta un coup à Sloane d'œil interrogateur pour vérifier si sa présentation recevrait la même semonce que la fois précédente.

— Vas-y, souffla Sloane. La scène est à toi !

Rassuré, Loch reprit d'une voix plus forte encore :

— Je suis le fils de Salgumel, lui-même engendré par Baub, l'enfant de Zunnerath et de Halandrach, nés d'Etheril et de Xarapharos, descendants directs du grand Azaethoth en personne, putain !

— Non… impossible… je n'y crois pas…

Terrifié, Kunst transpirait si abondement que des filets dégouttaient sur son visage. Puis il trembla, la mâchoire béante. Comme un animal acculé, il cherchait toujours à se libérer des liens magiques.

Avec ses yeux luisants de colère, Loch incarnait remarquablement bien le dieu vengeur. Sloane ne l'avait jamais vu sous ce jour.

— Oh, mais c'est la vérité, tes offenses méritent un trépas très long et très douloureux. Tu vas donc souffrir. Je pense même que tes cris d'agonie risquent de réveiller les dieux !

Étrangement, cette menace ranima la pugnacité du vieux professeur. Il redressa la tête et railla :

— Quelle ironie ! Vous me menacez de ce que je cherchais à éviter !

— Qu'est-ce que tu racontes ? demanda Loch, avec dédain.

Il fit glisser son doigt sur la panse de Kunst. Le ventre s'ouvrit, pas une goutte de sang ne coula. L'éventration fut cependant atroce, car Kunst hurla et se tordit de douleur.

— Votre frère… a tué Lochlain ! accusa Kunst entre deux cris perçants. Et pourtant, ça ne vous a pas gêné de voler son corps !

— Quoi ? Tu mens !

Outré, Loch arracha les entrailles de Kunst de sa cavité abdominale.

Les yeux révulsés, le professeur lutta contre la souffrance et haleta :

— Vous… ne m'arrêterez… pas ! Je récupérai… cette clé !

— Trop tard, sinistre forcené ! intervint Milo. Robert Dorsey a déjà tous les morceaux en sa possession !

Le cri que poussa Kunst atteignit un nouveau record en décibels. La bave aux lèvres, écumant de rage et de douleur, il les apostropha avec une énergie renouvelée :

— Idiots ! Inconscients ! Aveugles ! Vous nous avez tous condamnés !

Sloane entendit dans sa voix cassée une note qui l'inquiéta. Il approcha donc et empêcha Loch de continuer à torturer le supplicié.

— Attends !

Loch protesta :

— Pourquoi ? C'est le moment que je préfère : quand je commence à faire de jolies tresses !

Ses tentacules s'apprêtaient effectivement à rejoindre ses mains.

— Non ! tonna Sloane. Laisse-le parler !

Il s'adressa à Kunst :

— Que voulez-vous dire ? Si vous avez des révélations à nous faire, parlez, c'est votre dernière chance !

— Si je voulais récupérer la clé, c'était pour la détruire ! cria Kunst d'une voix rauque. Et vous avez eu l'idée géniale de tout rapporter au pire ennemi du genre humain !

Loch leva les yeux au ciel.

— Peuh ! Je ne suis pas grand fan de Robert, mais il est inoffensif. Mou et un peu crétin, je te l'accorde, mais pas méchant.

— C'est vous, le crétin ! coupa le professeur sans prendre de gants. Comment avez-vous été assez aveugle pour ne rien remarquer ? Robert Dorsey est mort il y a au moins dix ans ! Et c'est Tollmathan qui l'a tué, Tollmathan, votre frère ! Il habite son corps depuis lors en attendant de reconstituer la clé. Et vous la lui avez remise ? Je n'y crois pas !

— Quelle andouille je fais ! marmonna Sloane avec horreur.

Loch n'était pas convaincu.

— Mon frère ? Sûrement pas ! Ça fait près de deux décennies que Toll n'a pas bougé.

— Écoutez-moi avant qu'il soit trop tard ! insista Kunst avec urgence. Tollmathan a été réveillé il y a dix-neuf ans, presque jour pour jour, lors de la dernière opposition périhélique ! C'est comme ça qu'il a su concernant la clé !

Éperdu, Sloane haleta :

— Comment savez-vous qu'il a été réveillé ? Et pourquoi devrions-nous vous croire ?

Kunst le toisa avec dégoût. Dans ses yeux fous, Sloane lut la résolution, la douleur, mais également un fanatisme qui le perça jusqu'à l'âme.

— J'étais là, cracha le vieux professeur. Et toi aussi, Sloane Beaumont. C'est toi qui as réveillé Tollmathan !

XII

SLOANE SENTIT la pièce tourner autour de lui.

— Quoi ? Vous êtes fou ? Je n'ai jamais participé à un rituel visant à réveiller un dieu, qu'il s'agisse de Tollmathan ou d'un autre !

— Si, grommela Kunst, il y a dix-neuf ans, le soir où tes parents sont morts.

Cinglé par ce rappel, Sloane cracha son accusation sans même y réfléchir :

— C'est vous qui les avez tués ! J'ai trouvé l'arme du crime dans une armoire de votre bureau, ce poignard que vous êtes revenu récupérer chez moi. Je sais que c'est vous, leur assassin !

Sensible à son désespoir, Loch agit d'instinct : il plongea la main dans le ventre ouvert. Kunst poussa un cri atroce.

— C'était un accident ! protesta-t-il

— Ma patience est à bout, feula Loch. Explique-toi, mortel.

Kunst inspira péniblement.

— Quel que soit l'usage que l'on veut en faire – la détruire ou en user –, la clé d'invocation de Salgumel ne peut être manipulée que pendant l'opposition périhélique. Une fois devenu Sage, j'ai étudié d'anciennes archives, j'ai prédit l'existence de ce dangereux artefact des années avant de la trouver. Je savais qu'il fallait la détruire. Je n'ai confié mon secret qu'à une seule personne, Pandora, ta mère, Sloane. Elle est aussitôt tombée d'accord avec moi, il fallait éviter que la clé ne tombe entre de mauvaises mains. Elle a aussi accepté de m'aider.

Sloane était en larmes.

— Vous mentez ! Il y a des années que je piste le meurtrier de mes parents ! Vous allez payer pour le mal que vous leur avez fait et pour tout ce que vous m'avez pris !

Kunst s'énerva.

— Depuis ce drame, je consacre ma vie à expier ! Je tente de rétablir l'équilibre et de tout arranger ! Écoute-moi, au moins. Si tu n'es pas un féal [11] de Tollmathan, tu vas comprendre les terribles forces qui entrent en jeu !

Sloane remarqua le regard troublé que lui jetait Loch. Kunst disait la vérité, c'était évident.

Il se redressa et demanda d'un ton contraint :

— Ainsi, vous vouliez la clé pour la détruire ?

Après son éclat, Kunst avait un accès de faiblesse. Il convulsa dans ses liens magiques, sans trouver la force de répondre. Il renversa la tête et ferma mes yeux.

— Loch ! plaida Sloane. Fais quelque chose, s'il te plaît, il faut qu'il parle !

— Comme tu voudras, bougonna l'immortel.

Sans cacher sa contrariété, il claqua des doigts et les intestins du professeur reprirent leur place légitime, la plaie se referma. Et Loch soupira comme s'il venait de refaire une toiture à la force du poignet.

Sloane serra les poings en regardant le monstre qui avait détruit sa vie.

— Pourquoi ? grinça-t-il. Je veux savoir pourquoi vous les avez tués !

Quand Kunst ouvrit les yeux, ses traits étaient crispés par le chagrin et le remords.

— C'était un accident, répéta-t-il d'une voix cassée. J'avais découvert un rituel susceptible d'annihiler le pouvoir de la clé. J'en ai parlé à tes parents. En tant que Sages, ils savaient comme moi que la situation était périlleuse, parce que si Salgumel se réveillait, le monde tel que nous le connaissons serait annihilé.

Il hésita.

— Et ensuite ? insista Sloane.

— Le rituel réclamait du sang, tes parents étaient prêts à le donner, moi aussi, mais alors, j'ai commis une erreur aux conséquences dramatiques. Quelques gouttes de sang ne suffisaient pas, les dieux réclamaient une vie… Je n'ai pas su arrêter l'hémorragie ! Je n'ai rien pu faire…

— Vous les avez poignardés et vous êtes calmement resté à les regarder mourir ?

Sloane fut soulagé de sentir les mains fortes de Loch le prendre par la taille pour l'aider à écouter ce bouleversant récit.

---

11 Partisan loyal, dévoué.

159

— Je vivrai avec ce drame sur la conscience jusqu'à ce que j'aille dormir dans les étoiles, reconnut Kunst, mais je n'ai pas voulu les tuer. J'aimais ta mère. Je n'ai jamais connu une femme plus belle et plus courageuse.

Milo intervint :

— Si c'était un accident, pourquoi ne pas l'avoir dit à la police ? Pourquoi avoir laissé le monde penser que Sloane avait tout inventé ?

— J'ai été lâche, avoua Kunst. Je me suis enfui quand j'ai compris que je ne sauverai pas Pandora et Daniel. J'ignorais à ce moment-là que Sloane m'avait vu. D'ailleurs, je n'ai pas été loin, je suis retourné sur mes pas et c'est là que j'ai vu Sloane invoquer les dieux.

— Ce n'est pas vrai ! protesta Sloane. J'ai juste tenté de ranimer mes parents, j'ai prié !

— Justement ! Tu as demandé aux dieux de t'écouter, de t'aider. Tu as été béni par la lueur des étoiles. Même enfant, tu avais un énorme pouvoir ! Ton cri a transpercé le rêve des dieux. Tollmathan t'a entendu, il s'est réveillé et il est venu. Sa présence a failli te tuer. Il n'a pas compris que c'était toi qui l'avais invoqué. En trouvant un enfant, il a perdu tout intérêt, il t'a libéré de son emprise. Et il est tombé sur moi, un Sage…

— Et alors ?

— Et alors, il a voulu savoir pourquoi il s'était réveillé. Je lui ai parlé du rituel, de la clé, du sacrifice de sang…

— Pourquoi avez-vous fait ça ? hoqueta Sloane, effondré.

— Je voulais te protéger de son attention, je regrettais tellement la mort de tes parents ! J'ai même demandé à Tollmathan de les sauver pour réparer mes erreurs. Il m'a ri au nez.

— Là, je le reconnais, grommela Loch. Toll est un salopard égoïste !

— Quand il a disparu, je suis resté seul, brisé. Je ne pouvais plus rien faire, alors une fois encore, je me suis enfui et je n'ai plus jamais regardé en arrière.

— Le rituel n'a même pas fonctionné, c'est ça ? cria Sloane, en larmes. Mes parents sont morts pour rien ! La clé n'a pas été détruite !

— Le rituel n'a pas été mené à terme, c'est exact, répondit Kunst, mais nous avons tout de même réussi à réduire la clé d'invocation en plusieurs morceaux que j'ai dispersés à travers le monde. Ne dis pas que tes parents sont morts pour rien, Sloane ! Grâce à leur sacrifice, j'ai eu dix-neuf ans pour réfléchir à une autre tentative.

Loch le surveillait avec méfiance.

— Que s'est-il passé après ton départ ? demanda-t-il froidement. Mon frère a-t-il tué Robert Dorsey et occupé son corps pour rester au musée ?

Kunst hocha la tête.

— Oui, mais pas tout de suite. D'après moi, il y a environ dix ans qu'il occupe son poste. Je l'ai découvert récemment, quand j'ai voulu savoir pourquoi le totem avait été retiré de l'exposition. Tollmathan m'a reconnu, il a ri, il m'a dit qu'il était heureux de me revoir. Il m'a aussi révélé qu'il allait bientôt réunir tous les morceaux et reconstituer la clé. En désespoir de cause, j'ai contacté Lochlain. Je me suis dit que si je soustrayais ne serait-ce qu'un morceau de l'artefact, la clé deviendrait inutilisable.

— Pourquoi Toll veut-il réveiller notre père ? s'étonna Loch. Il sait très bien que l'humanité n'y survivrait pas !

Kunst se débattit contre ses liens, comme ranimé par la vague de colère et de peur qui le traversait.

— Oui, mais c'est justement ce qu'il veut. Il déteste la façon dont le monde actuel traite les anciens dieux ! À son réveil, il a découvert que les anciens rites étaient presque tous oubliés et ça l'a mis très en colère. Étant l'aîné de Salgumel, il comptait hériter un jour de son royaume, mais à quoi bon régner s'il ne reste rien ? Il a donc imaginé de réveiller son père pour que dans sa colère divine, le dieu anéantisse les hommes et crée une nouvelle engeance plus docile. Il se fiche bien du nombre de morts que son action va provoquer, il veut juste que les dieux retrouvent leur pouvoir et que l'ancienne religion soit à nouveau appliquée. Et vous autres, sombres imbéciles, vous lui avez donné la dernière pièce qui lui manquait pour invoquer Salgumel !

Sloane se hérissa.

— Si vous vous étiez expliqué lors de notre dernière rencontre au lieu d'essayer de me tuer, nous ne serions pas dans cette impasse ! On n'a pas idée d'être aussi buté et obtus !

Kunst haussa les épaules.

— Je ne pouvais pas me fier au premier venu ! Pire encore, quand j'ai su qui tu étais, Sloane, j'ai cru que Tollmathan t'envoyait. Si tu n'es pas son féal, aide-moi. Il faut récupérer la clé. Cette fois, nous la détruirons pour de bon. Nous répéterons le rituel commencé il y a dix-neuf ans. Je dois rétablir l'équilibre menacé !

Sloane sentit sa méfiance s'éveiller.

— Et le sang à sacrifier ?

161

— Ce sera le mien, répondit Kunst aussitôt. Je t'expliquerai quoi faire et ma vie alimentera le sort.

Sloane le regarda, surpris que le meurtrier de ses parents veuille mourir en martyr. D'une certaine façon, c'était une juste vengeance, pourtant, sa peine n'en fut pas soulagée. Trouverait-il un jour la paix de l'âme ? Pour l'instant, il était juste triste.

Loch ricana avec mépris.

— Tu considères ta pitoyable vie comme un sacrifice suffisant ?

— Je veux juste expier la mort de Pandora… et celle de Daniel.

Lynette se jeta dans la conversation :

— Qui a tué mon frère ? cria-t-elle.

Kunst soupira.

— Je n'ai pas été témoin de son meurtre, mais je sais que Tollmathan était très en colère d'avoir perdu un des morceaux de la clé. Je pense donc qu'il a retrouvé et tué son voleur, Lochlain.

Lynette eut un sourire létal.

— Très bien, c'est noté. Comment vais-je pouvoir tuer un dieu ?

Loch secoua la tête.

— Non, mon enfant, tu ne le peux, mais c'est en mon pouvoir.

Libéré, Kunst tomba lourdement sur le sol. Il haleta et chercha à retrouver son souffle,

— Vous allez donc m'aider ? s'étonna-t-il.

— Pour rendre justice à Lochlain et sauver l'humanité, il le faut bien, répondit Loch sèchement. Je continue à te mépriser.

— C'est sans importance, soupira Kunst. Si je meurs en réparant mes fautes passées, j'aurai ma place à Zebulon et mon âme reposera en paix dans les étoiles.

Il se tourna vers Sloane et enchaîna :

— Alors, tu es d'accord pour suivre le rituel ? Te sentiras-tu apaisé après m'avoir sacrifié ?

Ulcéré par la provocation, Sloane lui envoya son poing en plein visage.

Kunst tomba à la renverse, la lèvre éclatée. Son sang coula sur le sol. Il s'essuya d'un revers de sa manche et jeta à Sloane un regard noir, mais il ne tenta pas de riposter.

En vérité, il surveillait même Loch d'un œil méfiant.

— C'est pour mon père ! cria Sloane.

Kunst se releva et d'un sort, arrêta l'hémorragie.

162

— Et pour ta mère ? marmonna-t-il.

— Je lui dédierai votre mort quand je vous planterai un poignard dans la poitrine ! jeta Sloane avec feu.

Loch sourit avec amour.

— Ah, Briseur de cœur, comme tu portes bien ton nom !

Kunst les mesura du regard, un par un.

— Un pour tous et tous pour un, persifla-t-il. Êtes-vous prêts à sauver le monde ?

Loch intervint aussitôt :

— Non, c'est trop dangereux. Les mortels resteront ici.

— Quoi ? hurla Lynette, les mains sur les hanches. Tu m'avais promis une place de choix quand tu zigouillerais l'assassin de Lochlain !

Loch s'approcha d'elle et la câlina.

— C'était avant que j'apprenne qu'il s'agissait de Tollmathan. Il nous attend certainement et il est du genre violent.

— Comment sais-tu qu'il nous attend ? cracha Lynette.

— « Robert Dorsey » a téléphoné à Sloane pour lui demander de passer au musée voir le totem reconstitué, expliqua patiemment Loch. C'est du Toll tout craché ! Il joue au chat et à la souris avec nous. Il nous a préparé un piège à sa façon.

— Pourquoi emmènes-tu Slo et pas moi ? protesta Lynette, les larmes aux yeux.

— Lui aussi restera à l'abri, affirma Loch.

Sloane fit un bond.

— Dans tes rêves ! Nous avons commencé cette enquête ensemble, j'irai jusqu'au bout ! Tu n'as pas le droit de…

Cette fois, Loch se mit en colère.

— Je fais ce qu'il me plaît, je suis un dieu ! Vous ne viendrez pas, un point, c'est tout !

Son regard glacé épingla Sloane.

Kunst intervint :

— Il me faut quelqu'un pour effectuer le rituel, Sloane ou un autre, je m'en fiche.

— Tu commenceras le rituel et je le conclurai, aboya Loch, excédé. C'est mon dernier mot. Sloane reste.

— NON ! hurla Sloane. Je vais avec toi !

Lynette s'accrocha au bras de Sloane et leva le nez avec défi.

— S'il vient, moi aussi !

163

Milo s'adressa à la femme de sa vie et à son meilleur ami :

— Vous tenez vraiment à combattre un dieu pour sauver le monde ? Je ne suis qu'un converti et pour mener une telle tâche à bien, il faut au moins être un Sage ceinture noire, non ? Un Super Saiyan [12], alors…

— Si tu as peur, reste ici ! gronda Lynette.

— Non, non !

Milo inspira un grand coup, gonfla le torse et s'adressa à Loch :

— Nous ferons ce que nous jugeons juste, dit-il courageusement. Avoir des tentacules ne vous donne pas le droit de nous traiter comme bon vous semble !

Loch soupira.

— Mais si.

D'un simple mouvement de tête, il plongea Milo et Lynette dans le sommeil. Ils s'écroulèrent sur le sol et se mirent à ronfler, surtout Milo. Il roula même sur le côté pour être plus à son aise.

Sloane recula rapidement, le doigt pointé sur Loch.

— Non ! Ne le fais pas ! Ne t'avise pas d'abuser de ton pouvoir sur moi ! Je veux assister au dernier acte !

Loch fit un pas vers lui.

— Ne me défie pas, prévint-il doucement.

— Va te faire foutre ! Je ne resterai pas ici !

Sloane invoqua la lueur des étoiles et sentit l'énergie vibrer dans ses poings serrés. Il tendit les mains et brandit un bouclier redoutable.

— Sloane…

— Non ! hurla-t-il. J'ai consacré ma vie à retrouver le meurtrier de mes parents ! Tu ne peux pas me priver de ma vengeance ! Je ne le permettrai pas !

Quand Loch se rua en avant, Sloane projeta tout ce qu'il avait dans son bouclier. La lumière fut si vive qu'il dut fermer les yeux tandis que l'air explosait autour d'eux. Il utilisa toute sa magie pour éloigner Loch.

Il vibrait littéralement de colère, de déception et de chagrin. Après tout ce qu'ils avaient partagé, Loch s'obstinait à lui refuser cette ultime satisfaction ?

Sloane serra les dents et gémit quand il sentit les puissants tentacules divins s'enrouler autour de lui. Il refusa cependant de regarder Loch.

— Non ! Non ! Non !

---

12 Ou « guerrier de l'espace », espèce fictive du manga *Dragon Ball*.

Loch l'attira contre lui et le berça.

— Calme-toi, Sloane, s'il te plaît…. Arrête.

Sloane se débattait toujours, peu disposé à céder. Il se figea soudain en reconnaissant un silence inhabituel et pourtant familier.

Quand il ouvrit les yeux, il constata avoir deviné juste : il était de retour à Zebulon.

Il repoussa Loch et lança, amer :

— Je vois. Tu comptes m'abandonner ici le temps de régler son compte à ton frère ?

Loch prit le visage de Sloane entre ses paumes.

— C'est mon intention, oui. Mon amour, s'il te plaît, écoute-moi. C'est pour ton bien ! Toll est une vraie brute, il n'aura aucune pitié.

Enragé, Sloane lui balança son poing dans la mâchoire.

— Je m'en fiche ! Kunst est un monstre ! Comment ose-t-il jouer au noble martyr après avoir tué mon père, ma mère…

Il frappa encore et encore. Loch le laissa faire, il encaissa sans se défendre. Quand Soane se fatigua enfin, Loch le serra contre sa large poitrine.

— Oui, mon amour. Je sais… je comprends ta douleur, mais à quoi bon ajouter ta souffrance à la leur ?

Après s'être raidi, Sloane finit par céder et s'abandonna à l'étreinte. Les yeux noyés de larmes, il insista encore :

— Je veux venir avec toi !

— Non, trancha Loch, implacable. Ma priorité, c'est que tu vives. Je tiens trop à toi pour te laisser approcher de mon frère, je ne supporterais pas qu'il t'arrive malheur. Je vais tout tenter pour empêcher Toll de réveiller notre père. Si j'échoue, le monde sera perdu, mais toi, tu seras en sécurité ici.

— Loch, s'il te plaît, supplia Sloane, éploré.

Loch soupira, la main sur sa joue trempée.

— Ne pleure pas. Tu sais, je ne croyais pas à l'amour avant de te rencontrer. Tu as été pour moi une surprise aussi délicieuse qu'inattendue, mon doux Briseur de cœur.

Sloane se redressa.

— Si tu crois m'embobiner avec ton baratin, tu te mets le doigt dans l'œil !

Son cœur qui tambourinait prouvait qu'il n'était pas aussi insensible qu'il le prétendait.

— Je t'aime, Sloane Beaumont, chuchota Loch. Tu es tout pour moi !

Il se pencha et posa ses lèvres sur celle de son amant. Sloane tenta de résister, vraiment, mais cet aveu l'avait percé au cœur et son âme chantait avec les étoiles.

Il sanglota contre la bouche de Loch, les doigts accrochés à son cou. Comme au moment de leur accouplement, ils ne formaient plus qu'un seul être uni dans la passion et les sentiments.

Quand Sloane dut s'écarter pour respirer, il s'écria avec feu :

— Je te déteste !

Loch éclata d'un rire joyeux.

— Menteur.

Un de ses tentacules vint chatouiller Sloane sous le menton.

Sloane leva les yeux au ciel.

— Je n'ai jamais rencontré d'être, divin ou pas, aussi arrogant, têtu, lunatique, contrariant, dominateur, lubrique et j'en passe. Tu n'as que des défauts ! Comment pourrais-je ne pas te détester ?

— Je reconnais la véracité de tes qualificatifs, mais ce sont des qualités à mes yeux, pas des défauts –, et je ne crois toujours pas à ta prétendue détestation !

Sloane s'accrocha fermement au bras de Loch.

— Ne me laisse pas. Je peux t'aider ! Tu n'as pas le don d'ubiquité, que je sache, alors, comment vas-tu accomplir le rituel et te battre avec ton frère ?

Loch se contenta de sourire.

— Tu as encore beaucoup à apprendre sur l'étendue de mes pouvoirs. Je ne suis pas seulement un dieu au lit !

Sloane éclata en sanglots et enfouit son visage contre la poitrine de Loch.

— Tu avais promis de ne jamais m'abandonner !

Loch l'embrassa sur le front avec tendresse.

— Je reviendrai, Briseur de cœur, mon bel amour, je serai toujours là à toi. Dors maintenant.

— Non ! Loch…

Sloane ne put en dire plus : l'ordre divin étant irrésistible, il s'endormit profondément.

Quand il ouvrit les yeux, reposé, il n'aurait su dire combien de temps s'était écoulé. Une voix féminine chuchotait à son oreille.

Réveille-toi, Sloane…. le moment est venu.

Sloane cligna des yeux et releva la tête pour regarder autour de lui. Il était étendu sur le lit que Loch et lui avaient partagé la première fois, soigneusement bordé. Il repoussa la couverture et se leva d'un bond.

Il était seul. Alors, d'où venait cette voix qu'il avait entendue ?

Il chercha à se repérer et sortit son téléphone de sa poche. Aucun signal, bien entendu. La demeure des dieux n'était pas connectée à la terre. Par chance, la batterie de son appareil n'était pas vide, aussi le réveil marchait-il encore.

Seize heures… Non, impossible !

Sloane ouvrit de grands yeux. Samedi après-midi, déjà ! Comment était-il possible qu'il ait dormi autant ?

Il se mit à crier :

— Allô ? Loch ? Azaethoth ?

Il était dans l'espace, sa voix n'avait pas d'écho.

— Il y a quelqu'un ? s'obstina Sloane.

Aucune réponse. L'inquiétude commençait à lui ronger les entrailles. Loch aurait dû être de retour maintenant. Ça faisait plus de vingt-quatre heures qu'il était parti.

Sloane déglutit nerveusement et regarda encore autour de lui. Zebulon était immense. Il ne vit rien bouger, aucune présence, qu'elle soit spectrale ou divine, rien. Il serra les dents, déterminé à trouver un moyen de filer. Il fallait absolument qu'il rejoigne Loch.

Il emprunta au hasard une volée de marches, le premier escalier qu'il trouva. Étrangement, il se retrouva sur l'esplanade d'où il était parti. Il tenta un autre escalier, avec le même résultat.

— C'est quoi ce bordel ? marmonna-t-il, furieux.

Il constata vite que, quelle que soit sa direction initiale, il revenait toujours sur l'esplanade. Frustré, il envoya un coup de pied dans le lit et jura à haute voix. Voilà des heures qu'il s'épuisait sans succès !

Il vérifia l'heure sur son téléphone. Il ferait bientôt nuit. Il devait trouver un moyen de s'échapper, sinon, il serait trop tard !

Il avança jusqu'au bord de la plateforme et regarda la mer d'étoiles tourbillonnant en dessous de lui. Oh, c'était une idée stupide, mais il n'avait pas d'autre option.

Il inspira un grand coup et sauta.

Au lieu de tomber, il atterrit sur une surface parfaitement plane. C'était le plan qu'il avait vu vertical et qui s'était remis – comme par magie – à l'horizontale. À Zebulon, la gravité ne suivait pas les lois terrestres.

— M.C. Escher [13] connaît certainement Zebulon pour le dessiner aussi bien, marmonna Sloane.

Il eut beau réfléchir, il ne parvint pas à donner un sens à ce phénomène de désorientation. Il fit quelques pas en avant et poussa un cri enragé : il était de retour dans la chambre, sur l'esplanade.

Encore.

— Et merde !

Il s'effondra sur le sol, la tête dans les mains, très tenter de pleurer. Il refusa de céder à la facilité et inspira plusieurs fois pour se calmer.

— Réfléchis, Sloane ! Il doit bien y avoir une solution !

Il tenta d'ouvrir un portail de communication, mais la magie s'effaça très vite de ses paumes. Il ne pouvait même pas tracer un cercle ! Il n'y avait rien ici, sauf le lit.

Sloane s'y jeta et s'enfouit sous les draps soyeux, la tête dans ses oreillers.

— Je dois sortir d'ici, marmonna-t-il, au bord des larmes. Je dois trouver Loch. Je dois lui dire… que je l'aime de toute mon âme !

Un son étrange le fit tressaillir, un tintement évoquant un carillon éolien agité par une douce brise. C'était le premier son que Sloane entendait en ces lieux, aussi quitta-t-il précipitamment son lit pour aller vérifier.

Il découvrit au pied du lit un miroir de plain-pied qui venait d'apparaître – sinon, il l'aurait remarqué ! Il renifla, essuya les larmes de son visage et s'approcha d'un pas prudent.

Une grande puissance magique émanait du miroir, une chaleur que Sloane ressentait plus forte au fur et à mesure qu'il avançait. Quand il tendit la main pour toucher la vitre, il se brûla et s'écarta avec un léger cri.

Le verre se mit à fumer, la surface argentée se troubla et devint un vortex de couleurs arc-en-ciel.

Au début, Sloane ne comprit pas ce qu'il voyait. Puis la vision s'éclaircit et il haleta, sidéré.

Loch et Kunst étaient arrivés au musée, ils pénétraient à l'intérieur, décidés à s'emparer du totem de Salgumel. Loch se joua des alarmes et autres sorts de protection, il lança ses longs tentacules en avant et arracha

---

13 Maurits Cornelis Escher, (1898/1972) artiste néerlandais dont les œuvres représentent des constructions impossibles, des explorations de l'infini, des pavages et des combinaisons de motifs en deux ou trois dimensions qui se transforment et défient les modes habituels de représentation.

la clé d'invocation de sa boîte. L'artefact avait été restauré, sans doute par les bons soins de Robert-Tollmathan.

L'image changea.

Kunst et Loch couraient dans la forêt, ils se dirigeaient vers la maison du professeur, au bout de l'allée, loin devant eux. Des rires sinistres les poursuivaient, à la fois moqueurs et dangereux. Kunst, le totem dans les bras, traversa au pas de course le porche ravagé et entra chez lui.

Sloane réalisa alors qu'il ne voyait plus Loch, le miroir ne montrant plus que Kunst.

Le vieux professeur installait au centre de son salon ce dont il avait besoin pour accomplir le rituel : un couteau, des bougies, des herbes et la clé d'invocation.

Le rire résonna encore, plus proche.

Sloane tendit le poing, maudissant le miroir de ne pas lui montrer Loch. La vision restait concentrée sur Kunst et le rituel, les sceaux que le professeur utilisait, les mots qu'il scandait.

Soudain apparut un tentacule horrible, gigantesque, tout hérissé de barbes. Il s'enroula autour du cou de Kunst et le cassa comme une brindille de bois sec. Le cadavre sans vie roula sur le sol, éteignant les bougies.

Le miroir consentit enfin à revenir sur Loch.

Il avait quitté le corps mortel de Lochlain et s'exposait dans toute sa gloire sous sa vraie forme, mille fois plus beau que Sloane n'aurait pu l'imaginer ! La peau lisse moulait étroitement d'énormes muscles qui ondulaient au moindre mouvement, les pattes postérieures étaient massives, la queue plus impressionnante encore, mais Sloane apprécia par-dessus tout de voir Loch ouvrir ses ailes.

Elles semblaient scintiller et capturer la lumière, chaque griffe géante brillant comme un bijou au soleil. Le dragon divin se battait contre un immonde ver géant doté d'une gueule pleine de crocs et des tentacules recouverts de barbes vicieuses. L'un de ces appendices, plus épais que les autres, avait à son extrémité une griffe géante aussi acérée qu'une lance.

C'était le dieu Tollmathan.

Loch rugit et battit des ailes en se ruant sur son frère. Le dangereux tentacule de Tollmathan se projeta en avant et poignarda le flanc du dragon. Du sang noir jaillit de la blessure. Loch hurla de douleur et de fureur, il commença à s'affaisser sur lui-même.

Horrifié, Sloane martela le miroir sans se soucier d'être brûlé.

169

— Non ! Loch ! Merde ! Non ! Non ! Je t'aime, tu ne peux pas mourir comme ça ! Ne me laisse pas ! Tu avais promis de revenir vers moi !

Fou de douleur et d'angoisse, il tremblait, incapable de respirer. Les mains pleines de lumière brillante, il continua à taper des poings sur le miroir, encore et encore. Il avait mal au cœur – au sens propre et figuré –, mais il ne renonçait pas.

Il était obsédé par l'idée de rejoindre Loch, son amour, son amant.

Lui seul était encore capable de le sauver !

Soudain, une fissure apparut dans le verre, puis le miroir se brisa en mille morceaux qui explosèrent tout autour de Sloane. Il ressentit un appel d'air, le vent qui soufflait du miroir comme d'une fenêtre. Poussé par l'instinct, sans trop comprendre la portée de son geste, Sloane avança et pencha la tête.

Sans plus hésiter, il sauta dans l'ouverture qu'il venait de créer.

XIII

SLOANE TOMBAIT, encore et encore.

Pendant un moment, son corps chuta au ralenti, comme si le temps s'était presque arrêté, puis il entendit de nouveau la voix féminine qui l'avait réveillé :

Sois fort, Sloane…

Il connaissait cette voix, mais il n'arrivait pas à la situer.

Le temps accéléra et Sloane jura en atterrissant violemment sur le sol. Il vit de la terre, du gazon, des arbres tout autour de lui.

Il devait se dépêcher.

Il se releva d'un bond. Il était à la lisière d'une forêt et un vaste champ s'étendait devant lui. Il reconnut l'endroit qu'il venait de voir dans le miroir : la propriété de Kunst. Oui, c'était bien là.

Sloane étudia la maison et la cour, un goût de bile dans la bouche. Il ne vit ni ver géant ni dragon. Du coup, il commença à paniquer. C'était bien l'endroit où il avait vu les deux frères se battre, où Loch était tombé.

Alors, où étaient les deux immortels ?

Un mouvement attirant son attention, Sloane tourna vivement la tête et resta sidéré en voyant Loch et Kunst jaillir de l'orée de la forêt et courir vers la maison. Le professeur était vivant et Loch occupait toujours le corps de Lochlain.

La vision…

À ce moment-là, Sloane comprit qu'il avait dû voir l'avenir. Du moins, le miroir lui avait montré un avenir possible. Rien n'était encore arrivé. Sloane pouvait intervenir et changer le cours du duel.

Il sprinta à travers le champ pour rattraper les deux fuyards.

— Loch !

Loch tourna si vite la tête qu'il faillit se la dévisser – ce qui devait être douloureux.

— Sloane ?

Sans s'arrêter, Kunst cria par-dessus son épaule :

— Il n'était pas censé être à Zebulon ?

— Si, je l'ai laissé là-haut moi-même ! grogna Loch.

Il empoigna Sloane, le souleva et reprit sa course, nullement ralenti par son fardeau.

— Comment es-tu arrivé ici ! ajouta-t-il. Comment as-tu réussi à quitter Zebulon ?

Sloane s'accrocha à son cou.

— Pas le temps de t'expliquer, haleta-t-il. Tu dois m'écouter.

Loch n'était pas d'humeur à le faire, il était fou furieux.

— Je voulais te protéger !

— Bon sang, écoute-moi, tu crieras plus tard ! J'ai eu une vision dans un miroir ! J'ai vu Kunst mourir, le cou brisé…

— QUOI ? hurla le professeur.

Sans tenir compte de cette bruyante interruption, Sloane continua :

— Je t'ai vu te battre avec Tollmathan, tu es tombé ! Cette vision était atroce ! Oublie ta colère, Loch, s'il te plaît, je crois que j'ai été envoyé ici pour te sauver. Je ne veux pas que tu meures percé par un… euh, un tentalance !

Une voix sombre jeta alors :

— Quelle vision précise et juste ! Je vais te tuer, petit frère, c'est inévitable, j'aurais dû le faire il y a des années.

Loch s'arrêta si vite qu'il dérapa. Il émit un feulement menaçant. Kunst s'accroupit, terrifié, la clé serrée sur sa poitrine.

Relativement calme au vu des circonstances, Sloane regarda le conservateur adjoint sortir de la maison de Kunst, éviter avec souplesse le proche ravagé et avancer vers eux.

Sauf que ce n'était pas Robert Dorsey.

C'était Tollmathan.

— Coucou, petit frère ! gouailla-t-il. J'aurais aimé que tu me reconnaisses quand nous nous sommes croisés l'autre jour au musée. Oh, cela aurait été si amusant !

Loch serra Sloane dans ses bras.

— Amusant ? lança-t-il, hautain.

— Oui ! Je savais que tu ne pouvais pas être Fields, vu que je lui avais coupé la gorge. J'ai tout de suite compris que c'était toi qui l'habitais. Toi, par contre, tu n'as rien vu, rien compris ! En plus, tu étais avec le petit Sloane ! Coucou, bel enfant ! Comme tu as grandi !

Quand l'immortel porta son attention sur lui, Sloane croisa son regard. Raidi d'horreur, il enfonça ses doigts dans les épaules de Loch.

Les yeux étaient opaques, reptiliens, mauvais. Ce n'était pas le gentil et terne Robert Dorsey qui le fixait ainsi, mais le ver immonde qu'il avait vu dans le miroir magique : un ancien dieu terriblement puissant et décidé à tous les exterminer.

— Je me souviens de toi, ricana Tollmathan, je revois très bien le petit garçon brisé accroché au cadavre ensanglanté de ta mère. Tu étais nimbé d'une magnifique lumière ! J'aurais dû deviner que c'était toi qui m'avais réveillé et non ce rituel, comme le prétendait ce Sage traître et menteur. Sacré vieux Kunst ! Il semble qu'il ait un faible pour toi !

Sloane ne répondit pas.

Tollmathan s'en vexa.

— Peuh ! Ta lumière, aussi délicieuse soit-elle, n'est rien comparée à la puissance de cette clé !

Sloane frissonna. Il invoqua une source de courage et lança :

— Oh, vous avez apprécié ma magie autrefois ? Vous voulez y goûter encore ?

Tollmathan éclata d'un rire provocant.

— Attention, Azz va être jaloux !

Loch bougea alors. Il déposa Sloane et le poussa à l'abri auprès de Kunst, puis il s'en prit à son frère :

— De toi ? Non, sûrement pas. Qu'y a-t-il chez toi que je pourrais vouloir ? Toll, vieux frère, je ne compte pas te laisser réveiller Père.

Tollmathan ricana.

— Arrête ! Si je t'ai laissé voler la clé au musée, c'était pour m'amuser, mais là, tu deviens ennuyeux. Je me suis donné beaucoup de mal pour réparer ce fichu totem. Si tu penses pouvoir m'arrêter, tu es encore plus bête que je le pensais – ce qui n'est pas peu dire ! Je suis plus fort que toi, je l'ai toujours été. Azz, sois franc, est-ce que tu ne regrettes pas le bon vieux temps quand nous avions des millions des mortels à nos pieds ? Nous pouvons tout retrouver !

Loch sourit à Sloane.

— Je possède déjà l'amour d'un mortel, je suis comblé.

— Ne dis pas cela ! cria Tollmathan. Laissons Père faire un grand ménage et créer un nouveau monde ! Garde ton petit mortel, si ça te chante, fais-en un dieu pour qu'il reste éternellement à tes côtés. Que t'importent les autres ?

Loch secoua la tête.

— Non, Toll ! Je refuse de tuer des milliards d'innocents. Retourne plutôt rêver, grand frère, et attends ton heure. Un jour viendra où les mortels renonceront au culte de Lucian, ils nous rappelleront et nous adorerons comme autrefois.

Tollmathan fulmina, ses yeux noirs remplis de rage et de mépris.

— Imbécile ! cracha-t-il amèrement. Tu n'es qu'un enfant trop gâté, faible, égoïste et immature ! Très bien, si tu tiens à mourir pour une meute d'humains ingrats, qu'il en soit ainsi.

Le corps de Robert se mit alors à convulser, sa peau éclata et libéra une horrible larve qui couinait de façon terrifiante. C'était Tollmathan. Le ver divin grandit et sa queue pointue se mit à battre tout autour de lui, il dépassa bien vite la maison du professeur.

Tout en le surveillant, Loch ordonna à Sloane et à Kunst :

— Allez-vous-en ! Détruisez la clé pendant que je m'occupe de lui.

— Mais Loch…

Sloane ne put continuer, car Loch l'embrassa farouchement avant de propulser en avant.

— Cours, mon amour ! Sauve-toi !

Kunst attrapa Sloane par le bras et l'entraîna vers la maison.

En jetant un dernier regard en arrière, Sloane vit le corps de Lochlain s'affaler sur le sol. Azaethoth en émergea sous forme de vapeur et devint un magnifique dragon dont la queue tentaculaire fouettait les pattes arrière. Le dieu ailé arqua son long cou pour feuler d'impatience en direction de Sloane et de Kunst, leur ordonnant sans doute de se dépêcher.

Les yeux du dragon, immenses et pailletés d'or, évoquaient la voute céleste et ses étoiles. C'était un spectacle à couper le souffle !

Sloane avait souvent vu l'ancien dieu sous sa forme originelle dans les manuels d'Histoire ou sur les tapisseries antiques, mais jamais tant de beauté n'avait à ce point fait chanter son âme.

— Oh, Azaethoth ! murmura-t-il, émerveillé.

D'aussi près, le dragon était bien plus impressionnant qu'à travers le miroir magique.

La bête feula et agita ses grandes ailes avant de se ruer sur son frère. Sloane ne put suivre la suite du combat titanesque, car Kunst l'attira à l'intérieur de la maison. Le professeur courut au salon et commença ses préparatifs pour le rituel. Sloane se souvint de ce qu'il avait vu dans sa vision et l'aida sans avoir besoin d'instructions. Ils allumèrent les bougies, firent brûler les herbes.

Enfin, Kunst plaça la clé au milieu des sceaux élaborés dessinés sur le sol, puis il tendit un poignard magique à Sloane.

— Il est temps.

Le couteau à la main, Sloane était malade d'appréhension. Tuer de sang-froid n'était pas aussi simple qu'il l'avait pensé. Sloane connaissait peu la violence physique, il ne s'était pratiquement jamais battu, préférant user de ses qualités de négociateur que de ses poings.

Dehors, le combat continuait. Sloane tressaillit quand la maison trembla sous la force des hurlements inhumains venant de l'extérieur.

Sloane sentit son cœur battre plus vite, ce n'était pas le moment de baisser les bras ! Le temps pressait.

Kunst s'approcha et insista :

— Sloane, nous devons nous dépêcher. J'ai laissé dans mon bureau le poignard qui a tué tes parents et une confession signée. Tu en auras besoin pour refermer le dossier.

Il eut un rictus avant d'ajouter :

— J'aimais ta mère, tu sais. Elle me manque tous les jours, c'était une femme aussi belle que remarquable. Je ne me suis jamais pardonné sa mort. Ce soir, j'espère enfin expier et rétablir l'équilibre, comme l'exige ma foi. Alors, vas-y !

Sloane haleta d'effroi lorsque Kunst saisit à pleine main la lame du couteau et la positionna contre son cœur.

— Verse mon sang ! psalmodia le Sage fanatique. Prends ma vie, j'en fais le sacrifice ! Détruis cette foutue clé et sauve le monde, Sloane Beaumont… Merde ! Fais-le !

Galvanisé, Sloane serra les dents et enfonça le couteau avec un cri rauque. Le sang gicla sur la lame,

— Oh, putain, je suis désolé, tellement désolé, gémit Sloane.

Ses mains tremblaient. Avec un gémissement douloureux, Kunst se jeta en avant, s'empalant davantage. Il cracha du sang et sourit.

— Ne regrette rien… je suis en paix avec mes dieux… Adieu.

Il s'écroula et ses râles s'arrêtèrent d'un coup.

Tout avait été si vite que Sloane resta un moment figé, sous le choc.

Il se souvint cependant qu'il devait terminer le rituel, sinon, ce sacrifice aurait été vain.

D'ailleurs, la clé d'incantation commençait à s'illuminer, elle vibrait légèrement. Il était temps d'agir !

Avec une moue de dégoût, Sloane arracha du cadavre le poignard ensanglanté qu'il planta dans le totem.

Il y eut une terrible explosion de lumière. La force de l'impact renversa Sloane qui vola à travers la pièce. Les morceaux épars de la clé d'invocation restèrent un moment en suspension dans l'air puis, un par un, ils se désintégrèrent et redevinrent poussière.

Sloane poussa un soupir soulagé. C'était fait. La clé était détruite.

Il ne put profiter de sa victoire, car la maison trembla à nouveau de l'intense bataille entre les deux frères.

Tollmathan poussa son cri horrible et Loch hurla de douleur.

La vision ?

— Loch ! hurla Sloane.

Il se releva d'un bond, écarta les débris et la cendre qui le recouvraient et s'élança vers la porte d'entrée, impatient de quitter la maison.

En arrivant sur le champ de bataille, il vit Tollmathan et Loch, tous les deux couverts de sang, qui s'affrontaient toujours avec des grognements féroces.

En voyant Sloane, Tollmathan hurla de rage et glissa vers lui.

Pour se défendre, Sloane invoqua un puissant arc de lumière qu'il projeta de toutes ses forces vers le ver géant. Il grésilla presque immédiatement, aussi en jeta-t-il un autre et un autre. Tollmathan étant presque arrivé sur lui, Sloane leva son bouclier et serra les dents.

Loch se jeta sur son frère, ses énormes mâchoires se refermant sur le corps du ver géant pour le traîner en arrière.

Sloane soupira, soulagé, mais alors, la longue queue de Tollmathan le heurta de plein fouet, l'envoyant valdinguer. Il chuta lourdement, le souffle coupé par la force de l'impact.

Il gémit et frotta son visage maculé de terre. Il tenta ensuite de se relever, ses muscles douloureux protestant sous l'effort. Sloane avait mal partout ! Avec un cri d'agonie, il s'assit et comprit qu'il s'était fêlé quelques os. À moins qu'il s'agisse d'une dislocation ?

Loch et Tollmathan avaient repris leur mêlée furieuse, la queue tentaculaire de l'aîné enroulée autour de la gorge du cadet. Leurs cris rauques, aussi sonores que terribles, étaient inhumains.

Le cœur de Sloane sombra : il voyait bien que Loch faiblissait. Les puissantes pattes postérieures du dragon griffaient le sol, ses mâchoires claquaient violemment et ses ailes battaient le ver géant. Malgré tout,

Tollmathan maintenait son étreinte mortelle et Loch perdait le souffle. Il vacilla, prêt à tomber.

La vision ?

— Non ! hurla Sloane.

Sous l'afflux d'adrénaline, il oublia sa douleur et se releva, il frappa dans ses mains et produisit une énergie sauvage qui provenait du plus profond de lui-même. La foudre se mit à crépiter entre ses paumes. Quand des étincelles claquèrent à ses pieds, la terre siffla sous l'effet de la chaleur qui en résultait, ce qui n'arrêta pas Sloane, il était déchaîné, il savait que pour atteindre mortellement un dieu aussi puissant que Tollmathan, il en fallait davantage. Alors, il continua, sans se soucier de l'agonie qui le traversait de part en part, les orteils crispés, l'estomac noué, les tempes battant d'une migraine colossale, les yeux noyés de larmes pour résister à la chaleur. Il serra les dents, il hurla de douleur et s'entêta à invoquer plus d'énergie encore, tout ce qu'il avait à donner !

Sa perception du monde autour de lui changea, le temps ralentit.

Sloane vit le sang jaillir des plaies de Loch avec une lenteur anormale et flotter en suspension comme une succession de billes gélatineuses avant de toucher le sol, ce qui alimenta sa volonté de modifier, à n'importe quel prix, le destin en marche.

Chaque seconde lui parut aussi longue qu'une minute, ses mains bouillonnaient, sa peau boursouflait prête à fondre sous l'afflux de la puissante magie qu'il essayait d'invoquer. Il résista encore et encore.

Alors qu'il craignait de céder contre son gré, vaincu par un pouvoir qui le dépassait, Sloane reçut une aide inattendue : d'autres mains, fines et féminines, se joignirent aux siennes. Elles placèrent dans sa paume quelque chose de solide.

Sloane se figea, le cœur en fibrillation. Ce toucher, il le reconnaissait. Et soudain, son enfance lui revint, il sut à qui appartenait la voix qui l'avait interpellé à Zebulon. Des larmes coulèrent sur ses joues.

— Maman ? haleta-t-il. C'est... c'est toi ?

Oui, mon petit. Sois courageux, Sloane… Je t'aime…

Malgré l'urgence de la situation, Sloane tenta de tourner la tête pour regarder sa mère en face.

— Moi aussi, maman, je t'aime ! Tu m'as tellement manqué ! Reste avec moi, s'il te plaît, tout seul, je n'y arrive pas. J'ai besoin de toi !

Tu as déjà reçu l'arme dont tu as besoin, mon chéri. Ton père et moi sommes très fiers de l'homme que tu es devenu. Va à présent, va !

L'arme ? Quelle arme ?

Éberlué, Sloane baissa les yeux et vit dans sa main une poignée… au-delà jaillissait un faisceau de lumière si éclatant et si long qu'il semblait viser le ciel au-dessus d'eux.

Sa mère lui avait apporté une épée faite de la lumière des étoiles !

Enivré, Sloane se jeta en avant et il interpella le ver géant :

— Hé, Toll ! rugit-il. Regarde un peu ce que j'ai pour toi !

À cette provocation, l'ancien dieu tourna la tête. Il poussa un cri assourdissant en voyant l'épée. Il lâcha son frère, qui s'effondra et ne bougea plus, et pointa sa queue fourchue vers Sloane.

Déchaîné, Sloane se rua sur Tollmathan en hurlant :

— Je suis Sloane Daniel Beaumont ! Né à Archersville, fils de Pandora et de Daniel Beaumont ! Je suis le Briseur de cœur, le compagnon d'Azaethoth le Petit et je vais te tuer, sinistre andouille.

Quand la queue de Tollmathan fouetta vers lui, Sloane para le coup en levant son épée. Au contact de la lumière des étoiles, la chair divine grésilla et brûla, des morceaux de peau se détachèrent, découvrant des muscles suintants de glaires.

Tollmathan hurla de douleur et se tordit. Sloane resta en position, son épée devant lui. Dès qu'il vit une ouverture, il trancha sans hésitation la longue lance de la queue griffue.

Tollmathan en resta figé de stupéfaction, il paraissait ne pas croire à ce qu'il voyait.

Alors, Sloane avança encore et lui planta son épée dans la poitrine.

En plein cœur.

Du sang noir jaillit et l'aspergea. Sans en tenir compte, Sloane s'acharna, il taillada le ver gigantesque encore et encore. Tollmathan finit par s'écrouler sur le sol, la terre trembla sous l'impact.

Sloane escalada le dieu abattu et continua son œuvre de destruction, le corps massif saignait de multiples entailles béantes, un gargouillement atroce émanait de la gorge tranchée.

Le silence retomba, assourdissant.

Le souffle court, les yeux fous, Sloane fixa un moment le cadavre.

Il avait réussi l'impossible.

Il avait tué un dieu.

Comme Abigail, la Tueuse d'étoiles, il avait abattu un immortel par amour.

Soudain, un éclair d'une puissance incroyable jaillit de nulle part et frappa le corps de Tollmathan, qui se dissipa dans une explosion lumineuse. Le souffle fut si fort que Sloane fut renversé. À peine sur le sol, il s'écarta prestement de l'endroit où Tollmathan avait disparu.

Il constata que son épée elle aussi avait fondu.

Que s'est-il passé au juste ? Se demanda-t-il, abasourdi et confus. Il ne s'attarda pas longtemps sur la question, il avait d'autres priorités.

Il se remit debout d'un bond, trébucha sous l'effet de la panique et courut comme un dératé.

— Loch ! cria-t-il. Merde !

Le magnifique dragon était allongé sur le côté, les ailes déchiquetées des suites tragiques de la bataille, du sang noir coulant des innombrables plaies de son corps affaibli.

Au son de la voix de son amant, le dieu blessé leva la tête.

Ah, Sloane...

— Oh, Loch ! Tu es vivant ! Que je suis content !

Il éclata en sanglots et se lova contre le corps palpitant, caressant d'une main aimante les épaisses mâchoires de la bête, ses joues et son nez.

Mon amour, tu es incontestablement un Briseur de cœur !

Sloane s'étrangla sur un rire, il secoua la tête et protesta :

— Je déteste les surnoms, tu le sais très bien !

Si tu m'embêtes, je t'appelle Chouchou ou Sucre d'Orge. Cela te va bien, tu as un goût délicieux.

Sloane retrouva son sérieux.

— Tollmathan est mort, murmura-t-il. Je n'ai pas trop compris ce qui s'est passé, mais j'ai vu ma mère. Elle était ici avec moi, elle m'a remis une épée de lumière et… j'ai tué Tollmathan avec elle.

Et la clé d'invocation ? souffla Loch.

— Elle est détruite, c'est fini pour de bon, cette fois. Nous pouvons rentrer à la maison ! Dis, peux-tu retourner dans le corps de Lochlain ? Ce serait plus facile pour nous déplacer.

Non, mon amour, c'est impossible.

— Pourquoi ?

En guise de réponse, Loch leva une aile, révélant une profonde plaie dans sa cage thoracique. Une blessure pareille aurait été fatale à un mortel, c'était évident. Loch n'y avait survécu qu'en puisant dans ses ressources divines.

Combien de temps durerait cette résilience ? se demanda Sloane, affolé. Il n'en savait rien.

Il posa un baiser fervent sur la joue de Loch, ses larmes coulant de plus belle.

— Je vais te guérir, tout ira bien, tu verras. Nous… nous nous accouplerons ! Je ferai tout ce que tu voudras !

Loch émit un son rauque, un rire peut-être. Il ferma les yeux et exhala un très long soupir.

Je suis désolé, mon amour, je suis trop faible. Je dois partir…

Sloane serra les poings.

— Non, non, non ! protesta-t-il éperdument. Tu ne peux pas t'en aller, tu es immortel ! Reste avec moi ! Je viens de tuer un dieu pour toi, merde, reste avec moi !

Il ne réalisa même pas l'incohérence de ses propos : si le dieu Tollmathan était mort sous ses coups, Loch, immortel ou pas, était également susceptible de disparaître des suites de son combat titanesque avec son aîné.

Loch leva la tête avec un doux feulement, il bougea son aile et serra Sloane contre lui. Tout ému de ce contact sans précédent, Sloane ferma les yeux et se blottit plus étroitement. L'amour et la passion bouillonnaient en lui comme une vague apaisante.

Je t'aime, Sloane Beaumont. Mon beau Briseur de cœur…

— Je t'aime aussi, Loch, murmura Sloane.

Quand sa voix se brisa, il s'accrocha à Loch de toutes ses forces.

À sa profonde consternation, il vit revenir l'éclair d'énergie qui avait emporté Tollmathan. Il sut alors ce qui allait arriver.

— Non, non, non ! supplia-t-il, affolé de chagrin.

Il ne put rien empêcher, bien entendu. Loch disparut, ne lui laissant que ses yeux pour pleurer et son cœur pour souffrir.

Sloane renversa la tête en arrière et hurla à s'en casser la voix. Il avait si mal, physiquement et émotionnellement, qu'il faillit perdre l'esprit. Il le souhaitait presque, la folie au moins l'aurait protégé de cette souffrance abyssale.

Un halètement derrière lui attira son attention.

Sloane sursauta et se retourna. Il vit Lochlain assis, qui se frottait les yeux, l'air hébété.

Sloane en vacilla de soulagement.

— Loch ! C'était encore une de tes plaisanteries de mauvais goût ? Non, mais quelle tarte ! Je devrais te tuer moi-même ! Ne me fais plus jamais une peur pareille !

— Qu'est-ce que tu racontes ?

Sloane se jeta sur lui, le plaquant presque au sol, et l'embrassa.

Le baiser ne dura que quelques secondes, le temps que Sloane comprenne que quelque chose n'allait pas. La bouche, chaude et humide, n'avait pas un goût mentholé, son contact ne faisait pas bouillonner le sang de Sloane.

Il s'écarta.

— Loch ?

Non, bien sûr que non, ce n'était pas son dieu adoré, c'était Lochlain Fields, le frère de Lynette.

Comment était-il possible qu'il soit revenu des étoiles ?

— Tu es Lochlain ? bredouilla Sloane, sans y croire vraiment.

Était-il devenu fou, après tout ?

Lochlain rougit légèrement.

— Oui, bien sûr. Pourquoi cette question ? Tu attendais quelqu'un d'autre ? demanda-t-il avec timidité.

Sloane recula.

— Euh, oui, en fait. C'est incroyable ! Tu es… tu es vivant !

— Je crois, oui, déclara Lochlain. Mais… je me sens bizarre…

Il regarda autour de lui et cligna des yeux.

— Où sommes-nous ? demanda-t-il encore. Que s'est-il passé ?

Sloane ne savait par où commencer. Il préféra s'enquérir d'un ton prudent :

— De quoi te souviens-tu au juste ?

Devant ce visage si familier, il gardait d'instinct le tutoiement et Lochlain ne paraissait pas s'en formaliser.

Le frère de Lynette fronça les sourcils et réfléchit.

— Eh bien, je me revois arriver chez moi, j'avais réussi ma tâche du jour, j'étais passé chez Robert… Une fois dans mon appartement, je me suis arrêté dans l'entrée… Ensuite, plus rien, le trou noir…

Ils sursautèrent tous les deux à un violent coup de klaxon.

Sloane se retourna quand le pick-up de Fred s'arrêta devant la maison de Kunst dans un crissement de pneus, en faisait voler les graviers de la cour.

Dès que la portière s'ouvrit, Lynette jaillit de l'habitacle comme une furie. Milo la suivait de près.

181

Mal à l'aise, Sloane agita la main.

— Euh… coucou.

— Slo, putain ! hurla Lynette. Où étais-tu ? Que s'est-il passé ?

Elle avançait d'un pas conquérant, le visage crispé de colère.

Une fois devant lui, elle changea de ton.

— Merde ! Qu'est-ce que tu as, tu es blessé ?

Sloane cligna des yeux.

— Comment m'as-tu retrouvé ?

— Je t'avais jeté un sort de surveillance dès le premier jour, car je me doutais que tu chercherais à me faire une entourloupette. Qu'est-ce que vous avez foutu, Loch et toi. Où étais-tu ? Quand je me suis réveillée, je ne t'ai vu nulle part pendant des heures. Tu es réapparu il y a peu.

Elle jeta à Loch un regard furibond avant d'enchaîner, railleuse :

— Et tu es toujours avec le dieu des menteurs, à ce que je vois ! Qu'avez-vous fait de Kunst ? Où est Tollmathan ? Vous avez réussi à éviter la fin du monde, on dirait ? Putain de merde, Slo, pourquoi es-tu couvert de sang ?

Perdu sous cette avalanche de questions, Sloane força un sourire et jeta quelques réponses :

— Kunst est mort, la clé a été détruite à temps, Tollmathan est mort aussi et Loch n'est plus Loch.

Sa voix se cassa.

Perplexe, Lynette secoua la tête.

— C'est quoi ces conneries ?

Fred était descendu de son pick-up avec un temps de retard, il fixait Lochlain d'un œil exorbité. Une fois remis de son choc, il se précipita et serra son ami contre son large torse.

Devant ce comportement inattendu, Lynette examina la situation avec plus de calme. Elle comprit aussi la vérité et resta figée de stupeur pendant plusieurs secondes.

Un dernier passager descendit enfin du camion, il approcha d'un pas hésitant, les yeux remplis de larmes. Il reniflait désespérément pour les empêcher de couler.

C'était le receleur, Robert Edwards.

Sans oser y croire, Lynette se tourna vers Sloane.

— Je ne rêve pas, croassa-t-elle. C'est bien Lochlain ?

Son frère répondit d'un ton gouailleur.

— Dis donc, Lyn, tu as forcé sur la bouteille si tu ne me reconnais plus ! Fred, grosse brute, arrête, tu m'étouffes !

Lynette poussa un hurlement strident.

— Lochlain !

Elle se jeta sur lui, l'arracha aux bras de Fred et couvrit son visage de baisers.

— C'est bien toi ! Tu es revenu ! Putain de merde !

Milo s'approcha de Sloane avec un sourire ému.

— Bravo ! Tout s'est bien passé, alors ? J'ai du mal à en croire mes yeux ! Belle réunion de famille ! C'est Azaethoth qui a ramené Lochlain parmi nous ?

— Je ne sais pas, marmonna Sloane.

— En tout cas, c'est un miracle ! s'exclama Milo avec entrain. L'humanité est sauvée, Lochlain est vivant, Lynette est heureuse. Tout est bien qui finit bien !

Sloane esquissa un sourire amer.

— Si tu le dis…

— Nous voulions vous donner un coup de main, tu sais. Au passage, nous avons embarqué Robert qui voulait venger Lochlain et bien entendu, comme la cavalerie dans un film classique, nous arrivons après la bataille !

Il s'interrompit et regarda autour de lui.

— Au fait, reprit-il plus lentement, où est Azaethoth ? S'il n'est plus dans le corps de Lochlain, c'est que… Sloane ! Que s'est-il passé ?

— Il a été grièvement blessé pendant la bataille, murmura Sloane d'une voix rauque. La clé d'invocation a été détruite, Tollmathan est mort, Kunst aussi et Loch… Azaethoth… est parti. Oh, Milo, c'est atroce ! Je l'ai vu disparaître !

Milo le prit dans ses bras avec affection.

— Je suis tellement désolé ! Tu avais des sentiments pour lui, je le sais, j'ai bien vu la façon dont tu le regardais…

— Je l'aimais, oui, avoua Sloane avec un soupir.

Il s'écarta, s'essuya les yeux et étudia ce qui se passait devant lui : Robert approcha Lochlain à pas lents et attendit son tour tandis que l'homme qu'il aimait passait de sa sœur à Fred, tous les deux à moitié délirants de joie et d'incrédulité. Ils ne cessaient de toucher Lochlain comme pour s'assurer ne pas être la proie d'un mirage.

Robert put enfin lui passer les bras autour du cou.

— Tu m'as tellement manqué ! sanglota-t-il.

Lochlain éclata de rire. Il prit Robert par la taille et demanda :

183

— Vous dites tous la même chose, mais je ne comprends pas. Que s'est-il passé ? Où étais-je ?

— C'est sans importance ! s'écria Robert. Tu es là, c'est tout ce qui compte. Je ne vais pas attendre une seconde de plus pour te dire… euh…

Il s'arrêta et rougit.

— Me dire quoi ? s'étonna Lochlain.

Robert inspira un grand coup et posa ses lèvres sur celles de Lochlain

Sidéré, le frère de Lynette réagit avec un temps de retard, mais quand il rendit à Robert son baiser, la passion flamba entre les deux hommes.

Troublé et attristé, Sloane détourna les yeux. Sa jalousie n'avait pas lieu d'être après tout, ce n'était pas Lochlain qu'il aimait, c'était Loch – une autre âme dans un corps identique. Pense à des jumeaux… s'admonesta-t-il.

Il sentit le regard de Lynette peser sur lui, mais il refusa de croiser ses yeux.

Le couple se séparait enfin.

— Robert ! bredouilla Lochlain. Je ne savais pas. Depuis quand…

— Longtemps, admit le receleur avec un petit rire tremblé. C'est de ma faute, j'aurais dû avoir le courage de te parler plus tôt. Je pensais avoir le temps… et puis, il y a eu le drame et… Tu comprends pourquoi je ne voulais pas gâcher ma seconde chance !

Ils s'embrassèrent encore.

Cette fois, Sloane préféra s'éloigner, le cœur serré d'entendre dans son dos le son de leurs baisers et de leurs mots d'amour échangés à mi-voix. Il marcha sans but, droit devant lui.

Où allait-il ? Il n'en savait rien, il voulait juste être seul, loin d'un corps et d'un visage qu'il n'avait plus le droit de toucher et d'aimer.

Je suis à toi, avait promis le dieu. *Pour toujours.*

Sauf que Loch était parti, il était mort.

En arrivant à la lisière de la forêt, Sloane s'effondra au pied d'un arbre et sanglota éperdument sur son bonheur perdu. Il avait eu si peu de temps pour profiter de son grand amour !

Sa gorge se serra, il crut qu'il allait vomir, ses plaintes devinrent rauques, frénétiques, tristes échos d'une douleur insupportable.

Sloane tressaillit quand une lourde main pressa son épaule. Il ouvrit les yeux et vit une énorme silhouette sombre dressée au-dessus de lui.

— Argh !

Fred tenta d'adoucir sa voix tonnante :

— Ce n'est que moi, petit, marmonna-t-il. Viens, je te ramène chez toi.

Sloane s'essuya le visage de sa manche.

— Je ne peux pas m'en aller ! protesta-t-il. Kunst est mort, sa maison est ravagée. Que vont dire les voisins ? Ou l'université quand il ne reprendra pas son poste à la fin de ses congés ? Ne faut-il pas faire quelque chose... ou prévenir la police ?

— Si. Milo s'en occupe. Ne t'en fais pas.

— Qu'est devenu le corps du pauvre Robert Dorsey que Tollmathan occupait ? Oh, mon Dieu !

Cette formule lui tira d'autres larmes amères.

— Sloane, insista Fred. Laisse Milo gérer tous ces détails. Tu as accompli plus que ta part, tu vas maintenant rentrer chez toi et prendre un repos bien mérité !

— Mais si tu me ramènes, comment vont faire les autres ? Ils sont tous venus avec toi !

Fred se mit à rire.

— Rien à foutre ! Ils appelleront un taxi, voilà tout. Je fais ce que je veux de mon pick-up !

Avec un soupir, Sloane se releva péniblement. Il tituba tant ses jambes tremblaient.

— Merci, Fred.

— Merci de quoi ? Je te dois beaucoup, tu m'as rendu la seule famille que j'aie jamais eue !

Hébété, Sloane suivit la goule jusqu'à son camion.

Quand il monta sur la banquette, il annonça :

— Aujourd'hui, j'ai tué un dieu, tu sais.

— Bravo, caïd ! lança Fred.

Le trajet jusqu'à Archersville et l'appartement de Sloane se fit en silence, Fred gardait les yeux sur la route et son passager, totalement apathique, appuyait sa tête contre la fenêtre.

Sloane ne s'était jamais senti aussi vacant.

Soudain, il tressaillit en réalisant avoir oublié de récupérer chez Kunst les preuves nécessaires pour clore le dossier du meurtre de ses parents. La police en aurait besoin ! Il lui faudrait retourner chercher le poignard et la confession signée du vieux professeur meurtrier par accident.

Une fois arrivé, Sloane remercia Fred de l'avoir raccompagné et monta chez lui d'un pas lourd. Il referma sa porte, arracha ses vêtements souillés de sang et se rua dans sa salle de bain. Il resta longtemps sous la douche, espérant que le jet brûlant le purifie et l'apaise.

185

Quand il sortit enfin, la peau fripée, le cœur toujours serré d'une angoisse insupportable, il se jeta dans son lit sans même se sécher et laissa couler ses larmes.

Il connaissait Loch depuis une semaine à peine et pourtant, il l'aimait comme on n'aime qu'une fois dans sa vie. Au fond de son âme, Sloane savait que, dût-il vivre très vieux, personne ne prendrait jamais la place de son dieu. Non, après ce qu'il avait connu dans les bras de Loch, un amour humain serait trop fade et inconsistant.

Bien que prêt à s'écrouler de fatigue, Sloane prit le temps d'allumer une bougie et de la poser sur sa table de chevet. Il resta un long moment à fixer la flamme. Pour la première fois depuis des années, il eut envie de prier. Aussi ferma-t-il les yeux et psalmodia-t-il :

— Grand Azaethoth, créateur de l'univers, c'est moi, Sloane. Vous me reconnaissez ? Vous m'avez donné tout à l'heure une épée de lumière pour empêcher Tollmathan, votre arrière-arrière-petit-fils, de tuer Loch, mon amour. En vérité, il s'appelle Azaethoth comme vous, alors, je trouve…

Un hoquet l'interrompit. Sloane déglutit péniblement.

Ranimé par une vague de colère, il reprit d'une voix vibrante d'indignation :

— Comment avez-vous pu le laisser mourir ? J'ai perdu mes parents, j'ai perdu mon amour ! Vous m'avez tout pris ! C'est lamentable ! Je veux que Loch revienne. Je me fiche de savoir comment, je me fiche qu'il prenne le corps du dernier des mendiants, je l'aime. Je l'aimerais même s'il reste un dragon ! Ça sera un peu plus compliqué pour faire l'amour, mais je suis certain que nous trouverons une solution !

Il écouta… Seul le silence lui répondit. Il perdit la tête.

— Assez ! hurla-t-il. J'en ai assez de prier sans être écouté, entendu. J'ai besoin de Loch. Je l'aime plus que tout au monde, il est la meilleure partie de moi-même, il est mon âme sœur, mon compagnon, mon ami le plus cher ! Je vous en prie, je vous en supplie, rendez-le-moi ! J'ai réussi à quitter Zebulon, vous savez, je peux y retourner et tout casser ! Réfléchissez-y avant de refuser ma requête !

Toujours aucune réponse.

Sloane s'éclaircit la gorge et conclut d'une voix misérable :

— Bon, d'accord, je vous adresse aussi mon respect, ma dévotion éternelle et tout le bla-bla-bla. Merde quoi !

Il se pencha avec l'intention de souffler la bougie. À sa grande surprise, la flamme s'éteignit d'elle-même. Suspicieux, Sloane fouilla l'obscurité autour de lui, la fenêtre était fermée, il n'y avait aucun courant d'air. Était-ce un signe, une réponse des étoiles ?

Si oui, que signifiait-elle au juste ?

— Loch ? demanda-t-il avec un espoir tremblant. Tu es là ? Tu m'entends ?

Le silence était assourdissant.

Le cœur brisé, Sloane tomba en arrière sur son oreiller. Pourquoi avait-il prié ? Jamais les anciens dieux n'avaient répondu à ses prières dans le passé, pourquoi le feraient-ils aujourd'hui ?

Malgré sa fatigue, Sloane ne parvint pas à dormir, son chagrin le dévorait vivant, ses entrailles étaient nouées, sa gorge douloureuse des larmes qui semblaient intarissables.

La nuit s'écoula lentement, péniblement, Sloane la vécut comme une longue agonie. Il alterna des périodes de désespoir absolu et de courts évanouissements qui n'étaient pas un vrai sommeil. Il eut des cauchemars éveillés qui ajoutèrent à son angoisse morale et à son malaise physique.

Quand les premières lueurs de l'aube éclairèrent les carreaux de sa fenêtre, Sloane découvrit avec consternation qu'une migraine atroce s'ajoutait désormais à ses autres maux. Furieux, il bourra son oreiller de coups de poing.

— Quelle vie de merde !

Un tentacule s'enroula autour de sa taille, un rire amusé lui chatouilla l'oreille.

— Briseur de cœur, mon amour, qu'est-ce que tu as ? Quelle étrange façon d'accueillir un nouveau jour ! Aurais-tu mal dormi ?

XIV

LOCH ? JE rêve, pensa Sloane.

— Remarque, reprit la voix de son amour défunt, si tu préfères rester au lit toute la journée, je n'y vois aucun inconvénient. J'ai même des tas d'idées pour occuper notre temps !

— Loch ! cria Sloane. C'est toi ?

Il se retourna et tâtonna le corps étendu derrière lui. Il claqua des doigts, la lumière inonda la chambre, ce qui lui permit de se repaître du beau visage souriant de son magnifique dieu penché sur lui. Sans oser y croire, Sloane se contenta d'ouvrir de grands yeux émerveillés.

Loch éclata de rire.

— Bien sûr que c'est moi ! Qui d'autre se trouverait dans ton lit à une heure aussi indue ?

Il se pencha et posa ses lèvres sur celles de Sloane. Le baiser avait un délicieux goût de camphre et de menthe.

Puis Sloane sursauta et repoussa Loch, les sourcils froncés.

— Comment est-ce possible ? demanda-t-il, méfiant. Tu ne peux pas être toi... Loch est mort. Et comme Lochlain est vivant, comment peux-tu occuper son corps ! L'aurais-tu volé ?

Surpris de ce réquisitoire agressif, Loch leva un sourcil.

— Volé ? s'offusqua-t-il. Je n'ai jamais volé le corps de mon fidèle adorateur, je te rappelle qu'il gisait la gorge tranchée quand j'ai répondu à ses prières. J'ai juste emprunté son apparence mortelle le temps de lui rendre justice. Et c'est de l'histoire ancienne. Quant à mon trépas, d'où te vient cette idée grotesque ? Toll ne m'avait pas ménagé et j'étais en mauvaise posture, je le reconnais. Je suis donc allé à Zebulon pour guérir plus vite. Avant de partir, je t'ai dit que j'étais très affaibli, non ?

Enragé, Sloane le martela de coups de poing

— Tu n'as pas été clair du tout ! J'ai cru t'avoir perdu, connard décérébré ! Je t'ai cru mort et je... Mmmph !

Loch l'avait fait taire en l'embrassant passionnément. Sloane fondit sous les caresses de son amant. Éperdu de reconnaissance, il savoura le contact familier de ces lèvres sur les siennes, de cette main flattant sa mâchoire, son cou, de ces tentacules enroulés partout…

Il s'agrippa aux solides épaules et noua ses jambes autour de la taille du dieu. Il l'embrassa avec plus d'ardeur encore.

Loch gloussa.

— Mmm, je devrais mourir plus souvent. C'est un excellent aphrodisiaque !

— Ne dis pas de bêtises, le tança Sloane. Embrasse-moi à la place !

Il haleta quand les tentacules lui arrachèrent ses vêtements. Il gémit ensuite, impatient de se rassurer définitivement en sentant le corps de Loch peser sur le sien, les divers appendices caresser son corps nu, le tentaqueue se planter en lui, revendiquant sa possession.

Il avait cru ne plus jamais jouir de la présence de son dieu !

D'un claquement de doigts, Loch se retrouva nu. Il sauta sur Sloane avec un cri enjoué. Enivré, Sloane passa les mains sur la poitrine de Loch.

Puis il se figea : quelque chose n'allait pas. Il étudia de plus près le corps pressé contre le sien. Oh, les épaisses cicatrices qui cachaient les tentacules divins étaient bien là, mais le tatouage avait disparu.

— Où est la Croix du Sage ? bredouilla Sloane, interloqué. Quel corps occupes-tu ? Ce n'est pas celui de Lochlain !

Loch ricana.

— Ce nouveau corps est à moi et à moi seul ! Lochlain a désormais besoin du sien, aussi Lynette en a-t-elle fait un autre pour moi. Et comme tu semblais apprécier ma précédente apparence, je l'ai gardée.

— Quoi ?

Loch leva les yeux au ciel.

— Tu es un peu lent de la comprenette ce matin, mon bel amour ! Lynette a essayé de t'en parler quand tu t'inquiétais tant de m'entendre lui promettre de rendre le corps de Lochlain pour ses funérailles, mais ensuite, Kunst est arrivé et la situation est devenue compliquée. Lynette pratique toutes sortes de magie, dont la nécromancie, et elle m'a fait cadeau d'une goule.

— Une goule, répéta Sloane, sonné.

Après sa nuit blanche, il avait du mal à raisonner avec cohérence.

— Oui, affirma Loch, très satisfait, un corps sans âme rien que pour moi.

— Mais… mais…

— Mais quoi ?

— Fred disait qu'une goule ne ressentait rien !

Loch esquissa un sourire ironique

— Une fois encore, je constate qu'être un dieu a certains avantages !

Abasourdi, Sloane effleura le visage de son amour d'une main qui tremblait.

— Je ne peux pas y croire… Je n'ai jamais pensé à cette solution…

Loch eut un clin d'œil suggestif.

— Je suis très heureux de ne pas devoir partager le corps de Lochlain, tu sais. Quand je me suis arrêté voir si tout allait bien pour lui, il était très occupé à sucer Robert 1er.

— Oooh, gémit Sloane, les pauvres ! Ils ont mis si longtemps à s'avouer leur amour, ne me dis pas que tu les as interrompus au moment fatidique ?

— Non, j'ai juste vérifié que mon fidèle s'y prenait bien.

Sloane poussa un cri outré.

— QUOI ? Mais enfin, Loch, c'est du voyeurisme, ça ne se fait pas ! Surtout avec des amis !

Loch fit claquer sa langue.

— Que les mortels sont pudibonds et coincés ! s'esclaffa-t-il.

Sloane se renfrogna.

— Attends un peu, pourquoi es-tu passé chez Lochlain avant de venir me retrouver ?

Sa voix vibrait d'outrage et de vexation.

Il s'exaspéra en voyant Loch sourire et l'embrasser sans exprimer le moindre remord d'un tel manque de considération.

Quand le dieu se redressa, il déclara :

— Mon cher amour, j'y étais obligé, car Lynette voulait le consentement de son frère avant de commencer le rituel de mon nouveau corps. Tant que Lochlain était mort, j'ai pu revendiquer son apparence mortelle sans sa permission, mais les circonstances avaient changé. Il devait être au courant que je serai désormais son jumeau. C'était la moindre des choses !

Sloane s'adoucit aussitôt.

— Puisque tu es là sous son aspect, je suppose qu'il a accepté ?

— Oui, dès qu'il a cessé de sucer Robert, il a pu parler, alors, il m'a remercié de l'avoir rappelé des étoiles. Il s'est montré très reconnaissant !

Sloane le regarda, pensif.

— C'est vraiment à toi qu'il doit sa résurrection ?

Loch sourit.

— Non. Cette magie-là n'appartient qu'à notre créateur à tous.

— Oh !

Loch afficha un air suffisant.

— Comme je te l'ai souvent dit et répété, je suis irrésistible. Figure-toi que mon arrière-arrière-arrière-grand-père a un préféré parmi ses descendants : moi !

Sloane sourit.

— Le Grand Azaethoth est intervenu pour répondre à ta demande, alors ?

Loch eut un petit rire chaleureux.

— Oui. Au fait, il t'apprécie beaucoup, tu sais. Il est très rare qu'un mortel menace de tout casser à Zebulon pour attirer son attention. Il te trouve un tantinet soupe au lait, mais il t'aime bien.

Sloane piqua un fard.

— Comment sais-tu ce que j'ai dit ? M'aurais-tu entendu ?

— Je t'écoutais, mon bel amour, je ne faisais même que cela. Je m'emmerdais à cent sous de l'heure pendant ma convalescence, j'étais impatient de retourner vers toi. En plus, j'adore quand tu es agressif. J'avais une méga trique !

Pris d'un nouvel accès de colère au rappel de son désespoir, Sloane frappa Loch à la tête.

— Obsédé ! Andouille ! Dégage ! Je ne veux pas que tu me touches !

Loch éclata de rire.

— Hé, cela n'est pas du tout ce que tu m'as promis ! Attends, je te cite : « nous nous accouplerons ! Je ferai tout ce que tu voudras ! »

— Dieu que tu es crispant quand tu t'y mets !

Pourtant, Sloane ne put retenir un sourire et sa colère se dissipa aussi vite qu'elle était venue. Par principe, il se sentit tout de même tenu d'ajouter :

— C'est très impoli d'écouter les prières qui ne te sont pas destinées !

Loch afficha un air gourmand.

— Mais tu disais de si belles choses à mon sujet !

Sloane rougit, gêné d'avoir révélé le secret de son cœur.

— J'ai changé d'avis ! mentit-il.

Loch ne le crut sans doute pas, car ses yeux verts restèrent lumineux, son sourire éclatant et confiant.

— Les dieux prient aussi, confia-t-il à mi-voix. Le savais-tu ?

Sloane lui jeta un regard sceptique.

— Peuh ! Qui les dieux prieraient-ils ? Eux-mêmes ?

— Parfois oui, murmura Loch. Parfois, nous prions le Grand Azaethoth, parfois, nous prions une puissance qui nous dépasse sans trop savoir si elle existe vraiment. J'ai eu peur, tu sais, vraiment très peur…

Sa sincérité s'entendait dans sa voix. Sloane se blottit contre lui.

— De quoi ? De mourir ?

— Non, de t'avoir perdu. Alors, j'ai prié. J'ai prié ma sœur, le Grand Azaethoth et tous ceux qui étaient susceptibles de m'entendre de m'écouter et de m'aider à retrouver mon amour. Oui, je voulais plus que tout au monde rejoindre celui qui m'était destiné.

— Oh, Loch !

Sloane savoura ce tendre aveu quelques secondes, puis il fronça les sourcils et toisa son amant d'un air sévère.

— Quoi ? s'étonna Loch.

— Rien. J'attends juste que tu gâches ce moment de tendresse, comme tu le fais toujours. En général, après chaque envolée lyrique, tu retombes dans le sexuel !

Loch éclata de rire.

— Tu crois ? Ce n'était pas mon intention, mais je serais navré de te décevoir, alors…

Son tentacule chatouilla Sloane à un endroit sensible.

Sloane se débattit en riant.

— Tu es impossible ! Arrête !

Loch déposa une pluie de baisers sur son visage hilare.

— Je suis juste follement amoureux de toi et tes promesses d'un accouplement torride me hantent depuis des heures.

Sloane gloussa, il attira Loch et l'embrassa à son cœur content, heureux de savourer leurs retrouvailles après cette épouvantable nuit d'angoisse.

Ils gémirent ensemble, chacun savourant le goût de l'autre et leur merveilleuse alchimie. Sloane caressa le nouveau corps de Loch, soulager de constater son dieu appréciait visiblement ses caresses.

Bien entendu, la passion flamba entre eux, leurs habits disparurent un par un – sans magie cette fois, parce que Sloane trouva bien plus excitant de faire soupirer d'impatience son divin amant.

Rentrant dans le jeu, Loch mordilla le ventre de Sloane et un de ses tentacules sexuels joua avec sa queue à travers son caleçon.

Sloane bandait comme un malade. Il se mit à crier :

— Loch, s'il te plaît, prends-moi… j'en ai besoin !

— Un peu de patience !

Usant de ses tentacules pour l'assister dans sa torture, Loch se mit à masser les cuisses de Sloane, sans cesser d'exciter sa queue.

Il déchira le caleçon de Sloane et fit disparaître ce qui restait de leurs vêtements respectifs.

Sloane grogna de frustration. Quand il vit flotter à portée de sa main un tentacule sexuel, il l'attrapa prestement et s'empressa de jouer avec l'ouverture.

Loch eut un sursaut surpris.

— Argh !

Sloane éclata de rire.

— Ah, on fait moins le mariole, hein ? Que la vengeance est douce !

Il ne put en dire plus, car il engouffra le tentacule dans sa bouche et le suça avec avidité, savourant le nectar au goût sucré qui perlait du méat. Il libéra ensuite l'appendice et pointa la langue pour le titiller de loin.

— Sloane ! menaça Loch.

— Un peu de patience ! lança Sloane d'un air de défi.

Loch lui lança un regard calculateur.

— J'ai failli mourir, tu n'as pas le droit d'être aussi cruel avec un convalescent.

Sloane mordilla le tentacule avant de répondre.

— Convalescent ? Mon cul ! Tu m'as stupidement laissé croire à ton trépas, alors, ne viens pas te plaindre de ma cruauté !

— Puisqu'on parle de ton cul…

Les yeux divins brillaient de désir. D'un geste insistant, Loch pressa son tentacule contre la bouche de Sloane.

— Qu'est-ce qu'on dit ? susurra Sloane, espiègle.

— S'il te plaît, gémit Loch.

— Bon, d'accord.

Dès qu'il commença sa fellation, l'autre tentacule de Loch engloutit son sexe. Avec un cri strident – et à moitié étranglé par son bâillon de chair divine –, Sloane décolla les hanches du lit et renversa la tête en arrière.

— Oh, putain ! Que c'est bon !

Il sut que son orgasme allait être rapide et explosif, il sentait déjà la pression monter aussi chez son amant.

Loch se pencha sur lui et posa des baisers sur sa gorge qui s'activait.

— Que tu es beau, mon amour ! Jouis maintenant, jouis pour moi…

193

Les yeux larmoyants, le souffle court, les mâchoires douloureuses, Sloane obtempéra. Il se tordit, agité de spasmes extatiques, et Loch le garda serré contre lui pendant toute la durée de sa jouissance.

Sous ses tendres attouchements, Sloane sentit un autre orgasme suivre de très près le premier. Il cria encore et griffa avec frénésie le dos de Loch, s'étouffant presque sur le sperme qui giclait dans sa bouche. Il parvint à tout avaler avec des râles de bonheur.

Quand les tentacules le lâchèrent enfin, Soane eut un sourire repu.

— Waouh !

Loch sourit, à la fois amusé et attendri.

— Tu as aimé ?

Sloane hocha la tête.

— Beaucoup, mais ne crois pas que je t'ai totalement pardonné.

— Je vais donc devoir faire plus d'efforts, susurra Loch.

Le tentaqueue glissait déjà le long de sa cuisse.

— Mmm, gloussa Sloane, tu as des arguments massifs. Voilà qui semble très prometteur !

Sur une impulsion, il roula sur le côté et présenta son cul à Loch.

— Vas-y, ajouta-t-il. Prends-moi. Je suis prêt.

— Dans cette position ? s'étonna Loch.

Il se colla au dos de Sloane et mordilla son épaule.

— Oui.

Sloane renversa la tête avec un sourire d'invite. Deux des tentacules de Loch lui écartèrent les jambes, le tentaqueue caressa ses fesses, s'insinua entre elles, chercha l'ouverture et sonda en douceur.

— Oh, Loch ! gémit Sloane. S'il te plaît, prends-moi…

Des bras puissants l'enserrèrent, une bouche se posa sur ses cheveux.

— Bien sûr, mon amour.

Loch haletait un peu, totalement concentré sur une pénétration lente qu'il voulait sans douleur. Le tentaqueue plongea centimètre par centimètre dans le cul de Sloane, brûlant et délicieusement serré.

Sloane serra les dents tout en cherchant à se détendre, à s'habituer à cette plénitude, à cette pression presque difficile dans son intensité.

— Mmmph, oui, c'est bon !

Loch se balança d'avant en arrière, son énorme appendice s'enfonçant en peu plus à chaque poussée.

Ses coups de boutoir étaient scandés par les cris et gémissements de Sloane, complètement perdu dans un monde de sensations. Il finit par manquer d'oxygène et sanglota éperdument.

La bouche de Loch était partout sur sa gorge et son oreille, ses autres tentacules l'enveloppèrent dans un cocon apaisant, permettant à ses jambes de s'ouvrir davantage et la pénétration en devint encore plus jouissive.

Très vite, Sloane perdit la notion du temps. Il surfait d'un orgasme à l'autre sous les attentions d'un tentacule ou des mains de Loch. Il était enivré de plaisir, son cul palpitait, ses entrailles étaient en feu, c'était divin !

Soudain, Loch le fit changer de position. Sloane se retrouva à quatre pattes, les reins surélevés.

À genoux derrière lui, Loch le pilonnait avec ardeur.

— Oh, que j'aime la vue que j'ai de toi ainsi !

Sloane griffait le matelas. Le tentaqueue lui paraissait encore plus gros sous cet angle de pénétration.

— Oh, putain, gémit-il. Je t'aime, Loch !

— Je t'aime aussi. Sloane, mon amour ! Dis mon nom !

— Azaethoth !

À peine avait-il crié que l'immortel jouissait en lui, si abondamment que son foutre divin coula du corps de Sloane et se répandit sur le lit.

Loch continua ses va-et-vient jusqu'à avoir épuisé la dernière goutte de son plaisir. Même Sloane jouit une dernière fois.

Quand ce fut fini, il s'effondra à plat ventre sur ses draps, épuisé.

Ravi, Loch parsema son corps moite de baisers.

— C'était un bel accouplement, je dirais !

— Mmm.

Pendant un moment, Sloane n'eut plus de voix, il savoura ce nirvana post-coïtal. Puis il se ranima en constatant que Loch cherchait sa bouche. Il tourna donc la tête pour rencontrer ses lèvres.

Loch retomba sur le lit, étalé et repu, Sloane se retourna et se blottit contre lui.

— Je suis tout poisseux, remarqua-t-il.

Sans paraître s'en soucier, Loch se serra contre lui et l'embrassa.

— Tu as été dément ! souffla Sloane enamouré.

Loch eut un sourire arrogant.

— Je sais, mais la vraie merveille dans ce lit, c'est toi, mon amour.

Modeste de nature, Sloane piqua un fard devant ce compliment énoncé avec tant de passion.

— Vil flatteur !

Libéré des tentacules de Loch, Sloane étendit ses jambes avec prudence. À sa grande stupeur, il constata que les blessures reçues la veille chez Kunst avaient toutes disparu. Quant à sa migraine, elle s'était dissipée à la seconde même où il avait trouvé Loch dans son lit.

— Mmm, ce nectar divin est une vraie source de jouvence ! Je me sens en pleine forme !

— On peut remettre le couvert si tu veux, suggéra Loch, l'œil allumé.

Sloane protesta en riant.

— Non, non, contrairement à toi, je ne suis qu'un simple mortel, j'ai donc besoin d'une pause et d'une collation.

Après réflexion, il pencha la tête et demanda timidement ;

— Dis, Loch, est-ce que ce sera toujours comme ça ?

— Tu parles de nos ébats passionnés ?

— En partie, oui, mais je parlais aussi de nous. Je t'aime, je suis follement heureux d'être avec toi, mais comme je viens de le dire, je suis mortel, je vais mourir d'ici quelques années. Je… euh, l'idée de te quitter me rend triste…

Loch secoua la tête.

— Tu ne mourras pas, affirma-t-il. Notre amour sera aussi légendaire et éternel que celui de Zunnerath et d'Abigail.

— Comment est-ce possible ? s'étonna Sloane.

Loch eut un sourire confiant.

— Quand tu seras prêt, je t'aiderai à te transcender, expliqua-t-il. Tu renaîtras immortel et nous vivrons notre éternité à Zebulon, la ville des dieux.

— Quoi ? Non, j'ai une vie qui me plaît à Archersville ! protesta Sloane. Qu'y a-t-il à faire à Zebulon à part baiser et dormir ? Je trouve cette ville morte tout à fait sinistre, pour être franc !

Loch gloussa.

— Tu n'en as vu qu'une toute petite partie, celle qui est accessible à un mortel. Et dormir a des possibilités infinies quand on apprend à maîtriser le rêve. Nous irons rendre visite à tes parents, nous pourrons faire tout ce que tu veux. Mais rien ne presse. Nous attendrons le temps qu'il faudra pour que tu te décides, après tout, nous avons l'éternité devant nous.

— Pour le moment, insista Sloane, je veux savourer notre victoire : nous avons empêché le réveil de Salgumel, sauvé le monde et retrouvé l'assassin de Lochlain.

— Et ramené mon fidèle adorateur d'entre les morts, ajouta Loch.

— Et j'ai résolu le meurtre de mes parents.

— Tu as aussi immolé leur assassin.

— À ce propos, il me reste à apporter à la police les preuves de la culpabilité d'Emil Kunst afin de clore définitivement le dossier.

En disant ces mots, Sloane soupira et ferma les yeux. Il avait très sommeil.

— Tu sembles soucieux… s'inquiéta Loch.

Quelques-uns de ses tentacules prirent Sloane par les épaules.

— Non, ça va. C'est juste… je n'ai aucune envie de retourner chez Kunst, il le faut pourtant.

— Non, dit Loch, je me suis déjà occupé de tout quand j'ai nettoyé la maison.

Sloane sursauta, ses instincts d'ancien policier s'alarmant.

— QUOI ? Tu as touché à une scène de crime ? Pourquoi ?

— Je ne tenais pas à ce que des mortels aient à traiter un nouveau cas de « rituel ayant mal tourné. » Emil Kunst était un Sage, cela ferait très mauvais effet et les Lucians s'en gausseraient. Le sournois professeur et Robert Dorsey deviendront de simples cas de personnes disparues, une banalité que la police oubliera très vite. Ton ami poilu, notre nouveau converti, apportera au dossier de tes parents les preuves laissées par le professeur, ce qui suffira amplement à justifier qu'il ait fui la justice.

Après un temps de silence, Loch ajouta :

— Je voudrais surtout savoir si le fait d'avoir tué Kunst te tourmentait, mon amour.

Sloane cligna des yeux et pesa sa réponse.

— Je ne sais pas. Je ne ressens ni tristesse ni colère, juste une sorte d'engourdissement. Après avoir rêvé pendant des années de tuer le coupable, l'avoir fait ne m'apporte pas la sérénité que j'avais envisagée. C'était un accident, d'accord, mais Kunst a quand même gâché ma vie. Je ne comprends pas pourquoi j'ai tant hésité à lui planter un poignard dans le cœur… Il a presque dû me forcer la main. Et après, j'ai failli vomir. Je me sens si faible, si idiot !

— Non ! Le respect de la vie humaine est une qualité, pas une faiblesse. Et la haine est avant tout destructrice. Tu es intègre, Sloane Beaumont, tu as le cœur pur. Et tu sais aimer avec tant de passion que le Grand Azaethoth lui-même t'a mis dans les mains son épée de lumière, la seule arme capable d'abattre un dieu.

Sloane hocha la tête et ravala ses larmes.

— Je suis un peu triste pour Tollmathan, avoua-t-il d'une toute petite voix. Il a dû se sentir abandonné, seul au monde... Je sais ce que c'est. Quelque part, je comprends qu'il ait rêvé de retrouver le passé, le temps du bonheur.

Loch posa un baiser sur son front.

— Tu vois ? Tu éprouves même de l'empathie pour ceux qui ont cherché à te tuer ! Ah, tu es un être d'élite, Sloane Beaumont !

— Ne dis pas de conneries ! aboya Sloane. Je suis moi, c'est tout.

— Je sais, et je te trouve magnifique, insista Loch.

Cessant de lutter, Sloane s'abandonna à l'étreinte de Loch, émerveillé une fois de plus de l'étonnant sentiment de sécurité qu'il ressentait.

Les tentacules de Loch le serrèrent un peu plus.

— Et si on s'accouplait ? proposa l'immortel, d'une voix tentatrice. Les endomorphines, c'est bon pour le moral.

Sloane eut un rire étranglé.

— Merde, tu es insatiable ! Je voulais savourer ce moment de quiétude !

— Tu savourerais encore plus que je te fasse l'amour, insista Loch.

— Mais j'aime être dans tes bras ! rugit Sloane.

— Moi, j'aime te remplir le ventre de ma semence !

Cette discussion était tellement ridicule que Sloane éclata de rire.

Ravi de l'avoir déridé, Loch posa un baiser sur ses doigts.

— Tu m'aimes encore, Sloane ?

— Bien sûr, je t'aime même quand tu te comportes en irresponsable !

— Irresponsable ou divin, je suis tout à toi, promit Loch avec passion, Pour toujours.

Sloane sourit.

— Pour toujours ? D'accord, ça me plaît beaucoup.

XV

Trois mois plus tard

— BIENVENUE À tous, famille, amis et proches…

La voix claironnante de la prêtresse résonnait haut et clair parmi les arbres.

—… nous sommes réunis ici aujourd'hui pour être les témoins de l'union de deux âmes qui n'en formeront plus qu'une. Nous allons célébrer Lochlain et Robert parce que l'amour est la plus puissante des magies, le plus beau des cadeaux que nous ont offerts les dieux.

Loch marmonna à l'oreille de Sloane :

— LES dieux ? C'est moi qui ai quasiment tout fait pour rapprocher ces deux-là !

Lové contre Sloane, il affichait de façon éhontée leur intimité aux yeux de tous.

— Chut, gloussa Sloane.

Il s'agita sur son siège, un peu gêné d'être au premier rang. Loch avait insisté pour avoir les meilleures places et personne n'avait tiqué. De toute évidence, les invités le prenaient pour le jumeau d'un des mariés.

Sloane faisait de son mieux pour s'assurer que Loch se comporte avec dignité, ce qui compte tenu de sa nature à la fois autoritaire, espiègle et sarcastique, n'était pas tâche facile.

La prêtresse avança pour lier les mains des mariés.

— Le mariage est un lien sacré, il ne faut pas le prendre à la légère, déclara-t-elle avec feu. C'est l'ultime expression de l'amour que nous portent les dieux.

— Je verrais davantage l'ultime expression de mon amour pour toi comme une nuit passée devant la télé à regarder une émission culinaire – *Hell's Kitchen* par exemple – en boulottant de la crème glacée à même ta peau nue.

Sur ces paroles osées, Loch pointa la langue et lui effleura le lobe de l'oreille.

Sloane piqua un fard.

199

— Loch ! Arrête ! Tu me fais honte !

Derrière eux, une vieille femme maugréa sévèrement :

— Chut !

Sloane se retourna pour s'excuser, avant de fusiller Loch d'un regard sombre. Il espéra avoir un moment de calme jusqu'à la fin du rituel.

La prêtresse déclamait toujours :

— Le mariage est comme un temple, on y entre avec respect, le cœur humble et les mains ouvertes.

Sloane cessa d'écouter parce que Loch continuait à geindre :

— C'est d'un nul ! Je suis sûr qu'il n'y aura même pas d'orgie…

— Loch !

— Je n'ai jamais vu de mariage aussi ennuyeux !

— Chut, voyons, protesta la vieille dame.

— Loch, tais-toi, le supplia Sloane, avec un rire nerveux. Tu nous fais remarquer. Tu es insupportable !

Loch afficha un air faussement offensé.

— Moi, insupportable ? Je connais les traditions, il me semble ! Ils devraient tous être nus, les mains pleines d'offrandes pour les dieux. Et où en sont les préparatifs du festin ? Je ne vois aucune chèvre prête à être rôtie ! Où est le brasier sacré ?

— Loch ! cria presque Sloane.

— Ce mariage est un désastre !

La vieille dame, très en colère, paraissait prête à leur taper dessus.

— Mais taisez-vous enfin, petits malappris !

Loch tourna la tête et lui tira la langue. Sous le choc, la vieille harpie ouvrit la bouche et perdit son dentier. Il tomba bruyamment dans l'herbe à ses pieds. Elle hurla d'horreur et se précipita pour le ramasser.

Loch fit un clin d'œil. Sloane plaqua une main sur sa bouche pour ne pas rire.

— Loch ? C'est toi qui… Tu es un cas !

— Non, je suis un dieu, corrigea Loch, béat.

— Tu es un cas divin alors, ricana Sloane.

Loch le toisa avec indignation.

— Tu es vraiment exigeant, Briseur de cœur ! Je fais de gros efforts pour être parfait !

— Ben voyons ! s'esclaffa Sloane.

Il attira Loch contre lui pour l'apaiser – et le faire taire.

À son grand soulagement, la cérémonie prenait fin et la prêtresse recommandait enfin à la foule de féliciter les nouveaux mariés.

Tout rougissant, Lochlain embrassa passionnément Robert sous un concert d'acclamations et d'applaudissements.

Même Loch participa.

Il fut le seul invité à rester assis quand le nouveau couple, main dans la main, descendit l'allée centrale, ce qui lui valut des regards étonnés. Ceux qui le connaissaient s'empressèrent de décourager les questions.

Le mariage avait eu lieu dans une petite clairière de la forêt située sur la propriété de Kunst. Dans son testament, le vieux professeur avait laissé à Sloane toutes ses possessions terrestres.

Sloane s'était aussitôt demandé si Loch n'était pas intervenu en inventant un legs de dernière minute, mais peu importait, car il ne comptait pas garder cet héritage.

Le dossier de la disparition de Kunst, pour une raison étrange, avait très vite été classé, aussi Sloane avait-il offert la propriété à Lochlain et Robert. L'endroit avait pour eux une valeur sentimentale : c'était dans cette clairière que Lochlain avait ressuscité et qu'ils s'étaient avoué leur amour.

Quand Sloane apprit que le rituel du mariage aurait lieu là où le couple avait échangé son premier baiser, il ne fut pas du tout surpris.

En joyeuse farandole, les invités suivirent les jeunes mariés jusqu'à la maison pour la réception. Sloane resta à la traîne avec Loch.

Devant lui, il vit Lynette glisser la main derrière Milo et lui pincer la fesse, ce qui incita chez son meilleur ami un rire chatouillé et un rougissement. Non loin de là, Fred tenait la main d'un jeune blond au sourire timide, Elliot Brown, son docteur goule.

Sloane sourit, heureux de voir ses amis en couple. L'avenir pour eux tous s'annonçait radieux et plein de promesses.

Une fois dans la maison, les invités envahirent les pièces de réception et les bouteilles de champagne défilèrent. Les murs et les lustres étaient décorés d'épaisses couronnes de jonquilles et d'iris, des fleurs appréciées pour leur symbolisme : renaissance et renouveau. C'était d'autant plus qu'approprié qu'un des mariés avait été ramené d'entre les morts trois mois plus tôt.

Le salon avait été converti en piste de danse, une musique douce qui incita Lochlain à ouvrir le bal avec Robert.

Sloane s'attarda quelques instants à les regarder. Quand il vérifia autour de lui, il s'inquiéta en constatant que Loch avait disparu. Il n'avait pas prévu de le laisser sans surveillance, anxieux des bêtises que son dieu était capable d'inventer.

Il scruta donc la foule et arpenta les pièces du rez-de-chaussée. Il finit par trouver Loch occupé à fouiner dans les cadeaux de mariage entassés sur une table.

À la consternation de Sloane, un long tentacule repoussait le papier d'emballage d'une des plus grosses boîtes tandis que Loch essayait discrètement d'en vérifier le contenu.

— Cache ce tentacule ! l'admonesta Sloane. Tu ne peux pas te révéler au public, fut-il averti, tu risquerais de provoquer une émeute due soit à la panique, soit au fanatisme de tes fidèles les plus zélés. Nous en avons parlé, rappelle-toi !

Loch se renfrogna et rétracta son appendice.

— Personne ne me regarde ! geignit-il. Et je me demande qui peut avoir besoin d'un ridicule grille-pain ! Toutes ces offrandes sont sans valeur !

Sloane le fixa, bouche bée.

— Ne me dis pas que tu envisageais de faire main basse sur les cadeaux de mariage ! Sérieusement ?

Loch s'empressa de prendre l'air innocent.

— Non, répondit-il un peu vite, je regardais par curiosité, c'est tout. Je veux que le mariage de ces chers Lochlain et Robert soit parfait. Je m'assurais donc qu'il n'y avait rien là-dedans de potentiellement dangereux, comme une bombe, un objet maudit empêchant le couple de copuler, un animal à fourrure susceptible de se multiplier en une horde de petites créatures meurtrières dès qu'il est exposé à l'eau, des choses comme ça

Sloane gloussa.

— Tu regardes beaucoup trop la télé ! Je vais devoir cacher la télécommande et instaurer un contrôle parental sur le câble.

Loch se mit à bouder.

— Hmph, je m'ennuie quand tu travailles toute la journée !

Sloane posa un baiser sur sa joue.

— Tu pourrais apprendre à faire le ménage, la cuisine, la lessive, suggéra-t-il, tentateur. Ou encore lutter contre la faim dans le monde et apporter la paix aux humains.

— Peuh ! Je veux des trucs amusants ! Pourquoi t'obstines-tu à refuser que je t'assiste dans tes enquêtes ? Tes clients m'adorent !

Sloane le toisa sévèrement.

— Tu passes ton temps à les voler !

— Pas tous ! s'indigna Loch. Et je rends toujours ce que j'ai emprunté !

— Seulement quand je te prends en flagrant délit.

— Et alors, qu'est-ce que ça change ? C'est l'intention qui compte.

Un bruyant groupe d'enfants passa en courant devant eux, riant et chahutant, et fonça vers la cuisine.

Une petite fille en larmes resta toute seule à la traîne. Elle avait des petites tresses toutes raides de chaque côté de sa tête et sa bouche se plissait dans une moue désolée. Elle regardait l'intérieur d'un tube en plastique qu'elle tenait à la main.

Devant son désarroi manifeste, Loch changea d'attitude. Oubliant son attitude hautaine et narquoise, il s'accroupit devant l'enfant et demanda gentiment :

— Qu'est-ce qui ne va pas, petite ?

Elle se frotta les yeux et tendit son tube vide.

— Mes bulles, répondit-elle tristement, j'ai renversé mon tube et les autres se sont moqués de moi. Et maman a dit que c'était de ma faute, parce que j'étais mada… maladroite !

Loch lui fit un clin d'œil.

— Regarde, c'est arrangé !

Éberluée, la fillette vit son pot se remplir, comme par magie.

— Oh ! Merci, monsieur !

— Ce sont des bulles magiques, déclara Loch, elles ne s'épuiseront pas avant que… toutes les étoiles du ciel ne s'éteignent.

Sans l'écouter, la petite trempa dans son tube un petit cercle de plastique monté sur un long manche, elle souffla et admira un flot de bulles multicolores. Elle éclata d'un grand rire heureux, son chagrin oublié.

Elle se jeta sur Loch, toujours accroupi, et l'embrassa sur la joue.

— Merci, monsieur ! Merci beaucoup !

Elle s'éloigna d'un pas dansant.

Loch se releva avec désinvolture et croisa le regard enamouré de Sloane.

— Quoi ?

— J'adore te voir interagir avec les enfants ! Tu es tellement adorable !

Ensemble, ils regardèrent la petite fille qui soufflait des bulles de savon dans toute la maison.

— Tu es parfois si gentil ! soupira Sloane.

— Quand ça me plaît, fanfaronna Loch, je suis un dieu, je fais ce que je veux.

La musique changea, un air très doux et entraînant retentit dans le salon. Sloane tourna la tête avec un sourire.

— M'accorderais-tu cette danse, Sloane Beaumont ? chuchota Loch.

Sloane reporta sur lui son attention, Loch était incliné, la main sur le cœur, un sourire coquin aux lèvres.

— Arrête de faire le clown ! On nous regarde !

— Alors, danse avec moi !

Sloane hésita.

— Tu promets d'être sage ?

— Bien sûr ! Tu me connais !

— Justement ! s'esclaffa Sloane.

Loch le prit par la main et l'entraîna sur la piste de danse. Il se mit à tournoyer à un rythme endiablé et Sloane, avec un éclat de rire, s'accrocha à son cou.

— C'est un slow ! protesta-t-il. Pas une valse !

— Ah, d'accord.

Cette fois, Loch suivit la musique et tourna lentement sur lui-même, plus préoccupé par le fait de serrer son amant contre lui que de choquer les autres invités.

Sloane eut un sourire enivré, étonné de constater combien sa vie avait changé en quelques mois. Chaque matin, il s'éveillait avec un dieu dans son lit, il partageait sa vie avec lui, depuis les banales tâches domestiques – trier les chaussettes du bac à linge, faire la cuisine… – jusqu'à d'incroyables aventures magiques, comme explorer des endroits désertés par les dieux que Loch voulait revoir avec lui. Contrairement aux dires de Loch, ils enquêtaient souvent ensemble et aidaient des personnes en quête de réponses.

Oh, bien sûr, Sloane devait parfois intervenir pour rappeler à son dieu lunatique et capricieux que vivre dans un monde des mortels impliquait de suivre certaines règles de courtoisie.

Ce n'était pas toujours une vie facile, mais Sloane ne l'échangerait contre rien au monde.

— Cette piste est merdique, déclara Loch. Un jour, je danserai avec toi sur un sol fait d'étoiles tombées et de comètes brisées.

Avec un soupir où l'amusement se mêlait à l'exaspération, Sloane posa la tête sur l'épaule de Loch et ferma les yeux

— Ce qui compte pour moi, c'est d'être dans tes bras. Le reste est accessoire. Je suis très bien.

— D'accord, souffla Loch. Je ne dis plus rien. Pour le moment…

La musique s'était arrêtée, ils ne l'avaient même pas remarqué.

— Je peux vous emprunter Sloane ? demanda une voix timide.

— Non, feula Loch.

— Ne sois pas idiot, c'est le marié, il a tous les droits ce soir.

Sloane releva la tête et sourit à Lochlain qui l'invitait à danser. Il se dégagea des bras de Loch et, pour distraire son attention, il ajouta :

Regarde, ta petite amie a de nouveau des soucis. Occupe-toi d'elle, veux-tu ? J'en ai pour peu de temps.

La mine sombre, Loch jeta un coup d'œil par-dessus son épaule. Effectivement, la petite fille pleurait encore, elle semblait avoir perdu son flacon magique.

Les yeux brillants de suspicion, Loch s'élança vers elle.

— Ça va barder ! gronda-t-il.

Lochlain le suivit du regard, l'air inquiet,

— Que fait-on, à ton avis, Sloane ? demanda-t-il à mi-voix. On va veiller au grain ?

Sloane hésita.

— Non, je crois que c'est inutile pour le moment. Viens, dansons.

Ils firent quelques tours en silence, puis Lochlain se lança :

— Je voulais te parler depuis un bout de temps… et aussi m'excuser.

— De quoi ? s'étonna Sloane.

Lochlain lui adressa un clin d'œil.

— J'avais promis de te téléphoner pour t'inviter à sortir, je crois que cela n'arrivera pas. Mon mari n'approuverait pas.

Sloane éclata de rire.

— Ton jumeau encore moins, je te le garantis !

Lochlain baissa la voix pour dire :

— Est-ce que tu crois au destin, Sloane ? Si je ne m'étais pas arrêté te parler, tu ne m'aurais pas donné ta carte et Azaethoth ne serait pas allé t'engager pour résoudre mon meurtre. C'est drôle non, quand on y réfléchit ? Toute cette succession d'événements ahurissants qui découlent d'une simple rencontre…

— Oui, nous nous sommes connus à une fête de Dhankes et nous voilà ensemble à célébrer un autre rituel : ton mariage… avec Robert.

— J'ai tellement de chance de l'avoir ! Il m'a fallu mourir pour réaliser que l'amour dont je rêvais était juste devant moi depuis des années ! C'était écrit dans les étoiles !

Lochlain secoua la tête sans cacher sa joie profonde. Son regard vert fouilla la foule et se posa, enamouré, sur l'homme de sa vie, occupé à faire danser un parent âgé.

Sloane acquiesça avec un sourire ému.

— Ou alors, c'était la volonté des dieux, rétorqua-t-il. Ils agissent parfois de façon tortueuse pour arriver à leurs fins.

À son tour, il scruta la foule pour retrouver Loch. Agenouillé près de la petite fille, il lui rendait son tube de bulles. Il l'avait donc retrouvé ! Ému, Sloane sourit en voyant l'immortel chuchoter à l'oreille de la fillette. Elle éclata d'un rire argentin.

Il était amoureux, décida-t-il, tout heureux. Comme le jeune marié.

Il sursauta et poussa un cri étranglé : Lochlain le serrait contre lui dans une étreinte d'ours.

— Merci, Sloane ! Merci pour tout !

Sa sincérité ne faisait aucun doute.

Gêné, Sloane toussota et lui tapota le dos.

— De rien, c'était bien naturel.

Lochlain s'écarta, un grand sourire aux lèvres.

— Non, non, je sais très bien que sans toi, je ne serais pas ici ce soir. Au fait, Milo a fini d'analyser cet échantillon du résidu bleu que tu lui as remis. Tu ne vas pas y croire, c'était…

— Ça suffit, maintenant ! tonna une voix sévère. Sloane est à moi !

Loch était revenu. Il arracha Sloane aux bras de Lochlain et tira la langue.

— Bien sûr ! Excusez-moi si j'ai abusé de votre patience, déclara poliment Lochlain avec un sourire d'excuse.

Loch le toisa, l'œil étréci.

— Inutile de t'excuser, cher enfant. Si tu n'étais pas mon fidèle préféré, je t'aurais éventré pour avoir eu l'affront de l'inviter à danser, tu en es conscient ?

Lochlain devint ponceau, ce qui faisait un curieux contraste avec ses cheveux roux.

Il s'inclina avec vénération.

— Oui. Merci.

— Attends un peu, ajouta Loch, tu ne comptes pas te ranger sous prétexte que tu es marié, j'espère ? Tu es remarquablement doué, je détesterais que tu gâches tes talents ! J'attends une invitation à ton prochain casse.

Lochlain rayonnait.

— Ce serait un honneur pour moi ! Je viens justement d'apprendre qu'il y aura prochainement à Archersville une importante exposition de bijoux royaux et...

Sloane, inquiet du tour que prenait la conversation – et du regard de Loch, enflammé de convoitise –, s'empressa d'intervenir :

— Non, non, non ! Lochlain, ne pense plus qu'à ta lune de miel, tu auras bien le temps de reprendre tes dangereuses escapades à ton retour ! Loch, arrête de lui suggérer des bêtises, s'il te plaît !

Le dieu des voleurs soupira, la mine tragique.

— Comment peut-on préférer la banalité du bonheur domestique à une vie de crimes et de rapines ?

— Je ne veux pas qu'il soit assassiné juste après son mariage ! grinça Sloane, les dents serrées.

Lochlain regarda derrière lui et sourit.

— Dans ce cas, je ferais bien de rejoindre Robert. Il me semble d'humeur belliqueuse, sans doute trouve-t-il que je le délaisse. Je vais vous quitter.

Loch ricana, car Robert cherchait surtout à éviter une autre danse avec son vieux cousin. Il jetait des regards d'animal traqué autour de lui.

— Bien sûr, mon enfant. Va en paix.

Lochlain s'inclina poliment.

— Merci encore à vous deux pour tout ce que vous avez fait pour moi. Vous resterez toujours dans mes prières.

Sloane le regarda se ruer au secours de son mari, qui se débattait à présent contre un autre vieillard sénile. Qu'avait trouvé Milo concernant le résidu bleu ? Se demanda-t-il.

Il poussa un cri surpris quand Lochlain le serra violemment contre lui et oublia tout ce qui n'était pas son amant.

— Pourquoi cette frénésie, Loch ? haleta-t-il, le souffle coupé. Nous avons été séparés à peine cinq minutes !

— C'est cinq minutes de trop ! s'offusqua Loch.

Il frotta son nez contre la joue de Sloane et inhala l'odeur de sa peau. Sloane gloussa.

— Tu es immortel, voyons ! Tu as toute l'éternité devant toi !

— Je ne veux pas perdre une seule seconde de ta compagnie, insista Loch avec un grand sérieux. Mon temps est précieux, je n'aime pas le gaspiller.

Sloane piqua un fard.

— Quel beau parleur ! se moqua-t-il.

— Je suis tout à toi, Briseur de cœur, mon amour.

Ils se remirent à danser, les bras de Loch enroulés autour de la taille de Sloane. La nuit était encore jeune, la musique douce et apaisante.

Sloane couina quand une main s'égara sur son cul.

— Hé, nous sommes en public !

— C'est de ta faute, tu es trop tentant, je suis incapable de te résister. En plus, ça fait des heures que je n'ai pas vu ou touché ton cul. J'ai préféré m'assurer qu'il était toujours là.

Sloane secoua la tête, plié de rire.

— Tu es en grande forme pendant un mariage !

Son rire s'étrangla quand Loch resserra son étreinte sur lui.

— Justement, mariage évoque pour moi accouplement, baise sauvage, orgie tentaculaire. En clair, je rêve de te faire l'amour.

— Ça n'est pas nouveau ! s'esclaffa Sloane. Tu es obsédé !

Il crut voir une hésitation passer brièvement sur le beau visage penché sur lui. Quand tout s'effaça, il pensa avoir rêvé.

— Non, non, reprit Loch, j'ai réfléchi et te faire l'amour ne me suffit plus. Je veux entre nous un lien plus… fort. Je veux un rituel à la con, des discours creux, des cadeaux bidon, des vœux, des anneaux, de la musique gnangnan, un gâteau, un bal… je veux tout cela avec toi.

Sloane pouvait à peine croire ce qu'il entendait. Il renversa la tête et regarda Loch bien en face.

— Serais-tu… en train de dire que tu veux m'épouser ?

Loch avait les pupilles entièrement dilatées, ses yeux pailletés d'or évoquaient l'espace piqueté d'étoiles.

— Seulement si tu acceptes.

Sloane devint ponceau, son cœur chantait de joie.

— Oh, Azaethoth ! murmura-t-il. Bien sûr !

Il utilisait rarement le vrai nom de Loch, mais le moment était spécial.

Loch sourit et prit son visage en coupe.

— Sloane Daniel Beaumont, fils de Daniel et de Pandora Beaumont, me feras-tu le grand…

— Ouiii ! hurla Sloane,

Il sauta au cou de Loch et l'embrassa avec passion.

Tout en lui rendant son baiser, Loch protesta :

— Tu ne m'as même pas laissé le temps d'aller jusqu'au bout !

Sloane gloussa.

— C'est sans importance, j'accepte.

Loch le toisa d'un œil sarcastique.

— Je t'invitais peut-être à une orgie tentaculaire !

— Tous ces tentacules m'appartiennent, je t'interdis de les dilapider ! grogna Sloane.

— Ils t'appartiennent, vraiment ? La dernière fois que j'ai vérifié, ils faisaient encore partie de moi.

— C'est vrai, mais ça ne change rien au fait qu'ils sont tous à moi. Fini les orgies pour un dieu marié !

— Sans demande dans les règles, je ne me sentirai pas vraiment marié !

Devant son air de chien battu, Sloane finit par céder :

— D'accord, désolé, j'ai parlé trop vite. Vas-y, recommence, cette fois, j'attendrai pour dire oui que tu aies terminé.

Loch ne se fit pas prier.

— Sloane Daniel Beaumont, fils de Pandora et Daniel Beaumont, me ferais-tu le grand honneur d'être mon mari terrestre, mon compagnon parmi les étoiles et l'amour de ma vie pour toujours ?

— Oui, répondit Sloane avec un rire extasié. Oui, oui, mille fois oui !

Une fois encore, il embrassa son fiancé.

— Mmmph ! jeta-t-il ensuite, un sourire éclatant aux lèvres. Il nous faudra un gros gâteau !

— Bien entendu.

— Et un voyage de noces. J'aimerais un endroit chaud. Pourquoi pas une croisière ? Oui, j'adorerais faire une croisière !

— Tous tes désirs seront réalisés, mon beau Briseur de cœur.

— Et pas question de faire des enfants avant au moins un an ! ajouta Sloane, avec excitation.

Il nota la surprise de Loch et s'étonna :

— Qu'est-ce que tu as ?

Loch le fixait avec une émotion si intense que Sloane s'inquiéta d'avoir proféré sans le vouloir une énormité.

— Qu'est-ce que tu as, Loch ? répéta-t-il.

— Tu veux vraiment frayer [14] avec moi ?

Il parlait d'une voix si basse, si émue, que Sloane déglutit difficilement avant de retrouver sa voix. Il avait l'impression qu'un essaim de papillons

---

14 être en relation

traversait son estomac et envahissait sa poitrine. Son cœur rata plusieurs battements.

— Oui, haleta-t-il. Je veux t'épouser, Loch. Je t'aime, alors, je veux fonder une famille avec toi, même si je ne sais pas au juste comment ça se passera entre un mortel et un dieu.

— Oh, Sloane ! Je t'aime tant !

Ils s'embrassèrent de plus belle.

— Nous allons vraiment le faire ! lança Sloane, les yeux brillants de joie. Nous allons nous marier !

Loch sourit avec suffisance : il était redevenu lui-même.

— Absolument, mais maintenant que j'ai vu comment les mortels conçoivent le mariage, laisse-moi te dire que je compte apporter au rituel de base des tas d'améliorations.

— Je vois. Un dieu mérite mieux, c'est ça ?

— C'est toi qui mérite mieux, Briseur de cœur ! s'exclama Loch avec fierté. Je demanderai à ma sœur d'être notre prêtresse. Tu verras, elle te plaira beaucoup ! Ma mère tiendra à s'occuper personnellement du festin. Je lui demanderai de te faire le gâteau qu'elle m'a préparé pour célébrer mon premier Dhankes. Hmm, il faudra lui trouver un corps dans lequel s'incarner…

Abasourdi, Sloane cligna des yeux.

— Attends, tu veux dire que… ta famille assistera à notre mariage ?

— Bien entendu ! Pourquoi cette question ?

Sloane se tapa la tempe du doigt.

— Je croyais qu'ils étaient tous plus ou moins zinzins !

Loch éclata de rire.

— Oh, pas tous. Mon père est complètement dérangé, donc, nous ne l'inviterons pas, pareil pour la plupart de mes oncles et tantes, la majeure partie de mes cousins et au moins trente-deux de mes frères…

— Tu vois que j'avais de bonnes raisons d'être inquiet !

— Pfft, tout ira bien !

Quand son téléphone sonna, Sloane grogna et leva un doigt.

— Une seconde, Loch.

Il quitta la maison pour prendre l'appel, pas du tout surpris de voir que Loch le suivait. Ils s'installèrent sur le porche, récemment rénové.

Sloane consulta son écran, il ne reconnut pas le numéro. Sans doute un nouveau client décida-t-il.

— Bonjour, Enquêtes Beaumont. Que puis-je pour vous ?

Une voix jeune et timide lui répondit :

— Bonjour, M. Beaumont, ici, Jay Tintenfisch, je travaille avec Milo Evans, c'est lui qui m'a communiqué vos coordonnées. J'espère que vous pourrez m'aider.

— Je l'espère aussi, M. Tintenfisch, pourriez-vous m'en dire plus ?

— C'est mon chat, expliqua le jeune homme, d'un ton angoissé. Je pense qu'il a un problème. J'ai essayé d'en parler aux gars de la division magique, mais ils ne m'ont pas cru.

— Moi, je vous crois, assura Sloane. Quel est le problème de votre chat ?

— Il s'appelle Ben…

Après une longue pause, le jeune homme se lança :

— D'après moi, il a ouvert un portail vers une autre dimension et poussé mon colocataire dedans.

Sloane toussota.

— Je vois. Votre chat aurait-il eu d'autres agissements… euh… étranges auparavant ?

— Pas vraiment… commença Jay.

Il s'arrêta net et parut réfléchir à la question.

— À quoi pensez-vous, M. Tintenfisch ? insista Sloane.

— Ben a plusieurs fois vomi dans les chaussures de mon colocataire, mais je doute que ce soit significatif.

Sloane fit la grimace.

— En l'état actuel des choses, c'est difficile à dire, éluda-t-il. Je vous propose de passer à mon bureau demain matin pour en discuter plus à loisir. Et j'apprécierais que vous ameniez votre chat avec vous, d'accord ?

— Oh, oui, bien sûr. Merci ! Merci beaucoup ! Je peux me libérer à huit heures, ça vous convient ?

— Parfait…

— Non, intervint Loch, tu seras fatigué demain, propose-lui une autre heure !

Sloane posa la main sur son téléphone.

— Fatigué, moi ? s'étonna-t-il. Pourquoi ?

— Parce que la nuit sera torride.

Un de ses épais tentacules passa entre les jambes de Sloane et flatta son sexe. Sloane fit un bond.

Devenu écarlate, il reprit sa communication :

— Désolé, Jay, je viens de vérifier mon… euh, mon agenda, je ne serai pas libre avant onze heures.

— Midi ! jeta Loch.

— Disons midi, par précaution, bredouilla Sloane.

— D'accord, répondit Jay Tintenfisch. À demain, M. Beaumont !

Dès que Sloane raccrocha, il se dégagea du tentacule qui le taquinait toujours et affronta Loch, les sourcils froncés.

— Ne fais pas ça quand je suis au téléphone, je vais passer pour un idiot ! J'ai un nouveau cas !

— Ah, super ! Je t'aiderai ! déclara Loch avec enthousiasme. Nous formons une super équipe !

— Euh, tu crois ?

— Bien sûr, nous avons résolu ensemble le meurtre de Lochlain, pas vrai ?

— Oui, mais j'ai été poignardé avec une lance de lumière, ma voiture a explosé et j'ai dû affronter un dieu.

— Ne joue pas les rabat-joie, ça n'a aucune chance d'arriver deux fois !

— Avec toi ? J'ai comme un doute.

En voyant Loch se vexer, Sloane tenta de rattraper sa bévue.

— Écoute, j'adore travailler avec toi, vraiment, mais tu manques parfois de tact avec les gens.

Loch le toisa, très offusqué.

— Moi ? Je ne vois pas d'où tu tires cette idée grotesque !

— Tu as menacé d'étriper le facteur.

— C'était un simple malentendu, rétorqua Loch avec hauteur. Cela arrive à tout le monde !

— Dans ma dernière affaire, tu étais certain de la culpabilité du domestique et tu as tenté de le faire arrêter.

— Mais c'est toujours le maître d'hôtel le coupable [15], tout le monde sait cela ! En plus, ce mortel avait une tronche qui ressemblait au popotin de Toll ! Il était manifestement louche…

— Et quand tu as proposé une partouze à Lochlain et Robert ?

Loch leva la main.

— Ah, non ! Je n'ai rien fait de tel ! J'ai simplement suggéré de nous regarder mutuellement copuler pour célébrer le jour de la fertilité…

— Azaethoth ! coupa Sloane. Ça suffit !

Loch fit la moue.

---

15 Référence à un célèbre réplique anglo-saxonne « *the butler did it* » (le coupable, c'est le maître d'hôtel), devenue un cliché dans toute énigme policière.

— D'accord, d'accord, je suis parfois difficile, reconnut-il. Le problème, c'est que le monde a beaucoup changé depuis mon dernier passage. Mais Sloane, je tiens vraiment à t'aider, laisse-moi te le prouver, je ferai plus attention à mon comportement.

Sloane ne put résister à sa contrition et à son regard adorateur.

— Très bien, tu viendras demain rencontrer avec moi Jay Tintenfisch, mon nouveau client [16]. Tu es content ?

— Extatique ! s'exclama Loch. Nous devrions fêter cela !

— Non, restons pragmatiques. Il ne sera pas facile d'enquêter tout en planifiant un mariage dont une partie des invités sera ta famille de dieux cinglés… Pour être franc, je ne sais même pas par où commencer.

Loch eut un sourire désarmant.

— Mon adorable Briseur de cœur, tu as sauvé le monde. Je doute qu'un simple mariage dépasse tes étonnantes capacités d'organisation.

Sloane éclata de rire devant cette basse flatterie. Il embrassa Loch et annonça :

— Nous verrons bien.

— Mmm, oui.

La voix furieuse de Lynette les interrompit :

— Vous deux ! Ramenez vos culs par ici !

Sloane se dégagea de l'étreinte tentaculaire de Loch.

— Ce doit être pour assister à l'ouverture des cadeaux ! Viens, dépêchons-nous !

Sans bouger, Loch protesta :

— Mais je sais déjà qu'ils sont tous parfaitement ennuyeux !

Lynette passa la tête par la fenêtre, sa voix monta d'un ton.

— Les enfants sont attaqués par un essaim d'abeilles ! La petite Lisa m'a dit que c'est le gentil monsieur aux cheveux rouges qui lui a appris ce sort. Dis-moi, *frangin*, ça ne serait pas toi, par hasard ?

— Le respect n'est plus ce qu'il était ! feula Loch.

Sloane n'en croyait pas ses oreilles.

— Des abeilles ? Tu as appris à cette gamine comment invoquer des abeilles ?

— Pour qui me prends-tu ? s'indigna Loch. Je lui ai juste appris à demander aux abeilles de s'en prendre à ses ennemis.

---

16 Cette enquête sera racontée dans le tome 2, *Kraken My Heart*, même auteur, même éditeur, non traduit en VF.

— C'est la même chose !

— Pas du tout.

— Loch !

— Ces petites vermines avaient renversé son flacon, ensuite, ils ont volé ses bulles magiques !

— Azaethoth !

Loch céda devant son courroux.

— Bien ! Je vais renvoyer les abeilles, ensuite, nous regarderons Robert et Lochlain ouvrir leurs ridicules cadeaux. Tu es content ?

— Extatique ! grinça Sloane.

Loch tint à avoir le dernier mot :

— Je te garantis que pour notre mariage, il n'y aura ni grille-pain ni Tupperware, j'y veillerai !

— Ah, gémit Sloane, je me demande pourquoi je t'aime !

Sans attendre de réponse, il retourna dans la maison pour vérifier ce qui se passait. Effectivement, les enfants hurlaient, terrorisés par l'essaim bourdonnant.

Loch le rejoignit et se pencha vers lui.

— Je t'aime aussi, déclara-t-il avec adoration.

Un long tentacule caressa furtivement Sloane.

Ensuite, Loch tint sa promesse et débarrassa la pièce des abeilles. Il calma aussi les enfants – tout en leur faisant la leçon sur le fait qu'il ne fallait pas faire pleurer une fillette innocente – et apaisa leurs piqures. Pour les consoler de leur émotion, il donna à chacun un ballon enchanté en forme d'animal qui flottait tout seul et rapportait en douce des morceaux de gâteau.

Loch s'assit ensuite auprès de Sloane pour assister à l'ouverture des paquets et promit de se comporter à correctement.

Il ne tint pas parole.

Quand un mixeur électrique fut comme par magie remplacé par un vibromasseur géant, Sloane lança à son dieu fantasque un regard suspicieux. Il ne crut pas une seconde à l'air innocent de Loch et…

Il éclata d'un rire inextinguible.

Il ignorait ce que l'avenir lui réservait ou comment, étant humain, il pourrait trouver bonheur et équilibre avec un immortel, mais une chose était sûre, sa vie de couple ne serait jamais ennuyeuse !

K.L. HIERS, surnommée Kat, est à la fois embaumeuse, artiste en restauration et écrivaine de LGBT. Diplômée en direction de funérarium et en service funéraire, elle a travaillé comme employée de pompes funèbres pendant près d'une décennie. Sa vraie passion a toujours été de raconter des histoires et elle s'y adonne depuis plus de vingt ans, avec de premiers écrits à l'âge de huit ans. En général, il est rare qu'un éditeur accepte un manuscrit sur un carnet *Hello Kitty*, mais Kat n'a jamais abandonné. Après le succès de son premier roman, *Cold Hard Cash*, Kat s'est définitivement consacrée à l'écriture, en optant pour des histoires mouvementées, pleines de passion sensuelle, de mondes exotiques et de voyages émotionnels. Elle adore assister aux Festivals de films d'horreur et faire du cosplay [17] avec ses personnages préférés. Elle vit à Zebulon, en Caroline du Nord, avec son mari et leurs six enfants, dont trois ont des pattes et un croit parfois en avoir.

Site Web : http://www.klhiers.com

---

17 Pratique consistant à incarner un personnage de manga, de film d'animation, de jeu vidéo, etc.

Par K.L. Hiers

Amour tentaqueulaire

Publié par Dreamspinner Press
www.dreamspinner-fr.com

Pour les meilleures
histoires d'amour
entre hommes, visitez

www.dreamspinner-fr.com

www.ingramcontent.com/pod-product-compliance
Lightning Source LLC
Chambersburg PA
CBHW071432260626
47170CB00008B/2686